제3의 신분

제3의 신분

박 영 순 장편소설

국학자료원

작가의 말

긴긴 겨울이 지나고 생명의 봄이 왔다. 만물이 소생하는 봄기운에 기대어 한 권의 책을 펴내자니 가슴이 벅차오른다. 내 일생을 통해 마흔다섯 권 째다.

장편소설로는 네 번째로 세상에 내놓는 것인데, 여전히 부끄럽고 쑥스럽다.

이 소설은 일본에서 태어나 심한 차별 속에 살다가, '북조선은 지상낙원'이라는 말에 속아 북송되어 갖은 고초를 겪는 우리 동포들의 가슴 아픈 현실을 클로즈업했다.

재일조선인, 북송해외동포, 탈북자 등 세 번이나 신분이 바뀐 사람들의 처절하고도 아름다운 삶의 이야기이다. 인권의 사각지대에 놓인 북한의 수감시설을 고발하면서, 동시에 통일의 꿈을 엮어가는 사람들의 따뜻한 사연을 담았다.

저자는 '통일'이라는 시대적 과제를 우리 모두가 좀 더 진지하게 성찰해야 함을 외치고 싶었다.

이유 여하를 막론하고 분단된 나라를 다음 세대에게 물려줘서는 안 되기 때문이다. 3·1절 의거 100주년, 6·25발발 69주년을 앞두고 '통일'

이라는 지상과제를 반드시 이루겠다는 민족적 결기가 필요한 때다.

타의에 의해 만들어진 이 엄혹한 분단 현실을 과감히 떨치고 일어나 힘과 마음을 하나로 모아 통일 과업에 쏟아 부어야 한다. 통일이 되면 어기찬 현실의 많은 것이 해소될 수 있을 터이다.

이 소설에서 3명의 주인공들은 일본 나카타항에서 북송선을 타고 청진에 내려 모든걸 빼앗기고 뿔뿔이 흩어져 각자 다른 곳에서 다른 삶을 영위하게 되었지만, 통일에 대한 열망은 하나같다. 등장인물들이 함께 꾸는 통일의 꿈이 영롱한 보석처럼 눈부시게 아름답다.

이 글을 읽고 평을 해주신 변영희 작가에게 심심한 감사를 드린다.

한결같이 나를 응원해주는 가족과 모든 벗들, 그리고 이 책을 읽을 미지의 독자들에게도 미리 고마움을 표한다.

특히 이 소설을 예쁜 책으로 만들어주신 국학자료원에 깊은 감사를 드린다.

2019. 2.25
평창동 서재에서 저자 박 영 순

차 례

지상낙원

1

하늘이 유난히 맑고 화창한 5월 어느 날이었다.

최중휘는 뉴욕 플러싱(Flushing) 유니언 스트리트(Union Street) 뒷골목의 붉은 벽돌집 거실에서 아내 임연실과 홍차를 마시고 있었다. 창밖으로 보이는 푸른 나무들과 여러 가지 알록달록한 꽃들이 평화로움을 더했다.

중휘가 창밖을 보다가 갑자기

―꽃들이 너무 예쁘니 우리 나가서 마십시다.

하면서 찻잔을 들고 벌떡 일어났다.

―그래요.

연실도 따라서 찻잔을 들고 일어섰다. 두 사람은 정원의 벤치로 옮겨와 차를 마시며 가지각색의 식물을 감상하였다. 벚나무는 이미 꽃을 다

털어내고 푸른 옷으로 갈아입었고, 잔디도 파랗고, 가지각색의 꽃들이 예쁘고 앙증맞고, 우아한 자태로 눈과 코를 즐겁게 해준다. 노란 메리골드, 청보라색의 무스카리, 진분홍의 히아신스, 빨간 장미, 주황색의 베고니아, 흰색과 보라색의 아네모네, 황금색 푸르지아, 여러 가지 색상의 글라디올러스, 조롱주머니 닮은 칼세올라리아, 노랑 하양 보라 빨강 등 각양각색의 팬지, 연분홍의 꽃 잔디, 다양한 색상의 수선화 등 이미 지는 꽃도 있고, 새롭게 피는 꽃들도 있다. 잎보다 먼저 피는 꽃도 있고, 잎이 무성한 뒤 유유히 피는 꽃도 있다. 꽃잎이 매우 큰 것도 있고 매우 작은 것도 있다. 낮에만 피었다가 밤에는 얼굴을 가리는 꽃도 있고, 낮이나 밤이나 한결같은 모습인 꽃도 있다. 꽃잎이 한 가지 색깔을 가진 꽃도 있고, 두세 가지의 색깔을 가진 꽃도 있다. 같은 종류의 꽃이라도 다양한 색깔이 있다.

장미만 해도 옛날에는 빨간 장미만 있었으나 화훼전문가들의 끈질긴 노력으로 분홍, 주황색, 노랑색, 심지어 하얀색, 파란색의 장미도 나오게 되었다. 장미와 백합처럼 꽃이 피었을 때는 말 할 수 없이 아름다우나, 질 때의 모습은 너무도 흉측한 꽃도 있고, 무궁화와 능소화처럼 피었을 때와 질 때의 모습이 크게 다르지 않은 꽃도 있다.

중휘는 꽃나무들이 짧게는 일주일, 길게는 두 달 동안 혼신의 힘으로 눈부신 꽃을 피워내는 그 치열하고 결사적인 생명정신에 새삼 감탄하면서 꽃들의 짧은 수명에 아쉬움을 가져보기도 한다. 아니 어쩌면 꽃이 아름다운 것은 짧은 수명 때문일지도 모른다. 만일 꽃이 일 년 내내 그대로 피어있다면 어떨까? 감동받고 감탄하는 정도가 약해지고 종래는 일상처럼 무덤덤해지지 않을까? 아니다. 일 년 내내 아름다운 모습을 볼 수만 있다면 일 년 내내 행복할 것 같다. 꽃 중의 꽃인 장미는 그래서일까? 어느 꽃보다도 화훼전문가들의 연구와 실험을 많이 하여 결국 사계절 장미를 개발하지 않았던가? 그리하여 우리는 봄에도, 여름에도 심지어 11월에도 장미를 볼 수 있게 되었다. 물론, 장미가 한번 피어서 몇 달간 가는 품종은 아직 개발하지 못 했다. 역시 이세상의 모든 생명체는 수명이라는 게 있다. 중휘 부부는 각자 꽃에 대한 이런 저런 생각을 하며, 내년에는 좀 더 많은 꽃을 집안뿐만 아니라 집밖에도 심어야겠다는 생각을 한다.

중휘는 정원에서 화려하게 피었다가 이미 져버린 수선화를 떠올리니 문득 워즈워스의 '수선화' 라는 시가 생각났다. 대학 다닐 때 영어 선생님이 당신이 좋아하는 시라며 칠판에 써주고는 일주일 동안에 무조건 다 외우라고 해서 당시는 힘들고, 교수님이 야속하기도 했지만, 막상 끙끙거리며 외워놨더니 평생 잊히지 않아서 좋다. 언제든 수선화를 보거나 생각만 하면 그 시가 떠오른다. 외울 수 있는 영시가 하나라도 있다는 게 기분 좋다. 그때의 영어선생님이 그립다. 지금쯤 어떻게 되셨을까? 살아계실까? 만일 살아계신다면 찾아뵙고 싶다.

영어선생님은 이 시를 가르쳐주시면서 워즈워드에게 있어 마음의 눈에 반짝이는 수선화는 이제 '보는 즐거움'을 넘어서 시인의 마음을 달래주는 정신적 위안자로 변모하게 된다고 설명해 주셨다. 중휘도 아름다운 꽃들을 보며 마음의 위안과 기쁨을 찾아야겠다고 생각하며 연실에게 말한다.

—내가 '수선화'라는 시를 읊을 테니 들어볼래요?

—좋지요. 한번 읊어보세요.

Daffodils(수선화)

William Wordsworth

I wandered lonely as a cloud
That floats on high o'er valleys and hills,
When all at once I saw a crowd,
A host, of golden daffodils;
Beside the lake, beneath the trees,
Fluttering and dancing in the breeze.

골짜기와 언덕 위를 높이 떠도는 구름처럼
외로이 헤매다가
문득 나는 보았네, 수없이 많은
황금빛 수선화가
호숫가 나무 아래서
미풍에 한들한들 춤추는 것을

Continuous as the stars that shine
And twinkle on the milky way,
They stretched in never—ending line

Along the margin of a bay:
Ten thousand saw I at a glance,
Tossing their heads in sprightly dance.

은하수 별들처럼 반짝반짝 빛나며
물가 따라 끝없이
줄지어 뻗쳐 있는 수선화
나는 한 눈에 보았네,
수많은 수선화들이
머리를 살랑대며 흥겹게 춤추는 것을

The waves beside them danced; but they
Out—did the sparkling waves in glee:
A poet could not but be gay,
In such a jocund company:
I gazed———and gazed———but little thought
What wealth the show to me had brought:

수선화 옆의 물결도 춤을 추었지만
그 반짝이는 물결은
수선화의 기쁨을 따를 수 없었네,
이토록 흥겨운 친구와 어울렸으니
어찌 시인이 즐겁지 않을 수 있으랴!
나는 유심히 바라보고 또 보았노라
그러나 이러한 장관壯觀이
어떤 값진 것을 가져다주었는지
나는 미처 알지 못했노라.

For oft, when on my couch I lie
In vacant or in pensive mood,
They flash up on that inward eye
Which is the bliss of solitude;
And then my heart with pleasure fills,
And dances with the daffodils.

이따금, 긴 의자에 누워
멍하니 아니면 사색에 잠겨있을 때
수선화들은 고독의 축복인 내 마음의 눈에 반짝이노라
그럴 때면 내 마음은 기쁨에 넘쳐
수선화와 함께 춤을 추노라

　―와, 좋네요. 이렇게 긴 영시를 어떻게 다 외웠어요?

　―다 영어선생님 덕분이지요. 안 외우면 안 된다고 하셨으니까.

　중휘는 공연히 어깨가 으쓱해지면서 앞으로는 한국시도 좀 외워야겠
다는 생각을 한다. 수선화를 보면서 이 정도의 시상을 떠올릴 수 있는
시인은 많지 않을 것이다. 그러므로 이런 시를 쓴 워즈워드는 세계적인
시인으로 추앙받는 모양이다. 중휘는 특별히 시를 좋아하거나, 쓰거나
하지는 않지만, 위의 시를 외우게 되니 시에 대한 관심이 생겼던 것 같
다. 만일 자기도 교사나 교수가 된다면 이런 명시는 학생들이 반드시 외
우도록 지도할 것 같다. 워즈워드 같은 시인은 될 수 없더라도, 미국에
서 뭔가 의미 있는 일을 해야겠다는 생각이 온몸을 휘감았다. 당장은 생
존만 겨우 하는 형편이지만, 플러싱에서 자리가 잡히면 뜻있고 보람 있

는 삶을 살아야겠다는 생각만은 오롯이 살아있다.

뉴욕 퀸즈 카운티 플러싱 지역에는 2만 명이 넘는 한인들이 살고 있고, 한국어 간판이 즐비하다. 지하철로 1,20분이면 맨해튼에 갈 수 있는 교통의 요지이고, 흑인이 거의 없는 곳으로, 유색인종으로는 한국인이 제일 많고 그다음은 중국인이다. 플러싱은 미국에서 LA 다음으로 한국 교포들이 많이 거주하고 있는 코리아타운인데, 이 중 이삼십 명은 탈북 자들이다.

플러싱에 사는 한국교포는 다양한 직업을 가지고 살아간다. 한국 기업에서 일하는 경우도 많지만, 미국 회사에 다니는 사람도 많이 있고 자영업을 하는 사람도 적지 않다. 그리고 유학생, 상사 직원, 교환교수 등 일시적으로 머무는 사람도 있고, 해외교포 신분이거나 미국 시민권을 획득하여 제대로 정착한 사람도 있다. 플러싱에는 한국인 고객들이 많이 찾는 가게와 식당가는 물론, 한국인 교회와 유치원까지 있다. 민박집도 있고, 식당과 카페가 수십 곳이 넘으며, 이 지역에서 가장 큰 한인 슈퍼마켓과 노래방도 있다.

최중휘와 임연실, 그리고 현우, 현정 네 식구는 이곳 퀸즈 카운티 플러싱가에서 자리를 잡았다. 코리아타운에 와야만 한국말이 통하니까 여러 가지로 편리하고 도움도 받을 수 있을 것 같아서였다. 한국어 간판을 많이 볼 수 있고, 한국 슈퍼마켓과 한국식당들이 많다는 게 안정감을 주었다. 이곳에선 영어를 한마디도 못 해도 살아 갈 수 있다. 조금만 걸어가면 한국판 먹자골목이 나오는데, 온갖 음식점이 다 있다. '수라연잎밥', '복어탕', '민어매운탕', '멧돼지구이', '메로조림', '순두부', '숯불갈

비', '칡냉면', '소머리국밥', '감자탕', '청국장', '누루지탕', '해물치즈우동', '돼지곱창' 등 메뉴를 앞세운 식당들도 있고, '함지박', '금강산', '퓨전식당 일오삼', '마포갈비', '한주 칡냉면'과 같은 이름의 식당들도 있고, '뒷골목', '구공탄', '식객', '청계천', '옛날식 계란말이'와 같이 7,80년대의 향수를 불러일으키는 식당 겸 술집도 있다. 중휘가

　　―한국음식은 정말 싸고 양도 많지요?

하니 연실이 맞장구를 친다.

　　―맞아요. 실컷 먹고도 남은 걸 포장해 오면 또 한 끼는 충분히 먹
　　을 수 있지요.

이렇게 많은 음식점들이 모두 영업이 되는지는 모르겠지만, 한글간판을 걸고 영업을 한다는 사실 자체가 놀랍고 신기하다. 한국 사람뿐만 아니라 미국 사람들도 많이 찾는 식당도 여러 개 있다. 중휘는 '플러싱에서 의미 있는 일을 찾아야 할 텐데…' 하고 연신 속으로 중얼거렸다.

1960년대 뉴욕으로 온 한국이민 1세대들의 많은 수는 뉴욕에서 주거비가 상대적으로 저렴하고 경제활동에 유리한 조건을 갖춘 퀸즈 라과디아 공항 옆 플러싱에 자리 잡았다. 1970년대 중반까지 플러싱의 메인 스트리트에서 출발한 한인 상가는 동쪽으로 영역을 넓혀나가서 자연스럽게 코리아타운이 형성됐고, 그 한복판에 공영주차장이 들어섰다. 주차가 편리하다 보니 코리아타운은 플러싱 상권의 핵심이 됐으며, 한인 상가가 밀집한 메인 스트리트는 뉴욕시에서 세 번째 번화가가 되었다.

그런데 정작 생활이 안정되자 한국인들은 자녀교육을 위해 플러싱을 떠나가기 시작하였다. 하나둘 좋은 학군을 찾아 이웃 낫소카운티나 뉴

저지주 버겐카운티로 옮겨갔다. 인구 통계를 보면 1990년에는 뉴욕시 한인 인구의 70%이상이 퀸즈에 거주했으나, 2000년에는 25%로 크게 줄었다. 한국인이 떠난 자리에는 중국인들이 들어와 차이나타운을 형성하였다. 그래서 이제 한국어 간판이 즐비하던 거리는 중국어 간판으로 많이 바뀌었다.

한편 1970년대 맨해튼에는 야채가게와 샐러드 바를 운영하는 한국인들이 많이 있었다. 한국인들이 모여들자 자연스럽게 식당, 술집, 그 외의 다른 비즈니스들이 생겨나면서 코리아타운이 형성되었다. 맨해튼의 코리아타운은 거주 지역이라기보다는 비즈니스타운의 성격이 강하다. 맨해튼에는 32번가와 브로드웨이를 중심으로 한인 상가가 형성되어 있다. 맨해튼 거주 한인들은 미국에 오래 거주한 이민자들, 미국회사에 근무하는 고학력자 교포 2세들, 그리고 이 지역의 대학에 다니는 유학생들이 주류를 이룬다. 따라서 맨해튼의 한국 식당을 찾는 고객의 상당수는 이들 한인 2세 및 미국인들이다.

플러싱과는 대조적으로 맨해튼의 코리아타운은 갈수록 번창하여 지금은 미국인들에 의해 케이타운(K−town)으로 불리며 미국 토박이 젊은이들도 즐겨 찾는 장소가 되었다. 이러한 발전적인 변화는 2012년 10월 16일자 뉴욕타임즈의 '뉴욕 맨해튼의 한인 타운이 번창하면서 임대료가 주변 지역의 2배 수준으로 높아졌다'는 기사에서도 확인할 수 있다. 맨해튼 32번가, 엠파이어스테이트 빌딩 부근의 코리아타운은 플러싱과는 달리 한국인들이 떠나지 않음은 물론, 최근 부상한 한류의 영향으로 외국인들의 관심도 커지면서 더욱 성장하여 주변지역으로 확장되는 양상을 보이고 있다. 특히 지난 몇 년간은 코리아타운과 맞닿은 5번 가와 주변 거리에 한국 식당과 프랜차이즈 빵집이 속속 들어서는 등 주변 지역으로 점점 팽창하고 있다. 길이 300m 남짓한 거리에 낯익은 한글 간판의 식당, 미용실, 노래방, 마트 등 400여 개에 달하는 한인 업소와 사무실 등이 빼곡하게 들어서 있다.

이곳은 1960년대만 해도 우범지대였다. 70년대 이후 한국 상점과 식당, 마켓 등이 들어서면서 점차 미국인들도 많이 찾는 새로운 명소가 되어 갔다. 맨해튼 코리아타운에는 한국식당은 물론 한국마트, 우리은행, 미용실, 분식집, 호프집, 노래방, 베이커리, 포장마차, 한의원 등 거의 모든 업종의 업체가 들어서고, 최근에는 한국의 기업형 점포들도 진출하였다. 더 페이스 샵(The Face Shop), 뚜레쥬르, 파리바케트, 교촌치킨 등이 문을 열었고, 한국의 신간 책이나 음반을 구입할 수 있는 고려서적, PC방뿐만 아니라, 한인 소유의 호텔인 스탠포드호텔(Stanford Hotel)이 있어 한국인 방문객들을 맞이한다. 중휘는 연실을 보며

―미국의 심장인 뉴욕에, 그리고 뉴욕의 심장인 맨해튼에 이런 코리아타운이 번창하고 있다는 사실이 경이롭지 않아요?

하니 연실은

―경이롭고 말고요. 한국인은 참 대단하지요?

―대단하고 말고. 한류를 봐요. 옛날에는 상상할 수 없었던 현상이잖아요?

―중국이나 베트남도 그렇지만, 일본에서 엄청난 한류가 일어난

것은 참으로 의미심장하지요.

―맞아요. 우리 민족의 끼와 깡이 제대로 힘을 발휘한 거죠. 어디 그뿐이에요? 뉴욕 백화점의 전자제품 코너에 가니 삼성과 LG 제품들이 가장 좋은 자리에 진열되어 있었잖아요? 난 그걸 보는 순간 가슴이 뭉클하더라고요.

―그래요. 삼성과 LG가 가전제품에서 SONY와 GE를 제친 건 쾌거 중의 쾌거죠. 한국의 '빨리 빨리' 문화가 디지털 시대에 딱 맞았다고들 해요. 한국의 인터넷 속도가 세계 1등이고, 가전제품도 이제 1등이라잖아요? 미국보다 몇 십 년 뒤떨어졌던 전자기술이 단숨에 미국과 어깨를 나란히 하고, 분야에 따라서는 미국을 제압한 것도 있으니 감동되지 않아요?

―감동이죠. 작년 한국의 세계 지식재산권 특허도 1만5,700여건으로 세계 5위였대요. 특히 삼성전자는 세계 2위였다 하잖아요?

―와, 대단하네요.

두 사람이 주거니 받거니 얘기하면서 한국의 발전에 경의를 표했다.

―그런 한국을 두고 이리로 왔는데도 우리가 잘 한 걸까요?

연실이 스스로에게 확인하듯 상기된 얼굴로 중휘를 바라보며 묻는다.

―잘하고 못하고는 이제 더 이상 따지지 맙시다. 어쨌든 이곳에서 살아남았으니까 됐죠, 뭐.

―정말 이런 건 아니었는데…

―뭐가요?

—아무리 밥걱정 안하고 남의 눈치 안보고 산다지만, 난민 신분으로 여생을 살아야 한다는 것이 갑자기 서글퍼지고 당신에게도 많이 미안해지네요.

—난민이라니요? 우리는 이제 미국영주권자에요. 미국 영주권자! 당신이 원했던 일이잖아요?

—꼭 이런 걸 원했던 건 아니지요. 하나 결과적으로는 그렇게 된 셈이네요. 당신에게 정말 미안해요. 한국에선 '제일정보주식회사 상무이사 최중휘' 라는 직함을 가지고 당당하게 살던 당신이 여기 와서 이름 없는 난민으로 살게 된 것이 제일 맘에 걸리네요. 여기까진 생각 못했어요. 막연히 미국 가면 남의 눈치 안보고 차별 안 받고 살 수 있으려니, 아이들 영어 걱정 안 해도 되려니, 아이들 대학 진학도 한국보다 훨씬 쉬우려니, 아이들이 좀 더 넓은 시야로 국제적인 인재가 되려니… 이런 생각만 했지요.

—어허, '난민'이라는 말은 하지 말랬지요? 미국영주권자, 알았죠? 이제 더 이상 뒤는 돌아보지 말고, 그냥 앞만 보고 삽시다. 이미 엎질러진 물인데 어찌 할 수 없잖소? 이제 5년 뒤엔 미국시민권이 나온다니까 즐겁게 기다리면서 삽시다.

—우린 이제부터 막노동이라도 하지 않으면 안돼요. 식당에서 접시라도 닦아야 하고, 슈퍼마켓에서 경리라도 봐야지요. 무슨 일을 하든, 하기만 하면 최저임금은 받으니까 먹고 살 수는 있겠지요. 그래도 정말 당신에게 미안해요.

—모든 건 받아들이기 나름이에요. 조선 중기 학자요 정치가였던

신흠申欽의 '헛가레 기나 쟈르나'라는 시조가 있어요. 한번 들어볼래요?

—예, 좋아요.

헛가래 기나 쟈르나   (서까래가 기나 짧으나)

기동이 기우나 트나   (기둥이 기울거나 뒤틀리거나)

수간모옥(數間茅屋)을 쟈근 줄 웃지 마라   (작은 내 초가집이 작다고 웃지마라)

어즈버, 만산나월萬山蘿月이 다 내 것인가 하노라

    (아아, 온산에 가득한 덩굴에 걸린 달이 모두 내 것인가 하노라)

우리도 신흠처럼 하늘의 달이 우리 것이라 생각하고 부자인양 살면 돼요. 아니 아예 해와 달과 별이 모두 우리 것이라 생각하고 마음을 넉넉하게 가집시다. 해와 달과 별은 한국과 미국에서 똑같이 볼 수 있으니 같은 하늘아래 산다고 생각하면 돼요.

　—아주 좋은 시네요. 몇 백 년 전에도 이미 이토록 인생사를 달관한 시가 있었네요.

　—신흠은 교훈적인 글을 많이 남긴 분이지요. 억울하게 몇 년씩 유배도 갔었지만 마음은 늘 여유롭게 사신 분이에요. 영의정까지 지낸 정치가인데, 정말 좋은 글을 많이 남겼어요.

　—오늘 보니 당신이 너무 존경스럽네요. 신흠은 또 언제 그렇게 공부를 했어요?

　—고등학교 다닐 때 국어 선생님이 신흠에 대한 얘기를 많이 해주

셨거든요. 우리도 이제 마음의 여유를 가지고 삽시다. 신흠의 시 하나만 더 알려줘요?

―예, 좋아요.

人生三樂 인생의 세가지 즐거움

閉門閱會心書 開門迎會心客	폐문열회심서 개문영회심객
出門尋會心境 此乃人間三樂	출문심회심경 차내인간삼락

문을 닫고 마음에 드는 책들을 읽는 것
문을 열고 마음에 맞는 사람들을 만나는 것
문을 나서 마음에 드는 경치를 찾아가는 것
이것이 사람의 삶에 세 가지 낙이 아닐까?

―맞아요. 책 보고, 친구 만나고, 아름다운 경치 보는 것, 이 세 가지는 누구나 마음만 먹으면 얻을 수 있는 즐거움이지요. 특히 미국은 워낙 경치 좋은 데가 많으니까 앞으로 차근차근 구경하러 다닙시다. 역시 신흠은 정곡을 찌르는 시를 썼네요. 신흠처럼 무조건 여유롭게, 긍정적으로, 그리고 희망적으로 살면 되는 거지요? 그나마 아이들을 학교에 넣었으니 영어는 빨리 배우겠지요? 또래들과 잘 지내고, 미국에 제대로 잘 적응해야 할 텐데…

중휘 네는 미국 의회가 2004년에 제정한 북한인권법에 따라 난민지위를 받아 2013년 뉴욕에 정착할 수 있게 됐다. 2006년 9명이 미국에 처음 들어온 이래 2017년까지 모두 212명의 탈북 한인이 미국에 입국

했다. 그러나 트럼프정부가 들어서고는 아직 한 명도 미국에 입국하지 못 했다. 미국에 들어온 탈북난민들은 대부분 어렵게 북한 탈출에 성공하여 주로 중국, 동남아시아의 난민수용소를 거쳐 미국행을 선택한 사람들이다. 미국은 난민으로 받아들인 사람들에게 무조건 언제까지나 지원해주지 않고 난민들이 열심히 노력해야 혜택을 주는 걸 원칙으로 하고 있다. 반드시 이수해야 할 교육 프로그램은 물론, 국무부에서 제시하는 정착 프로그램을 철저하게 이행해야만 미국 정부의 생활보조금이라도 받을 수 있다. 난민에 대한 미국의 정부 지원은 기술훈련, 직업알선, 영어교육 등 난민들이 직업을 갖고 빨리 자립할 수 있도록 도와주는데 초점이 맞춰져 있다.

미국에 들어온 탈북자들은 정착하는 지역에 따라 조금씩 다르지만, 대체로 약 8개월 동안 월 이삼백 불 정도의 현금과 건강보험, 식품구입권 등을 제공받고, 6개월간 주거비도 지원받는다. 난민 대부분은 초기 정착 때 미국행을 후회할 만큼 고통스럽고 힘든 과정을 거치게 되지만, 이 과정을 잘 넘기고 나면 미국은 열심히 노력한 만큼 잘 살 수 있는 나라라는 것을 알게 되고 미국사회를 신뢰하게 된다. 업계에서는 최저 임금을 주고 사람을 쓸 수 있으므로 항상 인력 수요는 있다. 최소한의 영어 구사능력과 일하겠다는 의지만 있으면 바로 취직할 수 있는 곳이 미국이다.

탈북난민들이 북한을 탈출해 미국에 정착하는 데는 미국 내 지원단체들의 역할이 크다. 탈북자 정착지원활동을 벌이고 있는 재미탈북민연대(UKUSA)에서는 탈북자들이 자립하기까지 생활할 수 있는 '나눔의

집'이라는 쉼터를 제공하고 있다. 탈북자들이 미국에 오거나, 살아가다 가 아프거나, 집을 얻을 수 없는 상황일 때 도움을 주고, 일을 해서 자립 할 수 있을 때까지 후원해주는 곳으로서 탈북민들에게는 너무나 고마 운 단체이다. 중휘 네도 이 단체의 도움을 받은 바 있다.

—아이들이 대학에 들어가면 우린 다시 한국으로 돌아갈까요?

갑자기 연실이 묻는다.

—노인 돼서 한국 가면 뭘 먹고 살아요? 취직도 할 수 없고, 연금
  이나 장사 밑천이 있는 것도 아니고… 설사 장사할 돈이 있다 해
  도 성공한다는 보장도 없고…

—하기야, 그러네요. 이젠 미국이 내 나라려니 생각하고 건강이
  이만이라도 할 때 부지런히 일해서 돈을 저축할 수밖에 없네요.
  여긴 노인복지가 특별히 잘 되어 있지도 않고, 연금이라는 것도
  일할 때 자기가 부지런히 돈을 부어야만 직장에서 그만큼 보태준
  다나 봐요. 캐나다처럼 노후 보장이 안 된대요. '미국'하면 누구
  든 다 잘 살게 해주는 줄 알았더니 그건 아닌가 봐요. 단지 누구
  든 미국 땅에서 굶어죽거나, 돈이 없어 병원에 못 가는 일이 없도
  록 최소한의 장치만 있는 거지요. 그나마 얼마나 다행이에요?

—이왕 이렇게 된 거 그냥 재미있게, 행복하게 삽시다. 미국영주
  권을 받았으니 이제는 살 수 있잖아요? 무슨 일이든 일을 하면 먹
  고는 사니까요. 외국 여행을 마음껏 할 수는 없겠지만, 미국과 캐
  나다만이라도 샅샅이 여행하면서 평화롭게 삽시다. 한국에서 가
  지고 온 돈이 아직은 남아있으니까 자동차만 한 대 사면 여행은

할 수 있잖아요? 한국보다 기름 값도 싸고 미국의 고속도로는 몇 군데를 제외하고는 돈도 거의 안 받고 하니까 여행하기는 좋지요. 단지 한국 같은 고속도로 휴게소 같은 건 없으니까 불편하지만요. 죽으나 사나 샌드위치나 만들어 가지고 다니고 어쩌다 맥도날드 만나면 햄버거나 사먹을 수밖에 없지요.

—집에서 계란도 삶고, 김밥도 만들어 가면 되지요.

—그런 건 한두 끼만 지나면 못 먹잖아요? 미국엔 관광지마다 식당이 있는 것도 아니고, 있어도 비싸기만 하고, 나올 땐 팁을 놓아야 하니까 부담스럽더라고요. 그래도 플러싱에 있는 한국식당에서는 팁을 안 놔도 되고, 음식 값이 싸고 양이 많으니까 집에서 해 먹는 것보다 오히려 싸지 않아요?

—그야 그렇지만. 어쨌든 당신이 너무 낙담 안 하고 그냥 하루하루 맘 편히만 살아준다면 나야 당연히 여기가 더 좋지요.

—그럼 됐어요. 난민 지위 못 받아서 애태우던 불법체류자 시절만 생각하고 지금은 난민으로 인정되어 영주권을 얻었으니 얼마나 다행이냐, 그 생각만 해요.

—고마워요. 그렇게 말해주니.

—나 자신을 위해서도 내가 이렇게 생각을 정리하지 않으면 맘이 불편해서 못 살아요.

—알았어요. 난 당신이 후회하고 혼자 속상해하고 날 원망할까봐 얼마나 마음 졸였는지 몰라요. 사실 남자들에겐 한국이 천국이잖아요?

─그런 점도 있지만, 요즘 보면 여자가 더 좋아 보이던데요. 이제 먹고 살만 하니까 여자들은 마음대로 다 하고 살잖아요? 옛날에 비해 일도 덜 하고, 남자들이 부엌일까지 돕고, 청소는 물론이고, 심지어 요리하는 남자도 많다고 하잖아요? 조금만 여유 있으면 사람 써서 집안 일 시키면 되고⋯여자들은 살판났지. 여자들끼리 모여 수다 떨고, 같이 밥 먹고, 차 마시고, 영화도 보고⋯

─맞아요. 그런 여자도 정말 많지요. 그러나 내가 제일 힘들었던 건 아이들 교육문제였어요. 아이들이 학교에서 돌아오면 몇 가지 씩 과외를 시키더라고요. 국어, 영어, 수학, 운동, 피아노, 미술.

가장 좋은 학원을 찾아내고, 실력 있는 과외선생님을 알아내서 아이들에게 붙여주는 엄마가 훌륭한 엄마이고, 성의 있는 엄마가 되는 거거든요. 확률로 봐서는 그런 뒷받침을 받은 아이들이 아무래도 좋은 대학에 들어가더라고요. 자식들이 일류대학 가면 엄마는 평생 목에 힘주고 사는 거죠. 그런데 나는 도저히 그런 엄마가 될 수 없다는 게 두렵고 아이들한테도 미안하고.

아이들 이야기를 하다보니 불현 듯 옛날일이 생각났다.

중휘가 중학교 2학년이던 1975년에 일본아이들과 패싸움 비슷한 것을 한 적이 있었다. 일본아이들이 조선족 아이들에게 먼저 '조센진'이라고 시비를 거는 바람에 결국 패싸움으로 발전된 것이었다.

─조센진(조선인)이 왜 일본학교를 다니느냐?

나카무라 다로中村太郎가 시비를 걸었다. 이 말을 들은 조선족 학생 김찬수는

―그런 말이 어딨어? 우리도 일본에서 태어났으므로 니혼진(일본인)인데, '조센진'이라니?

―여기서 태어나면 뭘 해? 성이 조센진 성인데…

―우리도 똑같이 세금내고 똑같이 교육받고 똑같은 일본어를 쓰는데, 이제 와서 조센진, 니혼진 따져야겠어?

이번엔 리도연이 점잖게 거들었다.

―그래 따져야겠다. 너희들은 아무리 그래봐야 니혼진이 아니야. 너희들은 어디까지나 조센진이란 말이다. 우린 조센진이 싫어. 무조건 싫어. 제발 너희나라로 떠나. 그러면 이런 말도 안 듣잖아?

듣기만 하던 사토 야마토佐燈大和가 갑자기 기세 등등 끼어들었다.

―나는 일본인이야. 조선에 가본 적도 없고, 조선을 좋아한 적도 없어. 나의 조국은 일본이란 말이다.

평소에 말이 적은 박철규도 못 참겠는지 거들고 나섰다.

―아무리 그래봐야 소용없어. 김이박최 너희는 어디까지나 조센진이야, 알아듣겠어?

하면서 눈을 부라리던 나카무라 다로가 박철규를 한 대 칠 것 같은 자세로 팔을 들어올렸다. 이것을 본 최중휘가 잽싸게 나카무라의 팔을 잡아 뒤로 제치니 '아, 아' 소리치다가 발로 차려고 버둥거렸다. 중휘는 그 순간을 놓치지 않고 반대로 다리를 걸어 넘어뜨렸다. 중휘는 어릴 때부터 배운 유도 실력을 이용해 적극 방어하여 박철규를 보호하였다.

일본 아이들이 약간 기가 죽으며 한발 물러났다. 그럭저럭 상황은 종료되었으나 감정이 다 풀리진 않았다. 조선족 아이들은 일본 애들한테 매번 이런 모욕을 당하는 게 너무나 억울하고 분했다. 일본에서 태어나고 일본말을 모어로 배웠으며, 집에서도 늘 일본어로 대화하고, 완전히 일본사람으로 사는데, 왜 조센진이라고 놀림 받고 차별받는 지 도무지 이해가 되지 않았다. 실은 이렇게 아이들마저 조센진 운운하며 시비를 걸고 미워하는 데는 관동대지진과도 연관이 있었다.

1923년 9월 1일 오전에 일본 간토關東지방에 발생한 지진은 진도 규모 7.9의 실로 엄청난 것이었다. 이 지진으로 인하여 대규모의 화재와 해일, 토네이도가 일어나 도쿄와 요코하마의 기간 시설이 대부분 파괴되었다. 가옥 피해만 약 70만 채에 달했고, 또한 인명피해도 사망자 10만 명이 넘었다. 물론 이 피해자들 중에는 조선인도 많았다.

그런데 엉뚱하게도 이 지진으로 조선인은 실로 기막힌 일을 당해야 했다. 지진 바로 다음날 발족한 야마모토 곤노효에山本權兵衛내각은 불안한 민심을 달래고 사회혼란을 진정시키기 위해 공작대를 조직하여 방화, 우물에 독극물 투입, 투탄 등 테러해위를 감행하고, 이것이 조선인들이 자행한 것처럼 조작했다. 만만한 조선인을 희생양으로 삼은 것이다.

'조선인이 방화를 하고, 폭동을 일으켰다', '조선인이 우물에 독약을 넣었다', '조선인의 배후에는 사회주의자가 있다'는 등의 유언비어를 조직적으로 유포시키고 이것을 구실로 계엄령까지 선포했다. 내각은 이 혼란을 조선인들에게 우호적인 좌익 세력을 뿌리 뽑기 위한 기회로 삼아, 노동운동가 히라사와 게이시치平澤計七와 사회주의 지도자 오스기 사카에大杉榮부부를 비롯한 일본의 진보적 인사 수십 명을 검거하여 살해하였다.

이렇듯 터무니없는 유언비어가 기정사실처럼 퍼져나가니, 이걸 구실로 전국적으로 조직된 3000개 이상의 일본인 자경단自警團은 조선인들을 보는 족족 살해하였다. 이때 일본인에 의해 희생당한 조선인의 숫자는 대략 6000명(물론 이 숫자는 발표기관에 따라 3000~10000으로 다르게 나타나기도 한다) 정도로 파악되었다.

이후로 조선인에 대한 일본인의 적대감이 사회전반에 깔리면서 무고한 조선인들이 억울한 일을 수없이 당했는데, 이런 분위기는 그 아랫세대까지 전해져 내려와 이와 같이 조선인에 대한 악감정이 일본 전체에 뿌리내리게 되었던 것이다. 실로 재일동포로서는 땅을 칠 노릇이었다.

안 그래도 일본 강점기에 일본으로 건너간 수십만 명의 조선인은 일본에서 공무원도 될 수 없고, 공직자도 될 수 없고, 정치가도 될 수 없는 근본적인 차별을 당해야 했다. 그러니 재일 교포는 상업이나 농업에 종사할 수밖에 없었다.

지금은 손정의 같은 뛰어난 인재도 나와서 재일 한국인의 사기를 높여주고 있지만, 한때 재일동포들은 아기가 태어나자마자 지문을 찍게 되는 수모를 당하기도 했다. 사형이 확정된 범죄자만이 지문을 찍는 일본인에 비해 한국인은 출생과 동시에 지문을 찍어야 하는 상황에 놓였던 것이다. 이것은 1965년 한일협정을 주도한 김종필의 실수 혹은 무관심을 틈타서 일본당국에서 서둘러 만든 한일 협정에 재일조선인을 외국인으로 등록하게 만든 결과에서 비롯된 것이었다. 후속한일협정이 이루어진 1990년까지 무려 25년간 재일 동포들은 그 이전보다 더욱 피눈물 나는 세월을 견뎌야 했다. 그나마 뜻있는 재일동포 지식인들이 끈질기게 투쟁

한 결과로 1990년 후속한일회담 이후부터 이런 지문 날인 제도가 없어
지는 등 재일동포의 지위향상을 위한 일련의 조치가 취해졌다.

그러나 1998년 11월 발효된 신한일어업협정의 내용에 대해서는 의식
있는 한국 지식인들이 비판의 목소리를 높였으나 당시 정치지도자들은
이들의 비판을 무시하였다.

비판의 주된 내용은 첫째, 독도가 한국 영토임을 명확히 하지 않음으
로써 앞으로 독도 영유권에 관한 한일 간 분쟁의 소지를 남겨 두었고,
둘째, 중간수역에 포함된 어장의 절반은 일본수역으로 들어간 나머지
절반에 비하여 경제성이 현저히 떨어졌으며, 셋째, 경제성이 가장 큰 제
주도와 일본 사이의 경계선이 일본에 유리하게 설정됨으로써 한국 어
민의 손해뿐만 아니라 국가경제적으로도 손해를 가져 왔다는 것이다.
이 문제는 아직도 해결되지 않은 채로 시한폭탄처럼 잠복해 있는 것이
다. 위안부 문제만 해도 한일 간에 큰 장벽으로 남아있다.

물론 최근에는 조선인도 지방공무원으로 진출할 수 있는 등 재일한국
인들의 법적 지위가 다소 높아졌으나 근본적인 차별은 아직도 남아 있
다. 한편 일본 내에 한류가 일어나면서 한국어 붐도 동시에 일어나 한국
어를 배우겠다는 일본인이 엄청나게 많아져서 한국어 교사나 교수로
임용된 재일한국인이 많아졌다. 현재 일본에서 한국어 강좌를 개설한
대학이 300개를 넘었고, 고등학교도 200개가 넘었다. 그리고 양국의 상
호 여행객 수나 교역규모가 엄청난 것은 인위적으로 어쩔 수 없는 한일
간의 밀접한 관계를 보여주는 상징적 지표이기도 하다. 지리적 인접성
도 무시하기 어려운 요소 중 하나다.

한일 간의 자세한 역사를 잘 모르는 중휘는 일본아이들의 횡포를 이해하기도 어려웠고, 왜 조선인이 일본에서 차별받고 사는지 속상하기 이를 데 없었다. 그저 억울하고 답답할 뿐이었다. 재일조선인은 일본으로 귀화하고 싶어도 하기 어려운 점이 있다. 귀화를 신청하려면 이름과 성을 일본식으로 바꿔야 하기 때문이다. 아버지가 물려준 성을 바꾼다는 것은 한국인의 피를 받은 사람이라면 도저히 내키지 않는 일이었으니까. 물론 그럼에도 불구하고 차별을 못 견디고 신분상승을 위해 일본으로 귀화한 사람도 적지 않다.

야마모토 야스오山本 安夫로 개명까지 하여 귀화한 자기 친구 한수찬도 처음에는 도매금으로 놀림을 받았으니 어찌 된 일인지 도무지 그 이유를 알 수 없었다. 그러나 이 근원적인 문제를 혼자서 풀 수도 없으므로 중휘는 고민 끝에 고등학교는 조선학교에 가야겠다고 생각했다. 혼자만 가면 너무 외로울 것이므로 친구 한두 명만 같이 가면 매우 좋을 것 같았다.

평소에 친하게 지내는 반 친구 이도연과 조윤철에게

─도연아, 윤철아, 우리 이 학교 졸업하면 고등학교는 조선학교로
  가는 게 어떻겠니? 우리 다 같이 조선학교에 가자.

라고 하자 윤철과 도연은

─아직 한 번도 그 생각은 못 해 봤는데, 집에 가서 부모님과 상의
  해 볼게. 장단점이 있을 것 같은데… 일본아이들한테 시달리지
  않아서 그건 나도 좋다고 생각해. 내일 답을 줄게.

─알았어. 긍정적으로 생각해주기 바란다.

이튿날 리도연과 조윤철이 모두 중휘의 제안을 받아들이겠다는 뜻을 전해 왔다.

―그래, 우리도 너와 함께 조선학교에 가기로 했어. 3년간 마음 편히 학교 다니고 싶어.

―응, 생각 잘 했다. 고맙다. 우리 조선학교에 가서도 열심히 공부 하자. 그전에 틈틈이 조선어 공부도 하자.

일본의 조총련이 세운 조선학교는 조선말로 수업을 하고 민족적 정체성 확립에 노력하고 있는 학교들로서, 한때 일본 전역에 160여개나 있었으나, 지금은 급격하게 그 세가 약화된 상태다. 일본인들의 조선학교에 대한 억압과 차별, 그리고 박해가 끊이지 않을 뿐 아니라, 걸핏하면 여학생의 교복 저고리를 찢고, 등에 낙서를 하는 등 일본 우익들의 테러가 심심치 않게 일어났기 때문이다. 학생들은 원래 검정 치마와 흰 저고리 교복을 입어야 했지만 우익테러 때문에 학교 밖에서는 조선옷을 입지 못했다. 동포 사회가 아직도 조선학교를 완전히 외면하지 않는 가장 큰 이유는 '조선어 교육' 때문이다. 민단계 학교는 일본 전역에 네 곳뿐이고, 동포들이 간절하게 원하는 한국어 교육의 분량과 수준도 조선학교에 턱없이 못 미친다.

조선학교는 2017년 현재 초중고 68개가 남아있으나, 일본의 교육복지 혜택에서 제외된 상태로 지금도 투쟁 중이다. 민족학교인 조선학교가 어려움을 겪을 때 북한은 조건 없이 지원했다. 1950년부터 2017년까지 북한에서 이들 조선학교에 163회 총 480억 엔의 자금을 지원한 바있으며, 이중 2억3000억 엔은 김정은 시대에 들어와서 보낸 자금이다.

조선학교 학생들은 졸업 전 2주 동안 모국(북한)을 방문하는 기회도 얻게 된다. 그러나 반대로 고향(실제로는 조부모, 부모들의 고향)이 남한인 조선학교 학생들은 지금도 한국을 방문하지 못한다. 조선학교가 북한과 동일한 김 씨 우상화 교육을 받았고, 북한의 지원을 받았다는 이유로 그들의 입국을 거부하기 때문이다.

그들은 일본의 식민 지배하에 강제로 끌려온 할아버지와 할머니를 두었다는 것 외에 아무런 죄가 없다. 일본 땅에서 조선인으로 태어나고 자라며 민족 교육을 받았을 뿐인데, 그들을 차별하는 장벽은 거대하다. 그들의 고향인 남쪽 조선을 그들은 '한국'이라 부르고 조선학교를 지원한 북쪽 조선을 '조국'이라 부른다. 남한에서 볼 때는 이들 조선학교는 김 씨 우상화교육을 너무 철저하게 받았다는 게 문제이다. 민족교육을 하되, 김 씨 우상화교육을 안 하는 대신 한국어 교육을 강화하고 남한에서는 조선학교들을 지원하고 조선학생들의 입국을 허용하는 날이 오면 얼마나 좋으랴?

이념과 전혀 상관없이, 그리고 선택의 여지없이 식민 지배를 받던 일본에서 태어나고 자랐으며, 자신의 의지와 상관없이 두 동강 난 조국의 현실 때문에 두 개의 조국을 갖게 된 아이들, 한 곳은 그들을 거부했고, 한 곳은 그들을 아들딸로 받아들이되, 오로지 김 씨의 이름으로만 모든 교육을 받았으며, 특히 북송되었을 때는 '재포, 귀포'라는 이름으로 갖은 탄압과 차별을 받는 이 모순된 현실을 어이 하리.

조총련 자체도 한때 재일동포의 약 80%에 해당하는 43만 명에 이르기도 했으나, 88올림픽과 2002 한일월드컵 이후 한국 국적 취득자가 급

중하면서 현재는 8만 명 정도 밖에 되지 않는다. 이중에서도 북한국적을 가진 사람은 3,4만 명에 불과하게 되었다. 나머지는 국적이 '조선'으로 되어 있어 국적이 없는 것과 마찬가지이다. 왜냐하면 '조선'이라는 이름을 가진 나라는 현재 이 지구상에 없기 때문이다. 그러므로 이들은 일본법의 보호를 받을 수 없는 사실상의 무국적자로 살아가고 있는 것이다.

88올림픽 당시 재일교포들은 한국에서 올림픽을 개최한다는 사실이 너무나 감격스러워 600억 원의 성금을 모아 한국에 보냈다. 당시 이 돈은 올림픽 기반시설과 올림픽 개최에 큰 도움이 되었고. 흑자올림픽이 되게 하는 데도 일등공신이었다.

올림픽조직위원회는 올림픽이 끝난 후 남은 돈으로 올림픽 공원도 조성하고, 서울평화재단을 설립하여 격년으로 국제평화상인 '서울평화상'을 수여하고 있다. 한편 한국계 민단 수는 계속 불어나고 있는 추세이며, 2017년 현재 약 55만 명으로 알려져 있으나, 차별을 피하기 위하여 일본으로 귀화하는 사람도 늘고 있다. 귀화자 수에 대한 정확한 통계는 없으나, 2014년 한 해에만 500명 이상이 일본으로 귀화했다는 기록이 나온 바 있다.

조선학교는 북한이 일본의 미수교국이므로 일본사회 내에서 정식 교육기관으로서의 인정은 받지 못하고 있는 실정이고, 교육시설 또한 열악한 편이다. 일본정부가 2010년 고교수업료 무상화 제도를 도입하여 시행하고 있으나, 이들 조선학교는 정규학교가 아닌 각종학교로 분류되어 이 제도의 혜택을 못 받고 있는 것이다.

반면에 민단계 학교는 동경한국학교, 오사카금강학교, 교토국제학교, 건국한국학교 등 4개로서, 초중고를 다 가지고 있고, 모두 한국과 일본 정부로부터 정규학교로 인정받고 있으며, 수업은 일본어로 하고 있고, 한국어는 과목으로 배우며, 시설도 조선학교에 비해 훨씬 더 좋다.

중휘, 윤철, 도연이 입학한 오사카고급학교大阪朝鮮高級學校는 조총련계 학교로서 수업도 조선어로 하고, 학생들도 모두 조선족이어서 일본 아이들처럼 차별을 하지 않아서 좋았다. 중휘가 고등학교에 다니던 1970년대만 해도 조총련계가 민단계를 압도했으므로, 아무런 생각 없이 그냥 조선학교라는 것만 생각하고 입학했던 것이다. 부모님도 이런 문제에 민감하지 않으셨는지, 아들을 집에서 가까운 오사카고급학교에 입학시켰던 것이다.

세 명의 친구들은 처음 한 학기는 조선어 실력이 달려 무척 고생했으나, 둘째학기부터는 많이 나아졌다. 이 학교에서는 조선민주주의인민공화국에 대한 충성을 강요받았다. 학교에 가면 교실마다 걸려있는 김 부자 사진에 대고 절을 하고 나서 수업을 했고, 수업에서는 무슨 과목이든지 김 부자의 이론이라며 일단 김 부자에 대한 존경심과 충성심을 먼저 불러일으킨 다음 공부를 시작했다. 조선(민주주의)인민공화국을 '어머니의 품'이고, '지상낙원'이라고 가르쳤다. 조선민주주의인민공화국에서는 대학도 무료이고, 병원도 무료라고 하면서 시설 좋은 사진을 보여줬다.

　─조선민주주의인민공화국은 우리의 어머니 품입니다. 여러분들은 아무쪼록 열심히 공부해서 어머니에게 기쁨을 주시기 바랍니다.

교장선생님의 훈화는 언제나 이런 말로 끝이 났다. 물론 교실에서도 선생님들이 비슷한 얘길 해주었다. 처음엔 김 부자 충성교육에 고개를 갸우뚱 했지만, 매일 반복되니 자기도 모르는 사이에 빠져 들어갔다. 중휘는 '어머니의 품'이란 단어가 진정으로 가슴을 따뜻하게 해주는 느낌을 받아서 어머니 품에 안길 수 있는 날이 오기를 기다렸다. 그러던 중 마침 할아버지, 할머니가 북한에 가시겠다고 나섰다. 아버지, 어머니는 극구 말렸으나 할아버지 할머니는 고향땅 길주에 가서 죽겠다며 북조선행을 서둘렀다. 중휘는 할아버지 할머니를 따라 '어머니의 품'인 북조선에 가고 싶었다. 며칠간 고민을 하면서, 아버지 어머니도 함께 가자고 졸랐다. 그러나 아버지 어머니는 북조선의 실상을 안다며 거짓선전에 속아 넘어가면 안 된다고 오히려 중휘를 말렸다.

　　중휘는 학교에서 선생님들이 하는 이야기와 할아버지 할머니가 하는 얘기는 같으나 부모님의 얘기는 다르므로 잠시 혼란에 빠졌다. 일본에서는 대학에 합격해도 등록금 마련이 쉽지 않은 현실을 생각하고 북한행을 결심하게 된다. '북한은 김일성종합대학은 물론, 모든 대학이 무료이고 병원도 무료인 지상낙원이라 하지 않는가?' 차별받으며, 대학도 제대로 못 다니거나, 대학을 나와도 공직에 진출하지 못하는 일본에 있느니 북한에서 차별받지 않고 대학도 다니고 마음껏 꿈을 펼치는 게 훨씬 더 나을 것 같았기 때문이다. 기어코 그는 할아버지 할머니를 따라 북송선에 오르기로 최종 결심하였다. 친한 친구 조윤철과 리도연에게도 북한행을 권했다. 결국 두 사람도 모두 부모님을 설득하여 중휘와 함께 북한에 가기로 하였다.

중휘는 아예 떠나는 것도 안 보시겠다던 부모님의 모습을 멀리서 보며 울컥했으나, 푸른 꿈이 있었으므로 더 이상 갈등 없이 설레는 가슴을 안고 배에 오를 수 있었다. 할아버지, 할머니, 그리고 친구 윤철, 도연과 함께 한다는 게 너무나 든든했다.

한편 1974년 8월 15일 일본 조총련계의 문세광에 의해 육영수 여사가 저격된 지 1년 후 박정희대통령의 결단으로 조총련계의 '추석 고향 방문단'이 한국을 방문하도록 유도하였다. 1975년 9월 13일부터 2주일 동안 한국을 최초로 방문한 조총련계 교포 698명은 부산항으로 입항하여 조용필의 '돌아와요 부산항에'를 들으며 진한 향수에 젖었고, 30, 40년 만에 부모형제 혈육을 만나고, 창원공단과 울산공단, 포항제철 등지를 둘러보면서 고국의 발전에 감격의 눈물을 흘렸다. 1975년 9월 24일 장충단 극장(현 국립극장 해오름극장)에서 열린 '서울시민 조총련 모국방문단 환영대회'에서 당시 민주당 총재였던 박순천 여사가 환영사를 하고, 이어서 김희갑이 '불효자는 웁니다'를 부를 때는 그야말로 통한의 세월이 한꺼번에 녹아내렸다. 그동안 북한에게 속아 지냈던 세월에 가슴을 쳤고, 모국의 찬란한 발전에 가슴 뭉클한 감동을 받았다.

그러나 한국방문을 하지 않은 대부분의 재일 조총련계 교포들 중 북한 출신들은 꿈에도 그리던 고향과 고국, 북한이 선전하는 지상낙원으로 돌아간다는 장밋빛 환상에 젖어 북송선 만경봉호에 오르게 된다. 일본 당국은 평소 범법행위를 많이 하는 골치 아픈 조총련계를 북한으로 보내버리는 것이 되고, 북한으로서는 부족한 노동력을 해결하는 것이 되므로 북한과 일본의 이해관계가 맞아떨어져 북한과 일본 적십자사가 공동으로 북송사업을 적극적으로 추진했던 것이다. 그리하여 '만경봉호'는 1959년부터 50년간 니카타항에서 청진항까지 340여 회 운항하며 약 10만 명의 재일 동포를 북송했다. 북한으로 간 재일교포들은 북한에 도착하는 즉시 '귀국자', '재포', '귀포' 등의 이름으로 불리며 동요계층이나 적대계층으로 분류돼 감시를 받으며 피눈물 나는 세월을 견뎌야 했다. 북한에 도착하자마자 가진 돈과 일제 물건을 대부분 다 빼앗기고 끔찍한 노동과 심한 차별, 숨 막히는 통제 속에서 인간 이하의 생활을 감내해야 했던 것이다. 물론 극소수의 조총련 간부 가족들은 일정한 대우를 받았다.

1978년 11월 25일 니카타항에서 만경봉호에 몸을 실은 최중휘와 중휘의 조부모, 중휘 친구 조윤철과 리도연, 조윤철의 친구 정인조 등을 비롯한 재일동포 245명은 승선 이후 청진항에 도착할 때까지 바깥을 볼 수 없었다. 배를 타고 가면 끝없이 넓고 푸른 바다와 일본과 한국, 그리고 북한의 아름다운 산천을 낭만적으로 볼 수 있을 거라는 기대는 파도에 휩쓸려가는 하얀 물보라처럼 그렇게 자취도 없이 사라졌다. 아예 밖을 보지 못하도록 창에 나무판자를 덧대어 놓았기 때문이다.

중휘 일행은 운항시간이 지루하니까 그냥 잠을 자라고 그러나보다 하며 잠을 청했다. 시간이 얼마나 지났을까. 눈을 떴을 때는 청진항에 도착해 있었다. 환영객이 몇 백 명은 되는 것 같아 뿌듯했다. '조선민주주의인민공화국에 오신 것을 렬렬히 환영합니다.'와 같은 현수막도 걸려있고, 환영단이 꽃다발을 들어 힘차게 손을 흔들어 주어 '역시 오길 잘했다.'고 생각하며 흐뭇해하기도 했다.

배에서 내려 보니 마침 비가 오고 있었는데, 날씨는 겨울처럼 추웠다. 환영 나온 사람들 중에는 정상적인 차림으로 우산을 든 사람들도 있었지만, 마중 나온 대부분의 사람들은 우산 대신 비닐 막을 머리에 쓰고, 맨발로 앞이 뭉뚝한 고무신을 신고, 낡고 꾀죄죄한 옷을 입고 있었다. 특히 얼굴을 한 달은 안 씻은 것 같은 새까만 아이들이 새까만 손을 내미는 모습에 중휘는 큰 충격을 받았다. 나중에 알고 보니 환영 나온 군중의 상당수가 꽃제비였다.

잘 사는 나라에서 왔으니까 동전 하나라도 얻을까 하는 기대로 너도나도 부두로 몰려왔던 것이다. 물론 당에서 동원된 사람들이 꽃다발을 건네주기도 했다. 중휘 네 세 식구와 리도연, 조윤철은 청진항에 내려 돈도 거의 다 압수당했다. 여러 가지 일제 물건들도 빼앗기고 당장 여비도 없다. 더구나 여행의 자유가 없으니 평양은 물론, 조부모님의 고향인 길주에도 갈 방법이 없었다. 다시 일본에 가는 것은 꿈도 못 꿀 일이었고, 원하는 대학을 간다든가, 원하는 도시에서 원하는 직장을 갖는 건 아예 상상조차 할 수 없는 일이었다.

처음 북한에 도착하면 '북한판 하나원'인 수용소에 입소하게 되는데, 여기서 가르쳐주는 것은 '일본은 잊어라'였고, '어머니의 품이요, 지상낙원인 공화국'은 지금 큰 병에 걸려 아프다. 미제 승냥이 놈들과 남조선 괴뢰들 때문에 무기를 사느라 돈이 없다. 지금 어머니가 앓아누웠는데, 자식으로서 모른 체 할 수 있느냐? 열심히 일하고 절약하여 어머니를 도와야 한다.'는 논리를 주입시켰다. 지상낙원에서 김일성대학도 다니고 마음껏 능력을 펼쳐보겠다던 중휘와 친구들의 꿈은 산산이 부서져 갔다. '아뿔싸!', 주체할 수 없는 후회가 밀려왔다. 돌이키기에는 이미 너무 늦은 것을 깨닫고 절망에 빠졌다. 함께 온 도연은 청진에, 윤철은 신의주에, 중휘 네 세 식구는 평남 평성군에 배치 받아 뿔뿔이 헤어지게 되었다. 중휘 조부모님의 실망도 이만저만이 아니었다. 중휘는 친구들에게 거듭 사죄하면서

— 부디 용기 잃지 말고 열심히 살아서 나중에 평양에서 꼭 다시
　만나자.

하며 손에 손을 포갰다.

중휘 네가 배치 받은 평성은 그나마 평양이 가깝다는 것이 조금의 위안이 되었다. 처음 북한에 오고 1년 동안은 그래도 할아버지 할머니가 장사를 하셔서 굶지는 않았다. 1년 사이에 두 분이 모두 돌아가시자 중휘는 천애고아가 되어 꽃제비 생활을 해야 했다. 떠돌아다니며 강냉이 밥이라도 얻어먹고 훔쳐 먹고, 옷도 남의 집 빨랫줄에서 훔쳐서 입었다.

가장 괴로운 것은 일본에 있는 부모님께 제대로 된 편지를 보내지 못하는 것이었다. 외국에 나가는 모든 편지는 일일이 검열을 했다. 북한에 대한 나쁜 얘기가 단 한 마디만 있어도 편지를 안 보내는 것은 물론, 무거운 벌을 받아야하기 때문이었다. 다른 가족들은 일본에서 떠나올 때 연필로 편지를 쓰면 북조선에 오지 말라는 뜻이고, 펜으로 쓰면 오라는 뜻이라고 서로 약속을 했다고 한다. 어떤 집은 '우표 수집을 했었잖니? 북조선 우표도 모아라'하고 암시하여 우표를 뜯어보니 깨알 같은 글씨로 '절대 오지 마'가 쓰여 있기도 했다는데, 중휘 네 일행은 그런 것도 모르고 아무런 약속도 없이 왔으므로, 편지도 보낼 수 없고, 전화도 할 수

없는 현실에 억장이 무너졌다.

이미 20년 전부터 북송이 이루어졌으니까 이때쯤은 재일교포들에게 북한의 실상이 제대로 알려져 있어야 마땅했다. 그러나 철저하게 단속하고, 통제하였으므로 1978년 당시까지도 북한의 실상이 일본에 제대로 전해지지 않았던 것이다. 더구나 오래 전 북한에 속은 걸 안 일부 북송 교포들이 북한의 참상을 외부로 알리려는 시도를 하다가 발각되어 정치범 수용소에 갇혔기 때문이다. 정치범 수용소는 한번 들어가면 다시는 나오지 못하는 곳으로 악명이 높다. 한 명만 나오게 되더라도 수용소의 실상이 외부에 알려지므로 철저하게 감금하고 혹사시켜서 결국은 2,3년도 안 돼 영양실조와 과로로 죽게 되는 곳이다.

2

중휘는 부모님이 그토록 말리시는 데도 우기고 북한에 온 것이 뼈에 사무치도록 후회스럽고 죄송했다. 같이 온 친구들에게도 미안하기 짝이 없었다. '무지도 죄'라는 말을 절감했다. 대학도 무료로 다닐 수 있다는 꿈은 휴지조각이 된 지 오래다. 하루하루 연명하기도 여간 벅차지 않았다. 우선 너무 배가 고파 얻어먹고 주워 먹고, 훔쳐 먹고 정신없이 먹는 데만 골몰하다가 자기도 모르는 사이에 꽃제비가 되어 있었던 것이다. 먹는 것 외엔 아무런 생각도 나지 않았다.

어느 날 중휘는 정신이 번쩍 났다. '내가 이게 무슨 꼴인가? 나는 이제 어떻게 살아가야 하나?' 뚜렷한 계획이 세워지지 않았지만, 그래도 이렇게 쓰러질 순 없다. 특단의 대책을 세워야 한다고 생각했다. 아무리 어려워도 공부는 해야 하니 우선은 학교에 들어가야겠다는 결심을 했다. 처음 북한에 오려고 생각했던 가장 큰 이유가 무료로 대학 다니는 것이 었으니까 어떻게든 대학은 나와야 했다. 더구나 부모님을 그토록 마음 아프게 해놓고 북한에서 이렇게 쓰러져 죽으면 너무 억울하고 한스럽고 죄스러울 것이었다.

공부를 좋아하고 잘 했기 때문에 어떻게든 공부는 하고 싶었다. 복잡한 절차를 거쳐 결국 평성고등중학교 2학년에 편입학했다. '윤철, 도연과 함께라면 얼마나 좋을까? 모두 어떻게 살고 있을까? 얘들아, 힘들더라도 용기 잃지 말고 꼭 성공해 주기 바란다. 미안하다. 공연히 나 때문에 너희들이 억울한 삶을 살게 되어 면목이 없다.' 친구들에 대한 미안함과 안쓰러움, 그리고 궁금함이 범벅이 되었다. '그래도 잘 헤쳐 나가겠지.' 생각하며 우선 자기 발등의 불을 끌 수밖에 없었다.

공부를 해보니 역시 김일성 혁명역사가 제일 중요한 과목이었고, 모든 교과서의 머리말에는 김일성의 교시가 굵은 글씨로 한 페이지 제시된 다음, 본문이 실려 있었고, 내용 안에서도 틈틈이 김 부자에 대한 찬양과 충성을 강요하는 내용이 들어있었다. 옛날 일본에서 배울 때는 어리기도 했고, 북한을 몰랐기 때문에 그대로 믿었다. 이제 모든 걸 알고부터는 마음속에서 반감이 일었다. 내색을 하는 즉시 수용소나 교화소로 보내질 것이므로 모른 척 하고 철저하게 다른 아이들과 똑같이 행동하고 말하려고 안간힘을 썼다. '벙어리 냉가슴 앓는다.'는 말이 실감났다.

그런데 반 아이들이 어떻게 알았는지 중휘를 보고 '쪽발이'라고 놀려댔다. 어떤 아이들은 '반쪽발이'라고 하기도 했다. 중휘는 너무나 억울해서

―내가 왜 쪽발이냐, 나도 조선인이다.

라고 했으나 일본에서 왔으니 '쪽발이'라는 것이다. 아마도 그의 발음에서 일본 억양이 남아있고 'ㅇ'받침을 잘 못했는지 하여튼 아이들이 그가 일본에서 왔다는 걸 알고는 놀려대고 무시하고 따돌렸다. 처음엔 놀림 받으면 풀도 죽고 속상하기만 했으나, 가만히 생각해 보니 자기는 체격도 좋고 일본에서 어릴 때부터 유도를 배웠으므로 아이들과 싸우더라도 얼마든지 방어하고 공격할 자신이 있다. 두려워 할 이유가 없었다. '조센진'이라며 놀려대던 일본아이들한테도 '본때'를 보여줬던 자신을 상기하고, 이튿날은 마음을 단단히 먹고 학교에 갔다. 마침 이날도 어김없이 '차두환'이란 아이가 동급생 몇 명을 앞세워 중휘를 '쪽발이'라고 놀려댔다. 중휘는 이때다! 하고 결연한 음성으로 말했다.

　　―내가 지금까지는 참았지만 이제 더 이상은 참지 않겠다. 나는
　　일본인이 아니고 조선사람이다. 왜 자꾸 나를 '쪽발이'라고 하네?
　　한번만 더 '쪽발이'라고 놀리면 더 이상 용서하지 않겠다.

그랬더니 차두환이

　　―안 참으면 어쩔 건데? 한번 해보겠다는 거네?

하면서 매우 공격적으로 응수했다.

　　―그렇다. 말로 해서 안 되면 몸으로 상대해 줄 수밖에.

　　―어디 그럼 한번 해 보시든가.

하면서 주먹을 날릴 자세를 취했다. 중휘는 잽싸게 두환의 손목을 낚아채서 한번 비틀어줬다. 아, 아 소리치며 씩씩거리더니 이번에는 발로

차려고 했다. 중휘는 이때다! 하고 두환에게 다리를 걸어 넘어뜨렸다. 이 광경을 보던 아이들이 갑자기 눈빛이 달라지며 슬슬 물러서기 시작했다.

─누구든지 덤비면 상대해주겠다.

한 번 더 쐐기를 박았더니 그때부터는 중휘를 두려워하며 놀릴 엄두를 내지 않았다. 공부를 해도 중휘가 가장 잘 하니까 자연스럽게 중휘를 두려워하기도 하고 어떤 아이들은 아양을 떨며 친해지려고까지 하였다. 2주일쯤 지난 어느 날이었다. 수업을 마치고 나오는데, 너댓 명이 모여서 뭐라고 수군대고 웃고 있다가 중휘를 보더니 슬슬 피하면서 흩어졌다. 중휘는 그 중의 한명을 잡아 무슨 일이냐고 물었다.

─성철아, 왜 수군대고 웃고 그러다가 나를 보자 모두 흩어지는지 말해줄 수 없겠네? 나는 불쾌하고 답답하다. 성철아, 얘기 좀 해주려마.

─아무것도 아니야. 난 아무 것도 몰라.

─너까지 이러기네? 정말 모르네? 너도 한번 혼나봐야 정신차릴 기야?

─뭔가 나에 대해 얘기했었잖아? 난 분명히 보았어. 성철아, 부탁한다.

─응, 그게 말이여, 꼭 너에게 하는 말은 아니고, 그냥 '째뽀'들 얘기했어.

─째뽀? 그게 뭐야? 째뽀가 뭐냔 말이여?

─응, 그러니까, 재외동포 이런 말이야.

─그럼 내가 일본에서 온 동포이니 '재포'라고 하는데, 이것을 욕처럼 '째뽀'라고 한다 이거야?

─응, 맞아. 그리고 '째끼'라고도 해.

─재귀 '재외귀국동포' 즉 '재귀'를 역시 욕처럼 '째끼'라고도 한다, 이 말이겠구나.

─맞아. 그러니까 꼭 너를 보고 한 말은 아니었지라. 너무 화내지 마.

─알았어. 고맙다. 참으로 고약한 아이들이구나.

중휘는 온몸에서 기운이 다 빠져나가는 것 같은 느낌을 받았다. 세상 모두가 자기를 비웃는 것 같았다.

'역시 여기 오는 게 아니었어. 그래도 이왕 왔으니 악착같이 살아남아야 해.' 두 손을 불끈 쥐면서 옷깃을 여몄다.

학교생활에서는 더 이상 어려움이 없었으나 돈이 없으니까 생활 자체가 너무 힘들었다. 아침도 못 먹고 학교에 가서 공부를 하려면 머리가 어질어질하고, 공부에 집중도 안 되었다. 점심시간에는 모두 곽밥(도시락)을 먹거나 집에 가서 밥을 먹고 왔으나, 중휘는 집에 와도 아무도 없고 밥도 없으니 물만 마시고 다시 수업을 하였다. 사흘을 굶고 나면 어지러워 공부가 머리에 들어오지 않았다. 다시 꽃제비 생활을 할 수는 없으니 다른 방법을 찾아야 했다.

궁리 끝에 생각해 낸 것이 소학교와 중학교 학생의 과외 공부였다. 자기의 수학 실력을 발휘하면 충분히 가능할 것 같았다. 이튿날 '수학 과외 받을 학생을 찾는다.'는 광고지를 만들어 인근 인민학교와 초등중학교에 붙였다. 전화가 없으니까 '희망하는 사람은 5.13일 수요일 오후 5시에 평성고등중학교 교문에서 '최중휘'를 찾으라고 썼다. 이틀 후 약속시간에 교문에 가서 서 있었더니 '최중휘'를 찾는 집이 세 집이나 있었다.

그 중에 인민학교 학생 한명과 중학생 한명에게 일주일에 두 번씩 수학을 가르치기로 하고, 저녁도 얻어먹고 얼마큼 돈을 받기로 하여 이제 경제적으로도 어려움을 이겨낼 수 있게 되었다. 그나마 할아버지 할머니와 함께 살던 조그만 집이 있어서 거주 문제는 해결되었다.

중휘는 열심히 공부하여 평성고등중학교에서 전체수석을 하였으므로 꿈에도 그리던 김일성종합대학에 가려고 마음먹었다. 그러나 재포는 최하계층이므로 군대에도 갈 수 없고, 대학에도 갈 수 없었다. 중휘는 망연자실하였다. 모든 고난을 참으며, 대학 갈 날만을 기다렸는데, 청천벽력이었다. 어떤 고통도 감내할 수 있으나 대학을 갈 수 없다는 것은 참으로 견디기 어려운 슬픔이었다. 얼마동안 실의에 빠져 있다가 평소에 자기를 아껴주시는 이성현 담임선생님을 면담했다.

　—선생님, 저는 대학에 못 가는 것은 견딜 수 없는 고통일 것 같습니다. 토대(출신성분)가 나빠도 대학에 갈 수 있는 길이 없을까요?

　—음, 대학이라… 최중휘는 워낙 성적도 좋고, 특히 수학을 잘 하니, 전국수학경시대회에서 입상하면 대학 갈 수 있다. 김책공업대학이나 평양리과대학, 평성리과대학은 수학경시대회 입상자들을 우선적으로 뽑는데, 여기서는 계층이나 집안을 따지지 않는다.

—그래요? 그런 길이 있었습니까? 그럼 제가 열심히 공부할 테니 나중에 추천서를 좀 써 주십시오. 부탁드립니다.

—알았다. 네가 수학경시대회에서 3등 안에 든다면 특별히 교장 선생님께 부탁하여 추천서를 써줄 터이니 열심히 준비하여라. 이제 넉 달밖에 안 남았으니 시간이 없다. 알았지?

—예, 선생님. 참으로 감사합니다. 열심히 준비하겠습니다.

중휘는 너무도 기뻤다. 벌써 대학에 입학이나 한 것처럼 기분이 좋았다. 마치 갑자기 날개가 달려 하늘로 날아오르는 것 같았다. '음, 그런 방법이 있다, 이거지? 오늘부터 나는 밥 먹는 시간, 잠자는 시간을 제외하곤 수학경시대회 준비를 할 것이다. 이 좋은 기회를 놓칠 순 없지.'

중휘는 평소에도 공부를 열심히 했지만, 이후 훨씬 더 열심히 수학공부를 하였다. 밥을 먹으면서도 손에서 책을 놓지 않았다. 문제집을 몇 권이나 사서 모조리 다 풀어봤다. 과외 하는 시간이 아까웠지만, 그걸 안 하고는 밥도 먹을 수 없고, 책 한권 살 돈도 없으니 과외를 그만 둘 순 없었다. 그러니 학교 수업을 하고 과외를 해주고 나머지 시간으로는 오로지 경시대회 준비를 했다.

드디어 경시대회 날이 밝았다. 중휘는 손수 싼 곽밥을 들고 버스를 타고 경시대회장인 평성리과대학으로 갔다. 막 가슴이 뛰었다. 학교 앞에 내리니 많은 학생들이 몰려오고 있었다. 중휘는 '평양에 있는 김책공업종합대학교에 들어가고야 말겠어.' 하며 손을 불끈 쥐었다. 드디어 시험장에 들어가 시험을 보기 시작했는데, 문제가 대부분 눈에 익은 것이었다. 별로 막히는 문제없이 술술 풀기 시작했다. 시험은 오전 3시간 오후

3시간 동안 보았다. 두세 문제만 자신 없을 뿐, 거의 대부분의 문제를 자신 있게 풀 수 있었다.

그로부터 두 달 뒤 최중휘는 전국에서 2등이라는 결과가 발표되었다. 담임선생님이 '잘 했다'며 머리를 쓰다듬어 주셨다. 두 달 후 약속대로 이성현 선생님은 교장선생님에게 특별히 부탁하여 중휘가 김책공업종합대학에 갈 수 있도록 추천서를 써주셨고, 중휘는 예비고사를 거쳐 본시험에서도 성적이 좋아 결국 '김책공업종합대학 컴퓨터공학과'에 합격하였다. 정말 하늘로 올라가는 환희를 느꼈다.

'죽으라는 법은 없구나.' '대학에서도 열심히 공부해서 우수한 성적으로 졸업해야지.' 하며 스스로에게 채찍을 가했다. 그는 감개가 무량했다. 여기까지 온 것도 기적이었다. 자칫 대학도 못 갈 뻔 했는데 가게 되고, 그것도 북한 최고의 과학기술대학인 김책공업종합대학에 입학하고, 군대도 면제 받고 컴퓨터 공부만 할 수 있으니 행운이 아닐 수 없었다.

입학식에 참석하려고 하루 일찍 처음 가 본 평양은 정말 눈이 휘둥그레질 정도로 지방과는 차이가 있었다. 거리는 깨끗하고 자동차도 꽤 있고, 높은 건물도 많았다. 말로만 듣던 고려호텔, 평양지하철, 량각도국제호텔, 과학자거리, 금수산태양궁전, 려명거리, 창전거리 등 참으로 근사하고 번쩍번쩍하는 시설이 많았다. 그런데 금수산태양궁전에 가서 김일성의 동상을 보고 90도로 절을 하는데, 다른 사람들은 동상을 보자마자 흐느껴 울기 시작했다. 중휘는 눈물은 안 나오고 그냥 시설에 압도되어 어리둥절해서 나오는데 보안원이 오라는 손짓을 하였다. 중휘는 무슨 일인가 하며 보안원 앞으로 갔더니

─이 새끼야, 넌 왜 안 울었어?' 하며 주먹을 날렸다. 그리고는

─너 이름이 뭐네? 뭐하는 놈이네?' 하는 것이었다.

─저는 최중휘라고 하고, 이번에 김책공업종합대학에 합격하여 올라온 학생입니다.

라고 하니

─좋은 대학 다닐 녀석이 그렇게 예의범절도 없고, 충성심도 없어서 되겠네?

하는 것이었다.

─잘못했습니다. 지방에서 올라오니 모든 게 낯설고 시설이 너무 좋아 제가 그만 정신을 잃었습니다. 마음속의 충성심은 누구에게도 뒤지지 않을 겁니다. 한번만 용서해 주시라요.

하면서 두 손으로 싹싹 빌었더니 그제야 약간 누그러진 표정으로

─마음속의 충성심은 행동으로도 나타나야 하는 거이야, 알간?

─네, 알겠습니다. 주의하겠습니다. 그리고 용서해 주셔서 감사드립니다.

중휘는 90도로 다시 절하고 얼른 빠져 나왔다. 얼마나 긴장했던지 이마에는 땀이 송글송글 맺혔다. 십 년 감수했다.

말로만 듣던 평양의 이곳저곳을 직접 보니 감개가 무량했다. 이제 학교 다니는 일이 더욱 즐거울 것 같았다. 대학에 입학하고 보니 정말 등록금도 없고, 입학금도 없었으며, 심지어 기숙사비도 없었다. 중휘는 크게 감동받았다. '거짓말은 아니었구나.' 고등학교 졸업생의 10%만 대학

에 오고, 그 중에서도 김일성종합대학과 김책공업종합대학에 오는 학생은 상위 1% 특권층에 속했다. 공부도 할수록 재미가 있었다.

평생 처음 컴퓨터에 대해서 배우고, 실제로 컴퓨터를 만져보니 '야, 이거 정말 신기한 기계구나.' 싶었다. 번쩍번쩍하는 도서관에서 공부를 하니 꿈만 같았다. 교실마다 걸려있는 김 부자 사진을 보자마자 절을 해야 하는 것은 고등학교와 같지만, 공부하는 내용은 확연하게 차이가 났다. 반 친구들도 전국적인 수재들만 들어오기 때문인지 모두 학습태도가 진지했다. 친구도 사귀고, 평양도 더 구경하니 감개가 무량했다. 꼭 꿈을 꾸고 있는 것 같았다. 처음에 청진에 내려 실망하고 충격 받았던 것에 비하면 지금은 평양의 특권층이 되어 있는 자신이 대견하기도 하고 가슴이 벅차오르기도 했다.

대학에 입학해서 보니 북한의 대학생조직은 군사화된 조직인데, 연대, 대대, 중대, 소대로 이루어져 있었다. 대학은 학부·학과·학년별로 학급이 조직되어 있고 학급은 소대로서 집단생활을 하면서 각 학급은 고정된 교실에서 정해진 수업을 받았다. 대학생들은 수업 외에 6개월간의 군사훈련을 받아야 하고 여러 의무노동에 참여해야 했다.

기숙사에 입사해보니 학생의 90% 이상이 기숙사에서 생활하고 있었다. 조그만 방에 5,6명이 함께 기거하며 일제히 아침 5시 반에 일어나 정해진 규율대로 단체로 움직였다. 함께 세수하고 운동하고 아침 먹고 공부에 임한다. 아침이라야 강냉이좁쌀밥과 된장국이나 멀건 미역국을 어느 정도 배가 부르게 먹는다. 물론 돈 있는 학생은 따로 좋은 음식을 사서 먹을 수도 있다.

하루 수업은 일반적으로 로동신문사설, 김 부자 노작, 김 부자 <덕성 자료>등을 읽는 '아침독보'로 시작해서 강의로 연결된다. 매주 목요일은 오후에 대학 전체 또는 학부별로 강연회 혹은 정치사상학습 등을 집체적으로 하며 토요일에는 주간조직생활총화에 참가하여 자아비판과 상호비판에 임한다. 중휘는 대학등록금이 없어 감격했는데, 김일성 장학금, 사로청장학금, 무의탁장학금, 국가장학금, 특수 장학금 등 다양한 장학금까지 지급되어 기숙사생활비나 최소한의 생활필수품을 살 수도 있으니 더욱 감격스러웠다. 학용품과 참고도서 구입비만 학생 각자가 내면 된다.

그러나 시간이 지날수록 수시로 별별 명목으로 돈을 다 거두었다. 돈만 내는 게 아니고 건설 노동에도 참으로 많이 동원되고, 군사훈련도 6개월이나 받아야 했다. 매년 4,5월에는 '모내기 전투', 9,10월에는 '가을걷이 전투'에 동원되는 등 참으로 오랜 기간 노동에 동원되므로 공부할 시간이 턱없이 부족했다. 이처럼 규제도 많고, 요구받는 것도 많으니까 처음에 받은 감동이 시간이 지나면서 점점 실망으로 변하고 너무 고달프니까 나중엔 야속해지기도 했다.

중휘가 일본에 있을 때 들었던 대학생활과 북한의 대학생활과는 많은 차이가 있었다. 우선 대학에 입학하면 가장 하고 싶었던 동아리 활동이 북한 대학에서는 허용되지 않았다. 아예 '동아리'라는 개념도 없다. 컴퓨터, 외국어, 종교 등의 동아리처럼 자신의 취미, 성격, 취향에 따른 모임들은 북에서는 철저하게 금지된다. 신입생 환영회라는 것도 없다. 축제는 있으나 정치적인 축제로서 김일성 김정일 생일, 노동당 창건일 등 정치적 기념일에 맞춰 '충성의 노래 경연대회'나 '충성의 편지 이어달리기' 등이 진행된다. 북한 대학생들에겐 MT라는 것도 없고, 술과 담배는 완전 금지여서 담배를 피우고, 술을 마시다가 걸리면 퇴학당한다. 이성교제도 금지되어 있었다.

북한에서도 '미팅'이 있는데 남한과는 달리 어느 정도 결혼을 전제로 하는 것이다. 북한의 남학생들은 여대생과의 미팅보다는 직장처녀들과의 미팅을 선호하고, 또 결혼에 이른다. 직장 처녀들은 일찍 결혼할 수 있기 때문이다. 처녀들 역시 대학생을 신랑감으로 골라잡으려고 애쓰고 있는데, 처녀들 사이에서는 평양외국어대학 학생들의 인기가 높다. 외국어 전문가에게 시집가면 남편을 따라 외국에 나갈 수 있는 길이 열리기 때문이다. 남학생들은 장래를 위해 외모가 좀 빠져도 당의 간부 집 딸과 결혼하기를 희망하는 경우도 꽤 있다.

청춘남녀의 데이트 코스는 남들이 보지 않는 한적한 공원 벤치나 바닷가, 강기슭, 산 속, 혹은 캄캄한 밤거리이다. 가로등이 없는 북한의 밤거리는 데이트 코스로 사랑받고 있다. 부잣집 젊은이들은 문수물놀이장이나 룽라인민유원지 같은 데 가서 즐기기도 한다.

중휘는 어느 날 도서관에서 공부를 하다 잠시 휴식을 하기 위해 휴게실에 갔다. 웬 여학생도 친구와 함께 앉아 있었다. 서로가 눈인사만 하는데, 두 명 중에 한 명이 금방 눈에 들어오면서 막 가슴이 방망이질을 하였다. 기분에 얼굴도 화끈거리는 것 같았다. 중휘는 민망하여 얼른 휴게실을 나와서 심호흡을 하였다. 여학생 이름도 알고 싶고, 이야기라도 하고 싶었으나 말을 걸 용기가 나지 않아 뛰는 가슴을 진정하기 위해 다시 열람실로 왔으나, 책이 잘 읽히지 않았다.

얼마 후 뜻밖의 기회가 왔다. 컴퓨터 수업의 숙제가 최중휘와 김진태 그리고 임연실과 이윤조 네 명이 한조가 되어 컴퓨터 프로그램을 짜는 일이었다. 중휘가 첫눈에 반했던 여학생이 바로 임연실이었으니 중휘는 천우신조라는 생각을 했다. 연실을 만날 때마다 가슴이 쿵쾅거렸으나 아직 말을 할 수 없었다. 한 조에 배정된 사람들은 언제 어떤 방법으로 협력하여 숙제를 완수할 것인지 자주 모여서 의논하였다.

중휘 네 조도 방과 후 교실에 남아 각자 역할분담을 논의하였다. 전체적인 구상과 종합 마무리는 중휘가 맡기로 하고, 전체의 일을 다시 네 가지로 나누어 각자 맡은 바를 수행하기로 합의가 되었다. 3주일 동안 프로그램을 완성해야 하므로 시간적으로 여유가 없었다. 3,4일간 집중해서 연구하여 드디어 아이디어를 얻었다. 최종 목표는 장난감 비행기를 만드는 것이었다. 비행기를 만들고, 그 비행기가 정말 공중을(눈앞의 낮은 공중) 날 수 있는 컴퓨터 프로그램을 만드는 것이었다. 비행기 몸체는 어린이 장난감을 이용하기로 하고, 네 사람은 각자 한 부분씩 나누어 컴퓨터 프로그램을 개발하기로 하였다. 김진태와 임연실이 한조가 되고 중휘와 이윤조가 다시 한 조가 되었으나, 네 명이 함께 머리를 맞대는 경우가 많았다.

연실은 마음속으로 중휘의 능력에 감탄하면서 자기도 모르는 사이에 중휘가 마음속에 들어오기 시작했다. 어쨌든 중휘 네 조는 여러 번의 시행착오를 거쳐 결국 정해진 날에 성공적으로 숙제를 마치게 되어 선생님으로부터 칭찬을 받았다. 왜냐하면 15개 조 중에서 숙제를 완성한 조는 세 개 조에 불과했기 때문이다. 이 일을 계기로 네 사람은 자연적으로 친하게 되었는데, 특히 중휘는 임연실과 친하게 된 것이 참으로 가슴 벅찬 일이었다. 연실은 공부도 잘 했거니와 외모도 수려했다. 특히 눈이 너무나 맑고 예뻤다. 그런데 김진태도 연실에게 호감을 갖는 것 같아 중휘는 긴장했다.

중휘는 연실을 만날 때마다 가슴이 설렜고, 조금씩 가까워지는 것 같아 기쁘기 한량없었지만, 드러내 놓고 사귀진 못 했다. 항상 다른 친구도 함께 불러 공부도 같이 하고 점심(주로 강냉이빵과 두유)도 같이 먹었다. 중휘로서는 이것만 해도 감격이었다. 대학에 다니며, 친구도 사귀고, 교수님들과도 가까이 지내니 모든 것이 꿈만 같았다.

생각할수록 김책공업종합대학에 다니게 된 것이 영광스러웠다. 대학에 입학하니 군대도 면제되고 전공공부만 하면 되었다.

대학을 졸업하면 당에서 직장을 배치하므로, 취업난이란 건 없다. 북한에서는 전적으로 당에 의한 평가에 의존하므로 개인의 적성이나 선호는 반영되지 않는다. 대학 졸업 시기가 다가오면 도당 간부나 중앙당 간부 과에서 직원이 대학에 파견되어 와서 졸업 예정자를 면접한 후 곳곳에 배치하게 된다. 주로 당사자의 고향으로 보내주는 경우가 많지만, 출신성분이 좋거나 도당 간부와 친분관계가 있는 학생들은 특별히 부탁하여 자신이 원하는 곳으로 배치 받기도 한다. 일반적으로 북한의 젊은이들이 가장 선호하는 직업은 당간부, 보위일꾼, 안전일꾼 등이다. 이러한 직업들은 사회적 신분이 보장되고, 뇌물을 많이 받을 수 있고, 사회생활이 편해지기 때문이다. 하지만 중하류 층의 경우 경제사정이 악화되면서 무역일꾼이나 상업일꾼을 선호하게 되었다.

중휘는 졸업 후 컴퓨터 분야 최고의 기관인 중앙전산원에 기술자로 배치가 되었다. 자기 전공 분야의 일이므로 그저 행복한 날들이 이어졌다. 김책공업대학에서 만났던 임연실을 다시 중앙전산원에서 만난 것도 큰 행운이었다. 하기야 김책공업종합대학 컴퓨터공학과 졸업생은 대부분 중앙전산원이나 평양전산원에 배치되었다.

─아유, 임연실 동무 반갑습니다. 다시 여기에서 만나네요. 우리가 확실히 인연이 있긴 있는 모양입니다. 가끔 차라도 함께 마십시다.

─예, 저도 반가워요. 어느 부서에서 일하세요?

─저는 해외담당이 됐어요. 내 책상은 2층에 있어요. 내선번호는 205번이고요.

─그래요? 저는 3층에서 일합니다. 내선번호 306번이에요.

─가끔 전화해도 되나요?

─그럼요. 인젠 동료인데요.

─고맙습니다. 자주 연락드리겠습니다. 아, 그리고 김진태 동무와 이윤조 동무는 어디로 배치되었는지 아시나요?

─평양전산원에 배치되었다고 해요.

중휘는 내심 안도하였다.

중휘가 중앙전산원에 다녀보니 직장은 좋으나 월급이 상상 이상으로 적었다. 월급이라기보다 교통비라고 해야 할 정도였다. 너무도 당황스러웠다. '이거 큰일이구나. 이래서 모두 당간부나 보위부를 그렇게도 원하는 거구나.' 이들 기관에 있으면 뇌물을 많이 받을 수 있기 때문이다.

중휘 네 직장은 뇌물과는 거리가 멀므로 부모의 도움을 받아야 하는데, 중휘처럼 부모의 도움을 받을 수 없는 사람은 살기가 매우 어려운 현실이라는 걸 확실히 알게 되었다.

중휘는 고민을 하다가 다시 과외를 하기로 하였다. '수학 과외 받을 학생을 구함'이라고 쓰고 '원하는 사람은 6월3일 저녁 6시 30분에 중앙전산원 정문에서 최중휘를 찾으라'고 써서 두 개의 고등중학교에 가서 광고판에 붙였다. 약속한 시간에 나가보니 두 집에서 중휘를 찾았다. 토요일 오후에 한 명, 저녁에 한 명 해주고 저녁도 먹고 돈도 받기로 하였다. 이틀 뒤 토요일부터 과외를 해주게 되었다. 두 집에서 받는 돈이 직장에서 받는 월급의 몇 배가 되어 다시 안정을 찾았다. 하늘을 보니 이날따라 너무나 청명하고, 날씨도 기막히게 좋아, 하늘도 자기에게 미소를 보내 주고 있는 것 같았다.

연실도 중휘가 우수한 두뇌를 가졌고, 매사에 능력 있고, 남자다워서 속으로는 좋아했으나 가정환경을 모르니까 아직 마음을 내보이진 못하고 있었다. 중휘는 이번에야말로 연실과 제대로 친해져야겠다고 마음을 다졌다. 연실은 대학시절보다 오히려 더 냉정해진 것 같아 애가 탔다. 다른 남자, 특히 김진태를 만날까봐 조바심도 났다. 보통 남녀는 결혼을 전제로 만나기 때문에 매우 신중하다. 여자들은 자기 신분보다 낮은 계층의 남자를 만날까봐 조심도 하고, 능력이 없거나 성격이 나쁘면 안 되므로 남자의 많은 부분을 알아야 마음의 문을 연다. 토대(출신)가 나쁘거나 집안에 이상한 사람이 있으면 큰 화를 입을 수 있으므로 특히 경계했다.

알고 보니 중휘가 재일교포여서 연실로서도 내심 고민이 되었다. 잠시 김진태와 비교하여 중휘의 토대가 마음에 걸려 일단 그를 피했으나 그가 끈질기게 구애를 하니 마음이 흔들렸다. 능력과 성격은 아니까 다시 조금씩 마음을 열기 시작했다. 사람 됨됨이가 괜찮은 것 같아 중휘의 마음을 받아들였다. 두 사람은 서로 깊은 사랑을 하게 되어 결혼하기로 약속하였다. 그러나 연실의 부모님을 설득해야 하는 과제가 남아있었다. 연실 부모로서는 우수하고 예쁜 자기 딸이 좋은 집안과 혼인하기를 간절히 바랐을 것은 당연했다. 좀 더 잘 살고 사회적으로도 힘 있는 집안과 혼사를 하고 싶었다. 그런데 부모형제도 없고, 돈도 없고, 최하계층인 재일교포출신과 결혼하겠다는 딸이 너무나 못 마땅하고 미웠다. 한사코 반대할 수밖에 없었다. 연실은 물러서지 않고 진정으로 부모를 설득하였다.

　신부 아버지는 낮은 직급이긴 하지만, 당의 간부여서 그런대로 잘 사는 집안이므로 두 사람의 결혼을 극구 반대했다. 자기들보다 지체가 높고 잘 사는 집에 딸을 보내고 싶었다. 사돈 덕은 보지 않더라도 딸이 걱정 없이 잘 살기를 바랐기 때문이다. 참으로 억울하고, 딸이 야속했다. 이미 중휘를 너무 깊이 사랑하고, 절대로 헤어질 수 없다고 우기니 어쩔 수 없이 승낙했다. 다행히 중휘가 사람됨이 괜찮고 학벌도 좋고, 직장도 좋으니 딸의 소원을 들어주기로 한 것이다. 결혼은 일사천리로 진행되었다.

　일반적으로 결혼식 과정은 친지들에게 편지로 결혼 날짜를 알리는 것으로 시작한다. 그다음은 결혼식 때 잡을 돼지를 사는 것이다. 평소에 잘 먹지 못하는 돼지고기를 이날만은 통돼지를 잡아서 큰상에 올려놓는다. 도시에서는 돼지를 사서 쓰지만 시골에서는 직접 정성스레 키워서 쓴다. 결혼식 날짜에 맞추어 칠팔십 kg 되는 돼지를 결혼 3일 전에 잡아서 음식을 만들기 시작한다. 동네사람들도 잔치 집에 모여서 일을 도와준다.

다음날에는 아침부터 상을 차린다. 넓고 긴 책상을 구해서 흰 보자기를 씌우고 그 위에 여러 가지 음식들을 잔뜩 차려놓는다. 가운데는 닭 두 마리 입에다가 고추를 끼워 놓고, 떡도 높이 쌓아 놓고, 무로 큰 꽃을 만들어 예쁘게 장식하고, 돼지고기도 아낌없이 쌓아 올려놓는다.

결혼식은 먼저 신부 집에서 한다. 아침 일찍 신랑이 뜨락또르(트럭)을 하나 빌려서 타고 신부 집으로 향한다. 따라가는 들러리들(친한 친구 5~6명)들은 차 위에서 "도시처녀 시집와요" 노래를 목청껏 부르며 춤을 춘다. 신부 집에 도착해서 큰상을 받고 사진을 찍고 노래를 몇 곡씩 부른다. 밥을 먹고 급히 차에 올라 신랑 집으로 향한다. 신랑 집으로 올 때는 신부 집에서 마련해준 찬장, 장농, 각종 세간들을 잔뜩 싣고 온다. 신부 측에서도 들러리들이 따라오는데, 신랑 측 들러리들이 신부 측 들러리들을 괴롭히는 풍습도 있다. 신랑 집에 도착하면 다 같이 짐을 내리고, 양쪽 들러리들이 큰상을 받아 밥을 먹고 사진을 찍고, 그다음부터는 밤이 새도록 노래하고 춤추며 논다.

중휘 연실 부부는 이런 전통적인 풍습을 하나도 따르지 않고 서양식으로 간단히 치르기로 하였다. 중휘의 부모님이 일본에 계시므로 전통적인 결혼식을 할 수가 없기 때문이다. 5월 어느 날 따스한 햇살이 눈부시게 빛나는 오전 11시 신랑 최중휘와 신부 임연실은 중앙전산원 강당에서 2,30명의 동료들과 신부 측 부모형제와 친척 등 40 여명이 참석한 가운데 조촐하게 백년가약을 맺었다. 신부는 수놓은 분홍색 저고리와 남색 치마를 입고, 머리에는 꽃으로 장식한 머리띠를 매고, 신랑은 감색

양복을 입고 옅은 분홍색 넥타이를 맸다. 중휘는 아름다운 신부를 보니 행복이 전율처럼 온몸을 타고 올라왔다.

　―너무 아름다워요.

중휘가 연실을 보면서 속삭이듯 말했다. 연실도 이에 질세라

　―중휘 동무도 멋있어요.

서로 1초간 인사를 나누고 다시 근엄하게 서서 주례를 쳐다보니

주례를 맡은 한정식 교수님이

　―이제 최중휘 군과 임연실 양은 부부가 되었음을 선포합니다.

하고 혼인이 원만하게 이루어졌음을 하객들에게 공포하였다.

중휘는 한없이 기쁘고 행복하였다. 연실도 흡족하였다.

결혼식이 끝난 뒤 주례선생님께 감사인사를 하고, 함께 사진을 찍었다. 다음은 가족사진도 찍고, 신랑신부 친구들과도 찍었다. 김진태와 이윤조도 함께였다. 나중에 이 두 사람도 결혼하게 된다. 가족과 하객으로부터 축하인사를 받고 신랑신부는 오늘 하루 빌린 승용차를 타고 제일 먼저 금수산태양궁전에 가서 김일성 동상 앞에 가서 신부가 내내 들고 있던 꽃(부케)을 바치고 90도로 절을 하면서 감사를 드렸다. 앞으로 두 사람이 행복하게 살게 해달라고 마음속으로 빌기도 하였다.

그다음에는 사적지에도 가고, 대동강 가에도 가서 사진 찍고 배식당(배 안에 있는 식당)에서 불고기도 시켜서 먹었다. 북한은 신혼여행의 풍습이 없으므로 간단한 시내 관광을 하고 신랑신부는 저녁때 신부 집에 가서 부모님께 큰절을 했다.

―아버님, 어머님 감사합니다. 정말 수고 많으셨습니다.

―그래, 결혼 축하하네. 오늘 수고 많았네. 부디 아들딸 낳고 행복
하게 살길 바라네.

중휘 연실부부는 연실 부모님이 마련해주신 방 한 칸짜리 집에서 신접
살림을 차렸다. 가구와 가전제품, 이부자리들이 제자리에 놓여졌다. 물
론 가구라야 책상 겸 식탁 하나, 조그만 TV 하나, 조그만 냉장고 하나, 작
은 옷장 하나, 찬장 하나가 전부였다. 중휘는 연실과 연실의 부모님께 진
심으로 감사했다. 군대를 안 갔으므로 중휘는 아직 24살밖에 되지 않았
고 연실도 22살밖에 되지 않았지만, 서로를 너무나 좋아했으므로 하루
빨리 결혼을 하고 싶었던 것이다. 두 사람은 결혼휴가 3일을 꿈같이 보
내고 바로 출근하였다. 동료들에게는 결혼 기념으로 초콜릿을 돌렸다.

중휘는 연실과 같은 직장에서 일하고 함께 집에 오는 생활이 너무나
즐거웠다. 가족도 친척도 없는 중휘에게는 연실이 세상의 전부였다. 가
사 일도, 직장 일도 함께 하고, 컴퓨터에 관한 얘기도 함께 할 수 있는 게
행복 그 자체였다. 연실이 원하는 대로 일요일엔 처가에 가서 부모님도
뵙고, 맛있는 음식을 먹는 것도 큰 낙이었다. 1년 후 연실이 임신을 하게
되어 더욱 기쁘고 흡족하였다. 그런데 입덧이 너무 심해 음식을 잘 못
먹으니 부쩍 처가에 가는 날이 잦아져 한편은 든든하나, 또 한편은 공연
히 자신의 입지가 약해지고 뭔가 주눅이 드는 것 같은 느낌도 들었다.
이럴 땐 영락없이 일본에 계시는 부모님 생각이 났다.

중휘는 달덩이 같은 아들을 얻고부터는 하루하루가 더욱 행복하고 만
족스러웠다. 산다는 게 축복이라는 생각도 들었다. 온전한 가정을 가지

고 보니 이런 모습을 일본가족들이 보면 얼마나 좋아할까 하는 생각이 들었다. 불현듯 일본가족들이 너무도 그리워지면서 일본에서의 추억이 갑자기 떠올랐다.

조부모님, 부모님, 중휘, 중호 여섯 식구가 오사카에서 안락하게 살았다. 명예와 부를 가지진 못 했으나 옷 가게를 하며 그런대로 잘 살았다. 난데없이 조부모님이 귀향을 생각하지 않았더라면 지금쯤 중휘는 일본에서 아르바이트라도 해서 대학을 마치고 무슨 일이든 하고 부모님과 함께 살았을 것이었다. 불행 중 다행으로 북한에서 좋은 대학도 다니고, 좋은 사람과 결혼하여 가정을 이룬 것이 새삼스럽게 감격스럽고 자랑스럽기도 하였다. 아무도 없는 북한에서 아직도 자기 혼자였다면 얼마나 더 쓸쓸하고 외로웠겠는가. 막상 결혼을 하고 새로운 가정을 꾸리고 아기까지 얻으니 더없이 행복하고 가슴이 벅차올랐다. 이런 모습을 부모님께 보여드리지 못하는 것이 큰 아쉬움으로 다가옴은 어쩔 수 없는 노릇이었다.

일본 가족들을 생각하다가 갑자기 중학교 1학년 가을의 일이 떠올랐다. 10월 어느 토요일 중휘 네 여섯 식구는 오사카에서 후지산과 스마타코 온천으로 여행을 떠났다. 오사카에서 기차를 타고 신주쿠로 가서 거기서 다시 고속버스로 가와구치코에 갔다. 가와구치코에는 테마파크도 있고 호수도 있다. 그 옆에는 후지야마라는 온천도 있었다. 가와구치코 호수 주변으로 다양한 미술관이 있어서 중휘 네 가족은 이들 미술관을 돌아보며 너무나 잘 그린 그림들에 경탄하고 감동하였다. 역시 미술 전시는 많은 사람들에게 삶의 희열을 느끼게 해주는 것 같았다.

후지산은 높이 3,776m로 일본의 최고봉이며, 예로부터 일본 제일의 명산으로 신앙의 대상이 되어 왔다. 산정에는 최대 탐지거리 600km의 레이더를 갖춘 기상관측소도 있다. 후지산은 후지하코네이즈富士箱根伊豆 국립공원의 대표적 관광지로, 2013년 유네스코 지정 세계자연유산으로 등재되었다.

후지산 정상까지의 등반은 7.8월만 가능하다고 하여 포기하고, 고속버스로 산중턱(고고메)까지만 올라가 보고 녹차향이 난다는 스마타코 온천에 가서 온 식구가 함께 온천을 즐겼다. 온천에는 마침 사람들이 별로 없어 중휘 중호 형제는 물장난을 치며 놀고, 할아버지 할머니, 아버지 어머니도 오순도순 이야기하며 무척 만족해 하셨다.

뜨거운 온천물이 처음엔 뜨거워 힘들었으나 시간이 지날수록 시원한 느낌이 오고, 그동안의 피로가 풀리는 것 같았다. 가족이 함께 온천을 즐기는 것이 처음이라 매우 흥분되고, 온천물만큼이나 마음도 따뜻해졌다. 행복한 마음이 온몸을 휘감았다. 이 온천에 오기까지 여러 시간이 소요되었으나 오기를 잘 했다는 생각이 들었다. 후지산 정상에는 못 올라갔지만 아래에서 보는 후지산은 아름다울 뿐 아니라 거대하고 신비롭기까지 했다. 중휘는 책에서만 보던 후지산을 직접 눈으로 보니 감개무량했다. 사진으로 보는 것과 실제로 보는 것은 감흥이 전혀 달랐다.

그때의 즐겁고 행복했던 기억이 중휘에겐 오랫동안 남아있어 평양에서 외로울 때도 중휘를 지켜주는 든든한 추억의 자산이지만, 물밀 듯 밀려오는 그리움은 더욱 커져만 갔다. 다시는 되돌아갈 수 없는 현실을 생각하니 자기도 모르는 사이에 눈에서 뜨거운 물방울이 뚝뚝 바지에 떨어졌다.

제3의 신분 그리고 통일 열망

1

중휘와 연실은 따사로운 6월의 햇볕이 쏟아지는 거실에 앉아 오랜만에 허브차를 마시며 각자 상념에 잠겼다. 한참 만에 연실이 먼저 입을 뗐다.

─난 아직도 당신이 날 원망할까봐 마음이 조마조마해요. 언제 폭발할까 무섭기도 하고요. 아예 날 욕하고 화를 크게 한번 내면 오히려 마음이 편할 것 같아요.

─화난다기 보다 아직 궁금한 건 있어요. 왜 그렇게 한국을 떠나고 싶었는지.

─옛날에도 얘기했지만, 아이들 교육문제가 너무 큰 스트레스였어요. 그리고 무엇보다도 '탈북자' 꼬리는 생전 못 뗄 것 같더라고요. 말 안 해도 결국은 내가 탈북자라는 걸 알게 되면 나를 보

는 눈빛이 달라지고, 친한 사람이 안 생기더라고요. 뿐만 아니라 북한에서 핵실험했다, 미사일 쏘았다 하면 공공연히 '당신네는 왜 그래요?'라고 따지듯 말하는 거예요. 그렇지 않은 사람은 우리를 동정하고요. 동정하는 것도 은근히 싫더라고요.

─그래도 좋은 사람이 더 많았잖아요?

─그야 그렇죠. 나는 우리 현우, 현정 친구 엄마들을 자주 만났으니까 아무래도 나쁜 경험을 더 많이 한 것 같아요. 일주일에 두세 번씩 그들을 만나고 나면 허탈감이 오고, 자존심이 많이 상했어요. 상대적인 빈곤감도 많이 느끼게 되고. 안 만나려니 정보에 뒤쳐져서 우리 현우, 현정에게 무능한 엄마가 되는 것 같고, 아이들이 일류대학 못가면 어쩌나 하는 조바심도 많이 나고요.

─당신도 참. 일류대학이 뭐라고 그렇게 까지…

─북쪽에서 살던 때에 비교해서 남한에서는 감동받고 감사하고 행복하게만 살아야 하는데, 자꾸 다른 엄마들과 비교해서 매일 위축되고 우울해지고 열등감 생기고, 따돌림도 당하게 되니 차라리 다른 민족한테 차별받는 게 낫지 동족끼리 그러니까 더 힘들더라고요. 우리가 어쩌다 제3의 신분으로 살아야 하나 싶기도 하고요. 세상에는 디아스포라가 참으로 많은데, 다 우리 같은 어려움을 겪는지 모르겠지만, 우리가 재일교포였다는 것은 이미 태생적으로 비극적인 인생으로 태어났던 거예요. 물론 일본에만 있었으면 고생은 훨씬 덜 했겠지만요.

─그야 그렇지만, 이제 이런 얘기 그만 합시다. 당신이 미국으로

가자 할 때 내가 반대도 안 하고 당신 하자는 대로 했잖소? 당신이 일일이 말 안 해도 그 끔찍한 북한을 벗어나서 꿈에도 그리던 한국에 오고서도 5년 후부터인가 자꾸 미국으로 가자고 조르니까 당신에게 뭔가 말 못할 어려움이 있나보다 생각하면서 내가 순순히 따랐던 거요. 그게 바로 무언으로 내가 당신을 신뢰하고 존중한 증거 아니겠어요? 내가 교화소 가서 당신 맘 고생시킨 적도 있으니 이 기회에 빚을 갚자 하는 생각도 있었지요. 사실 우리가 말이 통하는 한국을 두고 귀머거리, 벙어리로 살아야 할 미국에 온다는 것이 두렵고 무섭지 않았겠어? 나로서는 얼마나 큰 모험이고 도전이었는지 몰라요. 우리 이제 다시는 지난 얘기하지 말고 여기서 행복하게 살 궁리만 합시다. 잘못하면 우리는 평생을 불행하게만 살다 가게 될지도 몰라요. 조금 더 현명해지고 지혜로워질 필요가 있어요. 그러려면 긍정적인 생각만 해야 해요. 나는 이젠 제발 안정되고 행복하게 살고 싶어. 여보.

―당신 말이 맞아요. 그래요. 이젠 우리가 행복할 궁리만 합시다. 모든 건 마음먹기 나름이지요. 우리 다른 얘기합시다. 아니, 우리 마트나 같이 갈까요? 재료 사다가 불고기나 해먹고 TV나 봅시다.

―다 알아듣지도 못하는 TV는 봐서 뭘 해? 산보나 합시다. 오늘은 한 시간 정도 걷기로 해요. 매일 한 시간씩만 걸으면 웬만한 병은 다 달아난다잖아요? 이제 제대로 영어공부를 합시다. 테이프도 듣고, 말도 해보고 써보기도 하면서. 아니, 근방에 영어학원 없나 알아봐야겠네요.

―예, 그래요. 아무래도 그래야겠지요?

두 사람은 결국 본격적으로 영어 공부하는 것에 뜻을 모으게 되었다. 새로운 의욕과 새로운 희망이 샘솟기 시작했다. 역시 할 일이 있다는 게 삶의 활력소가 될 것 같았다. 중휘는 연실과 함께 마트 다녀오고 1시간 산보하고 나서, 보이차를 마시며 석양을 바라보았다. 서쪽 하늘이 붉게 물들어가는 신비롭고 장엄한 광경이 새삼 감동으로 다가왔다. 한국에서 보았던 석양을 이곳 뉴욕 플러싱에서도 볼 수 있다는 것이 안도와 축복으로 다가온다. 차를 마시며 오랜만에 마음의 안정을 얻고 나니 지난날들이 주마등처럼 떠올랐다.

아직 누구에게도 말 안 했지만 사실 한국에 있을 때 중휘도 남모르는 정신적 고통을 겪었다. 하는 일도 맘에 들고 월급도 많고, 사장과도 잘 지내고 동료나 부하직원들과도 잘 지냈지만, 오지철부장과는 도저히 친할 수 없었다. 오지철은 평소에도 중휘에게 불친절하고 험한 눈빛을 보였는데, 이번에는 중휘를 더없이 악랄하게 모함했기 때문이다. 오지철은 중휘와 나이도 비슷하고, 직급도 같았으나 입사는 중휘보다 10년이나 빨랐다.

지철은 자기가 중휘와 똑같이 부장이라는 게 너무도 분하고 못마땅했다. 그는 대리, 계장, 과장, 차장, 부장의 단계를 차근차근 밟아서 올라왔는데, 중휘는 입사 1년 만에 과장이 되고, 3년 만에 부장이 되니 기가 막혔다. 더구나 중휘는 북한에서 내려온 탈북자로 어느 모로 보나 자기와 동급이라는 게 불공정하다는 생각을 떨칠 수 없었다. 지철은 강 사장이 월남자 가족이어서 아마도 그 영향일거라고 생각하였다. 강성호 사장의 부모님이 1,4후퇴 때 월남한 가족이기 때문이다.

강성호 사장이 중휘를 파격적으로 대우한 것은 실은 여러 가지의 다른 이유가 있었다. 첫째는 무엇보다도 중휘의 실력이었다. 일찌감치 중휘의 컴퓨터 실력을 알아본 강 사장은 중휘를 다른 회사에 빼앗기지 않기 위해 파격적으로 대우해 줄 필요가 있다고 생각하였다. 둘째는 중휘를 대우해 줌으로써 다른 탈북자 중 실력 있는 사람들을 이 회사로 데려오는 데 도움이 될 거라고 생각했다. 셋째는 회사 내의 경쟁분위기를 만들기 위함이었다. 누구나 잘 하고, 열심히 하면 파격적으로 승진할 수 있다는 것을 보여주기 위함이었다. 강 사장의 부모가 1.4후퇴 때 월남한 것과 중휘에 대한 파격적인 대우와는 아무런 관련이 없었다.

이러한 강 사장의 마음을 모르는 오지철은 그렇게 오해를 하면서 어쨌든 사장과 중휘에게 타격을 입혀야 직성이 풀릴 것 같았다. 몇 명의 심복을 불러 음모를 계획했다. 우선 '최중휘 부장이 탈북자여서, 그 속내를 정확히 모르므로 회사의 기밀을 빼돌릴 지도 모른다는 것과, 둘째, 강 사장이 최중휘 부장에게 뭔가 약점이 잡혀 '울며 겨자 먹기'로 파격적인 승진을 시켰다'는 소문을 은밀히 퍼뜨리게 하는 것이다. 지철의 음모는 착착 진행되어 삽시간에 회사에 소문이 퍼졌다. 회사라야 직원이 100명 정도밖에 되지 않은 중소기업이니 날조된 소문은 순식간에 퍼져나갔다. 그래도 당장 중휘와 사장에게는 전해지지 않았다.

중휘가 다니는 제일정보주식회사는 규모는 작지만 다른 기업들의 컴퓨터 프로그램을 만들어주는 회사로, 그런대로 수익구조도 좋고, 업계에서는 실력을 인정받는 회사였다. 그렇게 또 일 년이 흘렀다. 그 사이 중휘와 그 팀이 개발한 프로그램이 국내 굴지의 회사에 팔리면서 회사에 큰 수익을 안겨줬다.

　강 사장은 논공행상 차원에서 중휘를 상무로 승진시키고, 팀원들도 한 계단씩 직급을 올려주었다. 지철은 도저히 참을 수 없었다. '어떻게 최중휘가 나보다 높은 직위에 올라갈 수 있단 말인가? 이건 말도 안 된다.' 더 이상 참을 수 없었다. 궁리 끝에 이번에는 중휘를 직접 공격하기로 하였다.

　—그 프로그램을 어디에 또 팔아넘겼소? 북한에 넘겨준 건 아니오? 안 그렇다는 증거가 있으면 내놓아보시오. 난 탈북자를 믿을 수 없어!

　중휘는 가슴밑바닥으로부터 치밀어 오르는 분노를 억제할 수가 없었다. 정말 뺨이라도 갈겨주고 싶은 충동을 심하게 느꼈으나 이를 악 물고 참았다. 마음을 가다듬어 점잖게 말했다.

　—내가 그런 짓을 했다는 증거가 있소? 증거를 내놓지 못하면 난 당신을 무고에 의한 명예훼손죄로 고발하겠소.

　—내가 먼저 문제 제기를 했으니, 아니라는 증거가 있음 그쪽에서 먼저 내놓아야 할 것 아니오? 왜 내가 너무 정확하게 알아맞히니 놀랐소?

　—사람이 어쩌면 이렇게 사악할 수가 있소? 세상에서 남을 모함하는 것이 가장 나쁜 죄 중의 하나인 걸 모르시오? 어떻게 그런 엄청난 모함을 할 수가 있소?

　—아니라고 말을 못 하고 말을 자꾸 돌리는 걸 보니 틀림없는 것 같소.

—여러분, 우리 회사가 위험해요. 우리 회사 기밀을 적국에 빼돌리는 사람이 있어요. 최중휘 이 사람이 바로 그 사람이오.

그만 이렇게 소릴 질러버렸다. 사람들이 모두 자리에서 벌떡 일어나 일제히 중휘를 바라보았다. 중휘는 너무도 어이가 없고, 기가 막혀 아무런 말도 안 나왔다. '세상에 이토록 맹랑하고 악독한 사람도 있구나.' '어떻게 이럴 수가 있는가?' 도저히 그냥 듣고 있을 수만은 없어

—여러분들 속지 마시오. 이 자가 허무맹랑한 모함을 하고 있어요. 난 절대 그런 사람이 아니요. 속으면 안 돼요. 터무니없는 모함입니다.

일어섰던 사람들 중에는 고개를 끄덕이는 사람도 있고 고개를 갸우뚱하는 사람도 있었는데, 한참 만에 일제히 제자리에 앉았다. 중휘는 이틀 뒤 사장실로 불려갔다.

—회사에 이상한 소문이 돌고 있는데, 알고 있소?

—예, 사장님, 하도 어이가 없어 대꾸할 가치조차 못 느끼고 있습니다. 사장님은 저의 결백을 아시지요?

—물론 난 최 상무님을 믿습니다. 설마 그럴 리가 있겠습니까? 시간이 지나면 모두 밝혀지겠지요. 허, 참, 이런 소문이 돌다니…

중휘는 억장이 무너졌다.

—소문이 돈 게 아니고 오지철 부장이 모함을 한 것입니다. 사원들 모두 듣게 큰소리로 외쳤습니다. 제가 북한에 회사의 프로그램을 팔아넘겼다고요. 제가 승진한 게 너무나 속상했던 모양입니다.

—그래요? 그래도 그렇지, 어떻게 그런 모함을 … 참.

알았으니 너무 맘 쓰지 말고 일하시오. 오 부장은 내가 만나볼 게요.

　—고맙습니다, 사장님. 사장님의 은혜는 결코 잊지 않겠습니다.

　그렇게 말했지만, 중휘는 이튿날부터 회사에 나오는 것이 어색하고, 또 사람들을 만나는 것도 겁이 나고, 회사에 나와도 일에 집중되지 않았다. 아침마다 출근할 시간이 되면 마음이 복잡해졌다. '남한도 참으로 무서운 세상이구나. 남한도 역시 천당은 아니었구나. 모함과 모략이 있는 곳이었구나. 아니지. 남한이 아니라 오지철이라는 사람이 그런 거지. 나 이제 어떡해야 하나?' 기분 같아서는 당장 사표를 내고 싶지만, 우선 먹고살기 위해선 어디든 취직을 해야 하는데, 이 회사처럼 개인의 능력을 마음껏 발휘하고, 또 인정받을 수 있는 데가 있을까? 상무까지 지냈는데, 다른 회사에서 받아줄까? 더구나 오지철과 두세 명을 제외한 사장님 이하 다른 사람들은 너무나 순박하고 착하며 중휘에게도 매우 따뜻했는데, 다른 회사도 그럴까? 다른 회사엔 제2의 오지철이 없을까? 오지철 일당을 무시하고, 소문이 진정될 때까지 꾹 참고 그냥 다녀?'

　하지만 무엇보다도 이대로 회사를 나가버리면 정말 자기가 회사의 기밀을 팔아넘기는 파렴치한으로 낙인찍힐 것이다. 괴로워도 이 회사에 남아서 흑백을 가려야 한다. 그러나 방법이 문제였다. 혼자서는 문제를 해결할 묘수가 떠오르지 않았다.

　지금까지 남에게 무엇으로도 져 본 일이 없는 중휘였지만 지철의 너무도 간교하고 엄청난 모함 앞에서는 어찌 할 바를 몰랐다. 중학생 때 '조센진'이라고 놀려대던 일본아이들에게도 '본때'를 보여주었던 중휘였지만, 오지철의 모함 앞에서는 속수무책이었다. 생각 같아서는 주먹이라도 날리고, 발로 차서 넘어뜨리고 싶은 생각이 솟구쳤다. 폭행이 큰 죄가 되는 남한에서 폭력을 썼다간 또 무슨 봉변을 당할지 몰라 이를 갈면서 참았다. 머리나 실력으로 싸우거나 심지어 몸으로 싸워도 이길 자신이 있다. 이런 모함을 당했을 때 어떻게 해야 하는 건지 묘안이 떠오르지 않았다. 입씨름을 아무리 해봐야 소용이 없을 것 같았다.

기분 같아서는 당장 이 회사를 떠나고 싶지만, 그동안 믿고 파격적인 대우를 해준 사장에게도 미안하고, 따뜻했던 동료들과 자기를 믿고 따라주던 팀원들도 마음에 걸렸다. '내가 오지철의 터무니없는 모함으로 명예훼손을 당했다는 것을 밝혀내지 못하고 떠나버리면 오지철이 완전히 나를 변절자, 파렴치한으로 낙인찍어 버릴 것이므로 떠나더라도 흑백은 가리고 떠나야겠지?'

할 수 없이 경찰의 도움을 요청하기로 했다. 일단 퇴근길에 인근 경찰서에 들러 앞 뒤 사정을 얘기하고, 문제를 해결해 달라고 부탁했다. 3일 후 경찰서에서 나와 사장도 만나고, 지철도 만나고 동료 서너 명도 참고인으로 만나고 돌아갔다. 그러나 일주일이 지나고 이주일이 지나도록 경찰에서는 후속조치가 없었다. 경찰서에 다시 가봐야 하나? 어찌해야 하나? 얼른 결론을 못 내리고 있던 때에 연실이 미국 이민 이야기를 꺼냈던 것이다.

아직 연실에게도 회사 일을 얘기하지 않았던 터라 아무 일도 없는 것처럼 태연하게 받아들이면서 어디까지나 아내의 뜻을 들어주는 근사한 남편으로 행동하려고 애를 썼다. 아마 연실이 미국 얘길 안 꺼냈다면 연실의 지혜를 구하기 위해 회사 얘길 했을 지도 모른다. 때론 여자들이 더 머리가 반짝반짝할 때도 있다. 앞 뒤 재며 사리분별을 더 잘 할 때도 있으며, 결단을 더 빨리 내릴 때도 있기 때문이다.

2

중휘는 햇빛이 눈부시게 내리 쬐이는 용산의 J까페에서 커피를 마시며 K신문사 김동찬 기자와 마주 앉았다. 창밖으로 시원하게 보이는 한강을 바라본다.

─참 좋은 광경입니다.

하며 동의를 구하듯 김 기자를 보며 입을 뗐다.

─그렇죠? 내가 여길 좋아해서 사람을 만나려면 대개 이리로 온답니다.

─하여튼 이렇게 뵙게 되어 반갑습니다. 만나주셔서 감사합니다.

─저도 반갑습니다. 이런 자리는 되도록 피하는 편이지만, 김 기자님이 여러번 간곡하게 전화하시니 안 나올 수가 없었습니다.

─감사합니다. 제가 좀 끈질긴 데가 있거든요. (웃음)

─예, 제가 졌습니다. 그런데 뭐 특별히 취재할 게 있나요?

─그럼요. 최 선생님이 살아오신 이야기를 듣고 싶습니다.

한국에 오신 지 얼마 됐습니까?

─3년 지났습니다.

―이제 어느 정도 적응은 하셨겠네요. 하기야 이미 말씀 하시는 게 서울사람 같습니다. 처음 한국에 오셔서 문화 충격 같은 건 없었습니까? 금방 적응이 되던가요?

―아니죠. 문화충격이 이만저만이 아니었지요. 마치 다른 세상에 온 것 같았으니까요.

―그래요? 그 정도로 뭐가 다르던가요? 생각나시는 거 몇 가지만 얘기해 주시겠어요?

―우선 국내건 외국에건 어디든 원하는 곳을 마음대로 갈 수 있다는 것이 여간 신선한 충격이 아니었어요. 북에서는 다른 지방에 한번 가려면 최종 허가 받을 때까지 너댓 번 도장을 받아야 하고 시간도 한 달 이상 걸리거든요. 뿐만 아니라 기차를 타도 가다 섰다를 반복하니까 시간이 한없이 걸리는데, 여기서는 KTX 타면 서울에서 부산까지 3시간도 안 걸리니 정말이지 딴 세상 같더라니까요. 자유롭게 외국여행을 할 수 있다는 것은 꿈에서나 있음 직한 일이었거든요. '자유'라는 단어도 거의 들어보지 못했고, 그 의미도 잘 모르고 살았는데, 남한에 오니 이제야 '자유'가 무엇인지를 제대로 알겠고, 자유가 얼마나 소중한지도 실감하게 되네요. 인간이 인간답게 살기 위해서는 자유가 첫 번째 조건인 걸 확실히 알게 됐어요.

―그다음 또 뭐가 있나요?

― 자동차가 너무 많아 놀랐고, 서울의 공기가 탁해서 놀랐습니다. 그러나 내비게이션은 정말 신기했어요.

—아, 그러셨군요. 우리는 여기서 사니까 잘 몰랐는데요. 또 다른 건 뭡니까?

—시위하는 것도 새로운 경험이었어요. 자기의 의지에 따라 시위도 할 수 있으니 '아, 이런 게 민주주의구나.'하고 깨달았지요. 북조선에선 동원되어 당에서 하라는 대로만 해봤지, 자신의 뜻대로 다른 사람들과 무슨 단체 행동을 한다는 건 상상할 수 없으니까요. 당에서 허가받지 않고는 단 네 명, 다섯 명도 모이지 못 하거든요.

—그래요? 그 정도예요? 그럼 또 다른 것은요?

—카드 사용하는 것도 경이로웠어요. 현금이 없어도 카드로 생활이 가능한 걸 보고 얼마나 놀랐던지요. 슈퍼에서는 물론, 식당에서도, 병원에서도, 기차역에서도 모두 카드로 계산하고, 택시도 카드로 타니 정말 신기했습니다. 국민들이 은행 이용하는 것도 많이 놀랐고요. 누구나 은행과 거래하면서 사니 얼마나 편리한지 몰라요. 북조선에서는 돈이 많이 생겨도 은행을 이용할 수 없어서 돈 보관이 여간 어려운 게 아니거든요.

—왜 은행을 이용 못 합니까?

은행에 돈을 맡길 수는 있지만, 찾지는 못 하니까요?

—아니, 왜요? 왜 못 찾아요?

—은행에서 돈을 안 내 주니까요.

—네? 세상에… 어찌 그런 일이?

―한국 국민들은 이해하기 어려울 거예요. 아마 한국에서는 그런 경험을 한 번도 한 적이 없을 테니까요.

―예, 그건 그래요. 은행이 돈을 안 돌려준다는 것은 상상하기 어렵지요. 그건 좀 심하네요. 현금을 가지고 다니는 것도, 집에 간수하는 것도 여간 신경 쓰이고 성가신 일이 아닌데요.

―남한에 와서 생활해 보니까 그런 게 정말 힘든 일이라는 걸 더욱 절실히 느끼게 되네요. 돈은 은행에 넣어놓고 카드로 생활하는 것이 얼마나 편리하고 선진화된 건지 알겠어요.

―최 선생님도 카드로 생활하시지요?

―그럼요. 지갑에는 2, 3만원밖에 없어요.

―남한에 오시니까 좋긴 좋으세요?

―물론이죠. 우선 자유가 있잖아요? 이보다 더 자유로울 순 없지요. 여행도 마음대로 다니고, 자기가 살고 싶은 데서 살고, 직장도 마음대로 가지고. 물론 마음껏 밥을 먹을 수 있다는 게 무엇보다 행복한 일이고요. 인터넷도 마음껏 할 수 있고, 외국에 전화도 마음대로 할 수 있는 것도 행복 그 자체지요. 서울과 지방이 큰 차이가 없는 것도 놀랐어요. 자동차 많은 것도 비슷하고, 대중교통이 잘 되어 있는 것도 비슷하고, 생활수준도 비슷하고, 병원도 비슷하고, 모든 게 비슷하더라고요. 평양과 다른 도시는 아예 비교 자체가 안 되거든요. 그런 걸 다 떠나서 '생활총화' 안 하는 것만도 얼마나 좋던지, 일어나자마자 벽에 걸린 김 부자 사진보고 절해야 하고 24시간 감시받는 것도 모자라 매주 토요일이면 생

활총화하면서 지도자에게 얼마나 충성했는지 자아반성하고 남을 비판해야 하니 정말 숨이 막혔거든요.

—그래서 탈북하신 겁니까?

—그것만은 아니지요. 내 자식들을 위해 탈북했습니다. 내 아이들에게 자유를 주고 싶어서요. 정말 끔찍하고 처절한 과정을 거쳤지만 그래도 탈출에 성공했으니까 이런 호사도 누리게 됐네요.

—가장 괴로우셨을 때가 언제셨나요?

—처음에 대학엘 못 간다는 얘길 들었을 때예요.

—앞이 캄캄하더라고요. 난 사실 공부 외에는 좋아하는 것도 없고, 잘 하는 것도 없어요. 일본에서 북송선을 탄 것도 지상낙원에 가서 무료로 대학다니는 거였거든요. 그런데 재포 출신은 대학에 못 간다고 하니 얼마나 참담하던지… .

—재포 출신이면 절대로 대학을 못 가요?

—재포 중에서 '조총련' 간부 자녀면 대학에 갈 수도 있다는 걸 나중에 알게 됐어요. 기술 분야나 예체능대학은 계층과 상관없이 갈 수 있다는 것도 나중에야 알았고.

—재일 교포 중 '조총련'이 얼마나 됩니까?

—30%쯤 됐는데, 지금은 더 줄었지요. 옛날 80년대 중반까지는 재일교포의 80%이상을 차지한 적도 있었지만, '88올림픽'과 '2002한일월드컵' 이후 민단으로 넘어온 사람이 급격하게 많아져서 지금은 완전히 역전됐지요. 민단계가 훨씬 많아졌고, 조총

련계는 이제 몇 만 명밖에 안 남았다고 하는데 정확한 수는 모르겠네요. 그 사이 일본으로 귀화한 사람도 많으니까요. 1년에 500명 이상이 귀화한다는 것 같아요.

―자녀는 몇 명입니까? 한국에 잘 적응하고 있습니까?

―1남 1여인데, 모두 학교에 다니고 있어요. 이미 북한은 다 잊은 것 같고, 이곳에서 즐겁고 행복하게 잘 지내고 있지요. 꿈에 부풀어 있고요.

―다행이네요. 그럼 최 선생님은 여기서 무슨 일을 하고 지내세요?

―예, 컴퓨터 프로그래밍 회사에 다니고 있습니다.

―하시는 일에 만족하세요? 월급은 괜찮나요?

―아주 만족합니다. 컴퓨터와 관련된 일은 내 전공이므로 재미있고, 월급도 상당합니다.

―다행입니다. 다시 한 번 축하드립니다. 남한에 오셔서 제대로 정착하신 것 같네요.

현재 북한에 계시는 분들에게 전해주고 싶은 말이 있다면요?

―무슨 방법을 써서라도 탈북하라고 권하고 싶습니다. 물론 북한 내에서 뭉쳐서 저항하는 게 가장 좋지만, 감시망이 너무나 지독하므로 당장은 뜻을 모으기가 쉽지 않아요. 일단 탈북해서 한국에서든 어디서든 다시 뭉쳐야지요.

―만일 탈북에 성공하지 못 하고 잡혔다 그러면 어떻게 되나요?

—아마 수용소에 수감됐겠지요.

—수용소는 어떤 곳입니까?

—수용소에 들어가면 일단 죽는다고 보시면 됩니다. 그냥 죽는 게 아니고 죽을 만큼 일하고, 죽을 만큼 조금 먹어서 과로와 영양실조로 죽는 거지요. 수감된 지 2~3년 안에요. 만일 요행으로 오래 살아남는다고 해도 세상에 나올 수는 없어요. 아예 형기가 종신으로 되어 있으니까요. 요덕수용소에 갇히면 살아서 나올 확률이 조금 생기지만요. 그렇다고 멀쩡하게 살아나올 순 없지요. 수감자들 대부분은 영양실조 상태인데, 매를 맞아서 팔다리 부러지는 것도 보통이거든요.

수용소는 500 제곱km이상의 거대한 도시로서, 산속 깊이 있는데, 이곳에는 학교, 공장, 농장, 탄광, 병원 등이 있고 몇 만 명의 수감자들이 있어요. 수감자들은 금이나 석탄도 캐고, 뱀술도 담고, 된장 간장도 담아요. 이렇게 번 돈은 모두 39호실(김정은 비자금 관리소)로 가지요. 수용소 안에서 애도 낳을 수 있으나 태어나자마자 정치범 신분이 돼요. 그리고 학생들도 강제노역에 동원되느라 공부하기 어렵고요. 이런저런 죄목으로 하루에 300명 이상의 수감자들이 처형되지라요.

—300명이나요? 현재 북한 수용소의 전체 수감자가 얼마나 됩니까?

—12만 명 정도 된다고 해요.

—급식은 괜찮나요?

—짐승만도 못한 대접을 받지요. 워낙 급식 상황이 안 좋으니까 쥐라도 먹을 수 있으면 천운으로 여길 정도예요. 질적으로도 형편없지만 양도 너무 적게, 강냉이밥 100g정도 주니 죽을 지경이지요.

—만일 탈옥을 하면 어떻게 되나요?

—물론 몇 만 명에 한 명쯤은 예외도 있겠지만, 탈옥해도 대부분 잡히지요. 잡히면 공개처형을 하는데, 3명이 3발씩 쏩니다. 최근에는 아예 고사포로 처형한다고 해요. 시신도 아예 없애기 위해서죠. 옛날에는 교수대에 묶어놓고 처형하고 하루 이틀 시체를 방치하면 까마귀가 다 뜯어먹었대요. 가장 잔인한 것은 공개처형할 때 어린이를 포함한 가족들을 맨 앞줄에 앉혀놓고 처형장면을 보게 하는 거예요. 수용소에 수감되는 사람은 대부분 엘리트인데, 현재 한국에서 맹활약하는 탈북자 한분이 극적으로 수용소를 탈출하여 한국에 왔는데, 그 수용소에서 수색작전이 요란했다나 봐요.

—수용소가 몇 개나 있습니까?

—원래 12개가 있었으나 현재는 4개만 있어요. 요덕수용소만 그나마 혁명화구역이 있어 살아나오는 사람들이 더러 있고, 나머지 수용소는 완전 통제구역으로서 아직 단 한명도 살아서 나온 사람 없습니다. 수감된 지 3년 이내에 보통 영양실조로 죽지요. 수용소에는 온가족이 모두 감금되어 살아요. 오철진이라는 내 친구는 어머니가 여맹부위원장까지 할 정도로 출신이 좋았으나, 아버지가 '세습은 봉건제다'라는 말 한마디를 하여 3대가 정치범수용소에 갇혔어요. 수용소 안에는 탄광도 있는데, 탄광에만 2만 명이 근무합

니다. 풍계리 핵실험장도 수용소 안에 있으며, 수감자들을 핵실험에 투입하기도 하지요. 그냥 총살하기에는 아까우니까 하루에 12시간 이상 일하게 만들거나 실험에 이용한다고 보시면 됩니다.

─수용소에서도 노동을 하는군요.

─그럼요. 별의별 노동을 다 시키지요. 여러 가지 공장이 있어서 공장에도 투입되고요. 이곳 공장에서 생산된 발효제품(간장, 된장, 고추장)은 최고품질로서, 최고위직으로 간다고 해요. 수용소 안에는 병원도 있는데, 여기서는 주로 침, 뜸을 하고 마취제도 없이 수술을 하지요. 수감자들을 실험용으로 쓰기도 하고요.

─그럼 어떤 사람들이 수용소에 갑니까?

─북한에서는 범죄자를 큰 범주에서 정치범과 경제범으로 나누어요. 정치범은 북한 체제를 비판하거나 부정하는 반민족적, 반국가적 범죄자를 가리키는데, 사상범이라고 해요. 사상범으로 분류되면 항변할 기회도 안 주고 바로 수용소로 가지요. 각종 종교를 믿는 행위도 사상범에 포함돼요. 이런 사상범 또는 정치범으로 지목되면 당사자 뿐 아니라 가족까지 처벌 대상이 되어 함께 수용소에 수감되지요. 경제범은 대체로 교화소에 갑니다. 2년 이상 15년 정도의 형을 받고 거기서도 역시 중노동에 시달리지요.

─최 선생님은 인간승리를 하신 분이네요, 정말 축하드립니다.

─감사합니다. 운이 좋았습니다. 우리 조상들이 덕을 많이 쌓으신 모양입니다.

─그러시네요. 한국에 오셔서 또 다른 불편은 없었습니까?

─남북의 말이 다른 게 많아서 처음엔 조금 힘들었습니다. 제일 먼저 맞닥뜨리는 것은 '말'이잖아요? 북한말과 다른 말이 제일 먼저 귀에 들어오더라고요. 그래서 언어만은 먼저 통일됐으면 좋겠다는 생각을 했습니다. 말은 다르지만 알아들을 수 있는 것도 있고, 도저히 그 의미를 모르는 것도 있었어요. 남한 말에는 외래어가 너무 많은 것 같아 안타까웠고요.

─그렇게 다른 게 많습디까? 어떤 것들이죠? 예를 들면요.

─예, 많아요. 생각나는 대로 한번 말해 볼까요?

'인차'를 '즉시'라 하고, '얼음'을 '마약'이라 하고, '안방지기'를 '내야수'라 하고, '무리등'을 '샹들리에'라 하고, '얼음보숭이'를 '아이스크림'이라 하고, '수릿날'을 '단오'라 하고 '률동영화관'을 '입체영화관'이라 하고 '맞혼인'을 '연애결혼'이라 하고 '기계삽'을 '굴착기'라 하고, '덧머리'를 '가발'이라 하고 '억이 막히다'를 '기가 막히다'라고 하더라고요. 또한 '날총각'을 '건달'이라 하고, '쪼박'을 '조각'이라 하고, '디대'를 '계단'이라 하고, '볼우물'을 '보조개'라 하고, '비탈도'를 '경사도'라 하고, '용신돈'을 '세뱃돈'이라 하고, '짬수'를 '낌새'라 하며 '말밥에 오르다'를 '구설수에 오르다'라 하고, '능쪽'을 '그늘'이라 하고, '뜨더국'을 '수제비'라 하며, '보가지'를 '복어'라 하던데요. 어느 조선어 학자가 그러는데 남북이 몇 만 단어가 다르대요.

─그렇게나 많아요? 하기야 저도 생소한 말이 있네요. 그래 지금은 어려움이 없나요?

—예, 많이 료해 됐습니다.

—다행이네요. 아마 외래어에서도 많이 차이가 날 걸요.

—맞아요. '번대'를 '미얀마'라 하고, '웽그리아'를 '헝가리'라고 하고, '뜨락또르'를 '트랙터'라 하고, '뽈스까'를 '폴란드'라 하고, '빠손'을 '패션'이라 하고 '쾨뺀하븐'을 '코펜하겐'이라 하고 '까벨'을 '케이블'이라 하고, '뛰르끼예'를 '터키'라 하고 '깜빠니야'를 '캠페인'이라고 하고 '미누스'를 '마이너스'라 하더라고요.

—한국은 영어발음을 쓰고, 북한은 러시아발음을 써서 그럴 거예요. 남북한 국어학자들이 남북한의 다른 단어를 찾아 사전을 만들면 좋겠네요.

—맞아요. 그런 게 있으면 많은 도움이 될 거예요.

—이번엔 북한의 좋은 점을 한번 얘기해 보세요.

—예, 일반인민들은 순박하고 순수해요. 잇속에 밝지도 않고요. 워낙 심한 감시체계를 만들어놓고, 생활총화에서 이웃들을 갈갈이 찢어 놓아서 그렇지, 그래도 아직 순수함이 남아 있는 분들이 많아요. 인정도 많고요. 특히 경조사에는 모두 발 벗고 나서지요. 이웃에서 상을 당하면 내 집 일같이 가서 거들고 손님들을 접대하고 그래요. 사회적으로 좋은 것은 소학교 담임은 1학년부터 4학년까지 계속 맡고 중고등학교는 6년간 같은 선생님이 담임을 맡으므로 좋은 점이 많아요. 또한 한 학교에 발령받은 교사는 대부분 한평생 같은 학교에서 교사생활을 하므로 졸업생이 객지에서 직장 생활하다가 고향에 가면 으레 스승을 찾아뵙고 인사를

드리는 미덕이 있어요. 때로는 아버지와 삼촌, 형, 누나를 가르친 교사가 대를 이어 자식을 가르치기도 하므로 교사가 친척 같은 친근감을 주지요.

─아, 네. 정말 그렇게 하면 좋을 것 같네요. 단지 선생님이 높은 인격자일 땐 그러면 좋지요. 학생과 잘 맞지 않을 때는 학생 측에서는 괴로운 면도 있을 걸요. 그렇지 않다면 오래 담임을 하면 좋은 점이 더 많겠네요. 학생과 가까워져서 문제를 빨리 해결할 수도 있을 테니까요. 그럼 북한에는 '왕따' 같은 문제는 잘 일어나지 않겠어요. 교사와 학생이 워낙 가까우니까요.

─예, 북한에서는 '왕따'라는 말은 못 들어봤습니다.

─오늘 좋은 말씀 감사드립니다. 다시 또 연락드리겠습니다.

─예, 언제든 연락만 주시면 또 뵙겠습니다.

─다시 만나야지요. 또 연락드리겠습니다.

─고맙습니다. 안녕히 가시라요.

─예 조심해 들어가세요.

김동찬은 사회부 기자로 최근에는 탈북자를 만나 인터뷰하여 기사를 쓰는 것이 주된 업무이다. 한 명, 한 명 모두 특별한 사연을 안고 있는 새터민을 취재하는 게 매우 즐겁고도 가치 있는 일로 생각되었다. 때로는 너무나 가슴 아픈 사연에 눈물이 나기도 하고, 훌륭한 활약상을 들을 때는 박수를 치기도 한다. 사람을 만나 웃고 울고 할 수 있어 얼마나 가슴 벅찬 일인지 모른다. 탈북 과정 얘기를 들을 때는 흡사 모험극을 보는 것처럼 함께 가슴 졸이고, 함께 울분하고, 함께 벅차오르는 감정을 주체하지 못 한다. 성공한 얘길 들을 때는 함께 희열을 느낀다. 이제 탈북자들이 취재의 대상이 아니라 형제자매처럼 정을 느끼게 된다.

중휘는 지난날을 돌아보았다. 실력이 있으므로 승진도 순조롭게 되어 하루하루가 즐거웠다. 연실과 결혼 후 아들 딸 남매를 두어 세상에 부러운 것이 없었지만 두 사람 모두 중앙전산원에 다니니 뇌물을 받을 수 없어 경제적으로 매우 빠듯하게 살았다. 북한의 월급은 워낙 적기 때문이다. 중휘가 결혼 후에도 계속 과외를 하여 보태어 그나마 밥 굶지 않고 사니 모든 게 수령님의 은덕이라고 믿고 행복을 느끼며 살았다.

그러나 마음 깊은 곳에서는 당 간부는커녕 입당도 안 되는 자신의 처지가 억울하고 대학도 김책공업대학에 갈 수 밖에 없었던 것이 많은 아쉬움으로 남아 있었다. 또한 컴퓨터 일도 남조선이나 미국의 주요 서버에 접속하여 해킹을 하는 것이 주 임무이므로 남에게 말은 못 해도 유쾌하지가 않다. 좀 더 생산적이고, 좋은 일을 위해 컴퓨터를 활용하면 좋겠는데, 주로 적국의 컴퓨터 해킹을 위해 일하는 게 어떤 보람이나 희열을 주지 않았다. 맘 속 깊은 곳에서 가끔 거부반응이 일기도 했으나 이것이 애국하는 길이려니 하고 현실에 만족하고 오순도순 살았다.

3

전산원 창립일이라고 오랜만에 동료들과 술을 마시게 되자 중휘는 자신도 모르는 사이에

—내 성적으로는 김일성종합대학도 갈 수 있었는데, 억울하게 김

책공업대학에 가서 평생 컴퓨터만 하고 사는 팔자가 되었다.

고 넋두리를 했다. 다른 사람 같으면 모두 부러워 할 위치에 있으면서도 억울하다고 말하니 그 말을 들은 지천석이라는 동료가 그걸 놓치지 않고 윗사람에게 보고했고, 윗사람은 당에다 보고해 버렸다. 일주일 뒤쯤 보위부에서 출두 통지서가 날아왔다. 보위부에 갔더니 '동무는 장군님께 불온하고 불경스런 말을 했으므로 곧 재판이 있을 것이오.' 라고 하며 중휘를 데려간 곳은 집결소였다. 중휘는 청천벽력 같은 사태 앞에 우두망찰하였다.

연실도 벼락 치는 사태에 아연실색했다. 매사에 성실하고 착한 남편이 무엇 때문에 잡혀가는지 땅을 칠 노릇이었다. 재일교포인 남편이 잡혀간다면 수용소로 갈 확률이 높았다. 연실은 태산이 무너지는 것 같은 낭패감에 어쩔 줄 몰랐다. '어찌 해야 한단 말인가?' 부모님이 '신분이 그러면 언제 무슨 일을 당할지 불안하여 너를 보낼 수가 없다.'며 결혼을 반대하던 모습이 새삼스럽게 떠올랐다. '아, 결국 이런 날이 온단 말인가? 그래도 아무 죄도 짓지 않고 열심히 살아온 사람에게 이런 기막힌 일이 닥치다니.' 연실은 발을 동동 구르며 사태를 예의주시하고 있었다.

그가 끌려간 곳은 함경북도 청진시에 있는 농포집결소였다. 수용기간은 딱 정해진 것이 없고 보통 3개월에서 6개월 정도라지만, 심한 경우는 8개월까지도 있다고 한다. 집결소는 재판이 열리고 형이 확정되는 기간 동안 머무르는 곳이다. 이곳에서도 어김없이 노동을 시킨다.

집결소에는 간난 아기부터 늙은이들까지 다 있었다. 특히 여자가 남자보다 더 많았다. 대부분의 사람들은 탈북하여 중국에서 잡혀 온 사람들이었다. 극히 소수였지만 중휘처럼 다른 죄목으로 끌려와 재판 결과를 기다리는 사람들도 있었다. 부림소(일하는 소)를 잡아먹은 사람, 전기선을 잘라 판사람, 밀수, 절도 등 다양한 것 같았다. 이 사람들은 형을 받고 교화소로 가게 된다.

집결소에서는 아침 5시에 기상해서 방 밖으로 나오면 인원점검을 하고 간단한 체조를 시키고 세수를 하게 한다. 집결소 안마당 한가운데 우물이 하나 있는데, 거기서 세수를 하기 위해 줄을 서서 차례를 기다리다가 자기 순번이 되면 1분 안에 세수를 끝내야 한다. 시간을 초과하면 매를 맞는다. 간단히 얼굴에 물만 묻히고는 밥을 먹게 한다. 밥이라고 해야 강냉이밥 한줌이었다. 국 같은 건 거의 주지 않는다. 소금도 귀한지 집결소에선 소금국도 안 주는 모양이었다. 하루는 몇 분 동안 앞이 안 보여서 완전히 장님이 된 줄 알고 혼비백산하기도 하였다. 식사가 끝나면 다시 인원 점검 후 노동을 시킨다. 점심도 12시에 주긴 주는데 먹고 나면 배가 더 고팠다.

저녁 6시에 인원 점검을 하여 인원이 확인되면 바로 저녁 먹고, 노동하고 11시에 취침시킨다. 이 취침 시간이 너무도 괴로웠다. 너댓 명 누울 수 있는 조그만 방에 수십 명이 수용되었다. 앉아 있어도 너무 좁은데 여기서 자라고 하니 누울 수가 없어 도저히 잠을 자지 못할 때도 있다. 너무 졸리면 서서 벽에 기대어 잠을 자기도 한다. 편안히 앉아서라도 잘 수 있는 날은 그나마 운이 좋은 날이었다.

매일 허기진 상태로 힘든 일을 하니 차라리 죽고 싶다는 생각도 수없이 들었다. 사람들이 픽픽 쓰러지고 죽어나갔다. 집결소에 있던 4개월 동안 수십 명이 죽어 나가는 걸 보았다. 맞아 죽은 사람 한 사람 빼곤 모두 영양실조로 죽었다. 아침에 일어나서 인원 점검 나가려고 하는데 옆 사람이 일어나지 않았다. 흔들어 깨워보아도 일어나지 않기에 자세히 보니 숨이 끊어져 있었다.

중휘는 집결소 수용 넉 달 뒤 재판에서 노동교화형 15년을 선고받고 함경북도 청진교화소에 수감되었다. 불평을 하면 그만큼 형기만 늘어 나므로 이를 악물고 교화소로 들어갔다. 수용소에 수감되지 않은 게 그나마 다행이라면 다행이었다. 수용소는 아예 살아서 나갈 수 없지만, 그래도 교화소는 형기만 채우면 나갈 수 있다는 희망이 있기 때문이다. 청진교화소의 입구는 높은 담으로 둘러싸여 있으며 담 위엔 철조망 울타리가 쳐져 있었다.

교화소엔 도둑질 했다든가, 사람을 죽였다든가, 자동차로 사람을 치었다든가, 공장에서 일하다가 고의적으로 공장의 중요 부품을 망가뜨렸다든가, 아니면 국가나 공장의 돈을 횡령했다든가, 공장부품을 도둑질했다든가, 밀수를 했다든가, 탈북을 시도 했다든가 등등 다양한 죄목으로 사람들이 들어왔다. 이렇게 통제된 나라에서 별별 죄를 짓는 사람이 나온다는 게 신기했다.

교화소에서도 혹독한 노동을 시켰다. 노동뿐 아니라 특별한 이유 없이 상시 구타가 이루어지고 있었다. 원래 북한의 법체계에서는 보안원들의 수감자들에 대한 폭행은 금지되어 있다. 이런 법은 유명무실한 것이며 아무런 이유 없이 구타와 폭행은 매일같이 일어나고 있었다. 청진교화소에서 제공되는 식사는 강냉이밥 100g과 염장무 두세 조각, 소금국이 제공되는데, 수형자들은 '썩은 국'이라고 표현했다. 그마저도 소금을 먹이면 다리에 힘이 생겨 도망친다고 소금도 아주 조금만 넣은 것이다. 어떤 때는 한 끼 식사로 조그만 감자 3알이 나오기도 한다. 수감자들이 지은 농산물조차 위로 올라가고 수감자들에겐 턱없이 부족한 급식을 하는 것이다.

교화소에서는 보통 하루에 2~3명이 영양실조나 가혹행위로 죽어나갔다. 결핵이나 열병 등 전염병이 발생하면 하루에 30~50명 이상이 숨지기도 했다. 이 교화소에서는 나중 2009년과 2010년 사이에 아사자가 무더기로 나오게 된다. 그 해에 일기가 나빠 농사가 잘 되지 않았는데, 그마저도 윗선에 바치고 수감자들에겐 너무도 적은 급식을 하거나, 아예 굶겨서 하루에 아사자가 수 십 명이 나왔다는 것이다. 아마 세계에서 형무소의 수감자들이 굶어죽는 예는 북한이 유일할 것이다.

교화소 내에서 고문과 가혹행위가 이루어지는 경우는 보안원이 임의로 기분에 따라 행하는 경우 외에는 보통 세 가지 중 하나를 어겼을 때다. 수감자들이 생활 규정을 어기는 경우, 생활총화를 통해서 죄가 드러난 경우, 그리고 가장 무거운 죄는 도주 즉 탈출하다 잡히는 경우다.

도주를 하다가 체포될 경우 걷지도 못할 정도로 맞게 된다. 어떤 경우는 트럭에 밧줄로 목을 매어 교화소를 질질 끌고 다니면서 죽이기도 하고, 공개총살에 처하기도 한다. 교화소에서는 탈출을 가장 경계했다. 수감자들에게 나쁜 영향을 미칠 것을 두려워하여 시범적으로 도주자를 잔인하게 처벌하는 것이다. 교화소 생활 중에 사소한 문제를 일으켜도 가혹한 처벌을 한다. 규정을 어겼다고 매달아 놓고 구타와 가혹행위를 하는 것은 물론, 수색견에게 물리도록 방치하기도 한다.

보안원들이 근무를 설 때 심심풀이 혹은 스트레스 해소용으로 수감자들에게 식사 때 밥을 주면서 '앉았다 일어났다'를 100번 하고 먹으라고 명하기도 한다. 이것을 하지 못하면 음식을 주지 않는다. 교화소 규정을 어겼다고 쇠창살에 묶어놓고 채찍질을 하는 일도 자주 일어난다. 이러한 인권 유린 행위는 지속적이고 반복적으로 일어나고 있는 것이다.

중휘는 끔찍한 교화소 생활을 15년이나 해야 한다고 생각하니 앞이 캄캄했다. 교화소에서는 수감자들이 강제로 자기 무덤을 스스로 파는 것과, 망치로 머리를 내리치거나 나무 몽둥이로 때려 수감자를 살해하는 모습도 종종 볼 수 있다. 특히 여성 수감자들을 성폭행을 한 후 비밀이 샐까봐 살해하는 경우도 있었다.

중휘는 '천지신명이시여, 저를 돌보아 주소서, 살 수도, 죽을 수도 없는 이 기막힌 현실을 벗어날 수 있는 기적을 보여주소서. 저의 의지와 능력으로는 이 어기찬 현실을 이겨낼 자신이 없습니다. 차라리 저를 데려가시든가 이 교화소를 깨부수어 주소서. 여기서는 사람이 할 수도 없고, 해서도 안 되는 끔찍한 일들이 너무도 쉽게 일어납니다. 이토록 무지막지한 사람들은 도대체 누구입니까? 천지신명이시여, 당신이 계심을 증명하여 주소서.' 기도를 드리고 또 드렸다.

중휘는 하루가 멀다 하고 설사를 했다. 그러니 더욱 죽을 지경이었다. 그러다가 어느 날부터인가 개구리를 잡아다 찢어서 몰래 매달아놓고 말려서 먹게 되었다. 너무나 맛있었다. 처음엔 개구리가 징그럽고 무섭기까지 했으나 이젠 없어서 못 먹는다. 배가 고프니 이것저것 가릴 형편이 못 되었다. 날씨가 좋지 않아 개구리가 마르지 않거나 말리는 중에 쥐가 채가면 미치도록 아쉽고 속상했다.

개구리를 잡다 보안원에 걸리면 보호동물을 잡았다는 이유로 발길질을 당하고 30g짜리 처벌밥을 먹어야 했다. 그래도 매일매일 매순간 배가 고프니 무엇이든지 먹게 된다. 먹고 설사하고 먹고 설사하고, 몸에 기운이라고는 정말이지 눈감을 힘도 없었다. 그냥 이대로 죽는 게 가장 편하겠다는 생각을 수도 없이 했으나, 애타게 기다릴 처자식을 위해서 살아남아야한다는 생각에 무엇이든지 먹으려고 애쓰게 되었다. 매일 아침이 되면 살아서 나가야 한다는 전의를 다지며, 마음과 몸을 추스르곤 했다.

중휘는 이런 상태로 15년 형을 마치도록 살 자신이 없었다. 영양실조가 된 몸으로 15년을 사는 것은 불가능하다는 판단을 했다. '이제 어찌해야 하는가?' 교화소 생활이 웬만큼 견딜 만 하면 참고 살겠는데, 이런 상태로는 15년은커녕, 5년도 살 수가 없을 것 같았다. 도저히 버틸 자신이 없었다. 다른 사람들도 대부분 교화소에 와서 2,3년 안에 결국 과로와 영양실조로 쓰러져 죽는다. 교화소 내에 달구지가 자주 오가는데, 달구지 밖으로 팔 다리가 축 늘어진 시체의 모습을 하루에도 몇 번씩 봐야 한다.

중휘는 죽는 날을 기다리거나, 탈출을 하거나 두 길밖에는 없다는 생각이 들었다. 우선은 탈출을 시도해 볼 수밖에 없었다. 기회를 잡기 위해 노력하고 있던 어느 날 뜻밖에도 아내 임연실이 면회를 왔다. 5분 동안의 면회 시간이 야속하기만 했다. 알고 보니 연실 아버지가 당의 고위직에 부탁을 하고 뇌물도 줘서 겨우 면회를 왔다는 것이다. 불과 여섯 달

만에 뼈만 남아있는 남편을 본 연실은 가슴이 찢어지는 아픔을 느꼈다.

　―내가 어떻게든 손을 써 볼 테니까 마음 단단히 먹고 견뎌내야
해요. 무슨 방법을 써서라도 현우아버지를 빼낼 테니까, 정신 차
리고 조금만 참아 줘요. 알았죠?'

　연실은 눈 안에 눈물이 그렁그렁하였다. 중휘는 가슴이 터질 것 같았
다. 그도 모르는 사이에 두 손이 불끈 쥐어졌다.

　―내가 당신에게 지은 죄가 너무도 크네요.

　1년 반 뒤 중휘는 풀려나왔다. 입소한 지 2년 만이었다. 아내 연실이
가 장인에게 졸라 뇌물을 듬뿍 쓴 결과였다. 지금의 북한은 돈만 있으면
안 되는 게 없는 나라다. 차근차근 위에서 아래로 내려오는 동안 뇌물만
쓰면 얼마든지 죄인을 빼낼 수 있는 게 북한이다. 형을 조금씩 줄여서
이토록 쉽게 나올 수가 있는 것이다. 그러나 어떤 뇌물도 안 통하는 곳
이 있다. 수용소다. 요덕수용소 혁명화 구역만 예외이다. 나머지 통제구
역과 다른 수용소에서는 절대로 살아서 나올 수 없는 완전 통제구역이
므로 여기에 들어가면 어떤 뇌물도 안 통한다. 일단 수용소에 갇히면 다
시는 세상에 나올 수 없다. 거기에 들어가면 자기 명대로 사는 것도 불
가능하다. 극심한 영양실조에 과도한 노동, 그리고 불량한 위생환경, 관
리원들의 무자비한 구타 등, 여러 가지 원인으로 입소 2,3년 안에 대부
분 죽는다.

　중휘는 교화소에서 나와 몸을 가누기 어려웠지만, 우선 처가에 들러
사과를 했다.

　―정말 면목이 없습네다. 용서해 주시라요. 우선 살려주셔서 감사

드립네다. 본의 아니게 큰 걱정을 끼쳤습네다. 참으로 죄송합네다. 이 은혜 잊지 않겠습네다.

―그래도 이렇게 살아서 나와 주니 반갑고 고맙네만, 우리도 마음 고생이 이만저만 아니었네. 특히 연실은 너무도 불쌍해서 우리도 죽을 뻔 했지라. 제발 정신 차리고 다시는 이런 일 없게 하라우. 잡혀가면 절대로 안 되는 기라. 무조건 잡혀가지 않게 살아야 하는 거이야, 알갔네?

―그럼요. 다시는 이런 일 없도록 정신 차리고 살겠습니다. 제가 죄인입니다. 아무런 변명도 하지 않겠습니다.

중휘는 두 달 쯤 요양한 뒤 복직하였다. 그러나 교화소 가기 전의 지위는 다시 찾을 수 없고, 맨 밑바닥에서부터 다시 시작해야 했다. 자기의 말실수를 당에 밀고한 사람들은 자기보다 두세 단계나 위에 올라가 있었다. 1년을 참고 견디다 중휘는 탈북을 결심하게 된다. 도저히 정 붙이고 살아 나갈 자신이 없었다. 이런 상태로 직장생활을 계속할 수도 없고, 또 그렇게 하고 싶지도 않았다. 하루는 아내 연실에게 큰 맘 먹고 자기의 결심을 말했다. 처음에는 예상대로 펄쩍 뛰었다.

―당신을 빼내기 위해 쓴 뇌물 때문에 빚진 것도 많고, 부모님께도 얼마나 죄송했는지 알아요?

―다 알아요. 하지만 도저히 이대로는 못 살겠소. 나는 결심을 단단히 했소. 당신도 진지하게 생각해봐주면 좋겠소. 난 당신과 현우 현정을 두고 혼자 떠날 순 없어요. 내 결심은 확고하니 당신이 날 이해하고 따라주면 좋겠소.

그는 결국 중국과 태국을 거쳐 탈북 1년 만에 2009년 4월 한국 땅을 밟았다. 아내 연실과 현우 현정도 함께였다.

<h2 align="center">4</h2>

중휘는 누구보다도 더 간절하게 남북통일을 바라고 있다. 통일이 되면 지금 북한에서 일어나고 있는 너무나 많은 악행들이 해결될 것 같기 때문이다. 통일을 위해 무엇이든지 하고 싶은 심정이다. 정말이지 북한의 인민들을 위해 자기가 할 수 있는 일이 있다면 아무리 힘들어도 꼭 하고 싶다.

'통일'이라는 단어만 들어도 막 가슴이 뛴다. 남북한 국민들보다도 탈북자들과 제3의 신분을 가진 사람들이 더욱 통일을 갈망한다. 그러므로 재포들과 제3의 신분으로 살아가는 사람들의 힘을 모아 통일에 보탬이 되는 일을 해야 한다. 세계지도를 볼 때는 더욱 더 통일을 염원하게 된다. 남북한이 합해도 작은 나라인데, 그것마저 나누어져 있으니 안타깝기 이를 데 없다. '제발 통일이 되어야 하는데…'

중휘는 탈북하여 남한에 온 이후 이곳에 정착하여 중소기업체의 상무까지 올라갔다. 남한에서 안정을 찾았다고 생각했는데, 오지철의 사건이 일어났다. 마침 아내 연실이 미국으로 이민 가자고 졸라서 결국 동의하게 된 것이다. 처음엔 미국 이민을 동의를 할 수 없었다. 어떻게 해서 얻은 자유이고, 안락함인데, 이걸 버리고 언어도 통하지 않고, 모든 게 생소한 미국에 가자고 하는지 야속했다.

그토록 힘겹게 탈북하여 아내도 대한민국에 와서 얻은 자유와 풍요를 모를 리 없다. 아내가 경박한 사람이 아닌데, 이 편안한 삶을 버리고 새로운 곳으로 가자고 할 때는 그만한 사정이 있겠지 하는 생각이 들었다. 중휘도 속으로는 오지철 일로 정이 떨어져 여길 떠나고 싶었지만 누구에게도 말하고 싶지 않았다.

제3의 신분으로서 겪어야 하는 시련이려니 하다가도 억울하고 분한 마음을 아직 연실에게도 털어놓지 못했다.

—정 가고 싶으면 당신이 직접 길을 알아보구려. 길을 알게 되면
  그때 다시 얘기합시다.

—고마워요, 여보.

결국 1년 뒤 최중휘와 임연실 그리고 현우, 현정 네 식구는 낯설고 물선 미국 땅을 밟게 되었다.

처음엔 정식으로 이민 수속을 밟아 미국에 가고 싶었지만, 우선 이민자가 가져야 할 돈이 많이 부족했다. 미국에서 필요로 하는 특별한 기술이 있는 것도 아니었고 이민 수속이 생각보다 까다로웠다. 연실은 할 수 없이 우선 여행비자라도 받아서 일단 미국에 입국한 후 현지에서 수속을 밟아야겠다는 생각을 했다.

'어떻게 되겠지 뭐.'

미국에 도착 후에도 이민 수속은 되지 않았다. 중휘와 연실 네 가족이 미국에 눌러 앉기 위해서 할 수 있는 일은 난민 신청뿐이었다. 그러나 한국시민의 경우 세계 어느 나라에서도 난민으로 받아 주는 나라는 없다는 것을 알게 되었다. 왜냐하면 한국은 정치적으로나 사회적으로 안정된 나라이므로 외국으로 피난을 갈 필요가 없다는 게 이유였다. 다행

히 어느 일요일 교회에서 김천식이라는 탈북자를 만나게 되어 중요한 정보를 얻을 수 있었다.

─한국에 계셨다는 건 철저히 숨겨야 합니다. 그냥 북한에 살다가 가난과 학정에 못 견뎌 탈북했다고 하셔야 합니다. 작은 말실수 하나를 엄청난 죄로 만들어서 교화소에 수감하여 인간 이하의 대접과, 영양실조로 죽을 뻔한 내용을 그대로 쓰세요. 북한의 교화소는 대다수의 수감자들이 2,3년 이내에 영양실조로 죽어나가고 이유 없이 심한 구타를 당하여 북한을 탈출할 수밖에 없었다. 꼭 미국에서 살고 싶다고 쓰세요. 만일 난민으로 인정 안 되고 다시 북송된다면 처참한 죽음을 맞이할 수밖에 없으니 선처해달라고요. 도저히 북한에서 살 수 없었던 내력을 설득력 있게 써서 난민 신청을 하셔야 합니다. 신청을 하면 몇 달 또는 1년간 심사를 해서 가부를 통보해 줍니다. 심사위원들이 난민신청을 할 수 밖에 없었다고 인정해야 하니 그들을 설득할 수 있도록 잘 써야 합니다.

─영어로 써야 하나요?

─아니요. 한글로 써도 돼요. 자기들이 다 알아서 번역을 하니까요.

─만일 안 되면 어떻게 해야 하나요?

─한번 정도는 재신청을 할 수 있어요. 그때는 더 간곡하게, 더 절박하게 써야겠지요.

─그럼 난민으로 인정이 되면 어떻게 됩니까?

─그야 미국 국민으로 받아주는 거고, 취업을 하기 전까지는 자국 국민으로 살아갈 수 있도록 최소한의 지원을 하지요. 알뜰하게

살면 그걸로 연명은 됩니다.

—여러 가지 좋은 정보 감사합니다.

—예, 잘 되시길 빕니다.

—거듭 감사합니다. 저희들이 난민으로 인정되어 여기서 안정되
게 살게 되면 탈북민들을 적극적으로 만날 예정입니다. 탈북자들
이 뭉쳐서 무슨 일이든 해야지요. 통일에 보탬이 되는 일이라면
무엇이든지 해야 합니다.

북한 시민의 경우 난민으로 신청할 수 있다는 것을 알게 된 것은 중휘
연실 부부에게는 큰 소득이었다. 이런 정보를 준 김천식 씨가 고마워서
집에 초청을 하였다. 가족이 있다 하여 가족도 다 초청했더니 부부와 초
등학교 학생인 딸 하나를 데리고 왔다.

연실은 오랜만에 요리를 했다. 아직 미국에 안착이 안 되어 음식도 대
충 해먹었다. 일이 잘못되면 다시 보따리를 싸서 한국으로 가야 할지도
모르므로 피난살이 생활을 해 온 터였다. 그러나 모처럼 손님을 집으로
초대해 놓고 보니 제대로 된 음식을 하지 않으면 안 되었다. 김치도 담
그고, 불고기에, 잡채, 샐러드도 만들고, 미역국도 끓였다. 전도 서너 가
지 부쳤다. 김천식 씨 가족 3명과 중휘 네 가족 4명, 그리고 교회 친구 세
명 등 10명이 오랜만에 반주를 곁들인 만찬을 함께 하며 북한 이야기, 한
국 이야기, 일본이야기, 미국이야기 등으로 즐거운 시간을 보냈다.

김천식 씨 부부는 중학교교사였다. 그런데 반 아이들이 남한 음악을
듣고 남한 드라마를 보는 걸 알게 되어 CD를 압수했다. CD의 내용이

너무나 궁금했다. 집에 가지고 와서 음악도 듣고 드라마도 봤다. 재미가 있었다. 어떤 건 너무 생소하기도 하고 어떤 건 너무 낯 뜨겁기도 했다. 어떤 건 '막장'이라고 욕을 하면서도 드라마에 중독되어 결국 밤마다 보게 되었다.

그러다가 무의식중에 친한 동료교사한테 남한 드라마 얘길 하게 되었다. 3일 후에 보안원들이 들이닥쳐 집을 뒤졌고, 남한 음악과 드라마를 봤다는 죄목으로 집결소를 거쳐 평안남도 개천시에 있는 개천교화소에 수감되었다. 남한의 드라마와 영화를 보는 것은 중죄에 해당한다. 교화소가 생긴 이래 한국 드라마 시청 죄목으로 잡혀온 사람이 1,300명을 넘었다. 2017년 들어 130상무의 집중단속으로 하루에도 몇 십 명씩 교화소에 들어왔다. 개천교화소 정원(약 4000명)이 초과될 지경이었다.

130상무는 2017년 1월 남한 영화 및 드라마시청을 단속하는 기관으로 특별히 만들어졌다. 이런 기관이 필요할 정도로 북한 주민들에게 남한 드라마와 영화 관람이 광범위하게 이루어지고 있었다. 이 때문에 지난 10년간 북한 TV에서는 북한 드라마가 방영되지 못 했다. 만들어봐야 김부자를 찬양하는 내용밖에 없으므로 인민들이 보지 않을 것이기 때문이었다. 만약 남한드라마를 보다가 이 기관에 발각되면 보통 2년에서 5년의 판결을 받고 복역하게 된다. "썩은 정신을 개조"한다는 미명 아래 일반 경제사범에 비해 혹독한 노동을 강요받고 사면에서도 제외된다.

개천교화소에서는 하루에 3~4명 정도가 영양실조로 숨지고 있었다. 식사량은 원래 하루 1인당 450그램을 줘야 하지만, 이를 지키는 곳은 없다. 보통 300그램을 세 번에 나누어 준다. 어떤 할머니 한 분은 뜨개질을 잘 못해서 관리자한테 심하게 맞아 며칠을 일어나지 못하다가 결국 죽었다. 수감자들은 여러 가지의 노동을 해야 하는데, 여자들에게는 뜨개질도 포함되어 있다. 뜨개질의 경우 하루에 모자 5개를 떠야 한다. 이를 위해서는 하루 15시간 이상 떠야 하는데, 이렇게 뜬 모자는 중국으로 팔려 나가고, 여기서 번 돈은 39호 (김정은 비자금 관리소)실로 들어간다. 아마도 당 간부나 이곳 교화소 간부들도 떡고물을 먹었을 것이다.

만일 한사람이 하루 5개를 다 못 뜨면 일렬로 꿇어앉아 '각재(각목) 구타'를 당하고도 부족하여 입으로는 호미며 삽이 날아와 이빨을 깨뜨리고 입술과 턱에서는 피가 펑펑 쏟아진다. 식사도 '처벌밥'으로 바뀌게 되어 한 끼당 30g으로 줄여서 준다. 그러니 살기 위해서는 무조건 5개를 떠야 한다. 밥 먹는 시간은 단 2분. 한 반의 죄수가 80명인데 국그릇은 20개밖에 안 되니, 국을 받자마자 단숨에 마시고 곧바로 그릇을 넘겨주어야 한다.

김천식은 개천 교화소 생활 2년 만에 탈출에 성공했다. 1년 후 가족도 탈북을 시켜 지금은 단란한 가정을 이루고 살게 되었다. '미국으로 온 것이 꿈만 같다.'고 얘기하면서 얼굴이 상기되었다. 결국 최중휘와 김천식은 교화소 수감생활의 동지로서 더욱 친하게 되었다.

중휘와 연실은 김천식이 알려준 대로 한국에서 살았던 기록은 감추고 북한공민증으로 난민신청을 하였다. 난민으로 받아들여지면 영주권이 나온다니 기대와 긴장으로 막 가슴이 뛰었다. 서류 한 장, 한 장에 공을 들였다. 만일 글자 하나라도 실수가 있으면 안 되므로 중휘가 쓴 걸 연실이 확인하는 식으로 꼼꼼하게 체크하여 제출했다. 그러나 난민 신청한 지 석 달이 가고 넉 달이 가도 승인은 나지 않았다. 한국에서 가지고 온 돈이 곶감 빼먹듯 줄어드니 불안하기 짝이 없다. 아직 영어가 서툴고 신분이 불안하므로 막노동할 데도 없었다. 우선 아이들 학교 보내는 일이 급해서 마음은 더욱 초조해졌다. 하루하루 입이 바짝 바짝 타들어갔다.

난민 신청한 지 딱 10개월 만에 승인이 나고 즉시 푸드 쿠폰과 생활보조비 300불과 함께 의료보험 카드가 나왔다. 중휘와 연실은 너무도 좋아 얼싸안고 춤을 췄다. 당장 아이들을 학교에 보낼 수 있고, 일단 막노동이라도 취업을 할 수 있게 되었기 때문이다. 다사로운 봄볕이 방안 가득 눈부시게 내리쬐었다.

중휘는 새로운 희망과 계획을 하게 되었다. 이제 미국에서 영주권을 받았으니 무언가 뜻있는 일을 해야겠다고 생각했다. 우선은 미국에 와 있는 탈북자들의 연락처를 알아내어 탈북자 모임을 만든다. 다음은 캐나다에 와 있는 탈북자들과 함께 하는 온라인 모임을 만든 다음, 유럽과 아시아에 있는 탈북자를 모두 모아 네트워크를 만들어 사이버 상에서 소통한다.

일단 이 단체가 사이버 상에서 활동을 시작하면 탈북자들뿐만 아니라 통일에 관심 있고 통일을 위해 헌신할 세계의 한국인 교포, 심지어 한국 내의 국민들 중에도 통일에 관한 연구를 하거나 글을 쓰거나, 통일을 위해 자원봉사 할 사람들까지 모두 아우르는 '세계한민족 네트워크'를 만들어 통일을 위한 준비를 진행해 나가기로 했다.

남북한 간 이질적인 요소를 통합하는 방법도 모색하고, 통일 후의 혼란을 사전에 예방하고 남북이 모두 시너지 효과를 얻을 수 있는 통일이 되도록 마음과 뜻을 하나로 모으는 사이버 기구를 만들기로 계획을 세웠다. 할 수 있는 일부터 차근차근 하나씩 실천하기로 마음을 먹었다.

이 일을 진행하면서, 이 네트워크 안에 있는 청소년들에게 영어 연수 기회를 제공하겠다는 생각도 했다. 우선은 미국과 캐나다에서 홈스테이를 제공할 가정을 모집하여 3~6개월 동안 영어 연수를 시키면 아이들이 자라서 통일의 주역이 되도록 하면 좋을 것 같았다.

중휘는 이 계획을 구상하고 나니 삶에 대한 의욕이 샘솟고, 미국생활이 더 보람있다는 확신이 생겼다. '뜻이 있는 곳에 길이 있다' 하지 않는가? 모든 일이 다 잘 될 것이다. 통일을 위해 세계한민족이 함께 꿈을 꾼다고 생각하니 가슴이 벅차올랐다. 기도도 더 열심히 해서 하느님의 적극적인 도움도 이끌어내야 한다. 이 좋은 일에 하느님이 외면할 리 없을 것이다.

'윤철아, 도연아, 너희들 어디 있는 거네? 내가 세계한민족 네트워크 소식을 SNS로 올릴 터이니 꼭 읽고 동참해 주기 바란다. 우리가 이 단체를 통해 꼭 만나게 되길 소망한다. 얘들아 너무나 보고 싶다.' 그는 이 단체를 만들어 운영하면서 윤철과 도연과도 연락되기를 간절히 바라게 되었다. 아직 북한은 인터넷이 안 되지만 만일 탈북을 했다면 연이 닿을 수도 있다. 중휘의 가슴 속에서 자라나는 '통일'이라는 열망이 아침 햇살에 눈부시게 빛나고 있었다.

단련대와 교화소

1

최중휘와 함께 북송선을 탔던 친구 리도연은 청진에 배치되어 생활하면서 말할 수 없는 외로움과 배고픔으로 정신을 차릴 수 없었다. 천애고아가 따로 없었다. 멀쩡한 집안의 귀한 아들이던 자신이 어쩌다가 이런 신세가 되었는지 속상하고 억울한 마음 주체할 수가 없다. 함께 북조선에 가자고 꼬득였던 중휘가 한없이 원망스럽고, 꾐에 빠진 자신도 한심스러웠다.

북조선을 '지상낙원'으로 가르쳤던 선생님들도 야속했다. 알고 그랬는지, 모르고 그랬는지는 아리송했다. 아무리 자책을 하고, 누굴 원망해본들 무슨 소용이 있으랴. 당장 배고파 죽을 지경이니 더 이상은 아무생각도 안 나고 그저 먹고 싶다는 생각뿐이었다. 너무나 배가 고프니까 부지부식 간에 얻어먹고 훔쳐 먹고 빼앗아 먹는 꽃제비가 되어 버렸다.

배가 심하게 고픈 상태에서는 온전한 정신을 유지하기가 어려웠다. 처음 경험해보는 배고픔의 고통은 도연에게 있어 고통 그 이상이었다. 배고픔이란 사람의 이성을 마비시키고, 양심이라는 것도 없애버리는 강력한 무법자였다. 오로지 먹기 위한 생각과 행위만이 세상에 존재하는 것 같았다.

도연은 처음엔 이집 저집 다니며 동냥을 해봤다. 모두가 배고프던 시절 도연에게 따뜻한 밥을 내주는 집은 거의 없었다. 행인지 불행인지 다니다가 다른 꽃제비 두 명을 만났다. 세 명의 꽃제비들이 힘을 모으기로 하였다.

─담이 길고 높은 집은 먹을 게 있을 거야.

조우진이라는 꽃제비가 나름대로의 분석에 따라 제안을 했다.

─맞아. 그럴 것 같아. 우리 그런 집을 찾아 함께 공략해보자.

리도연이 맞장구를 쳤다.

─그럼 우리 세 명의 역할을 정하자.

하기찬이 다시 좀 더 구체적인 제안을 했다. 한 명이 등을 구부리면 한 명이 올라타서 담을 넘고, 다른 한명이 또 등을 구부리면 또 한 명이 담을 넘어 두 명은 안으로 침투하고, 한 명은 밖에서 망을 보기로 합의가 되었다.

안에 들어간 두 명 중 한 명은 다시 망을 보고 한 명은 부엌으로 들어가 먹을 것을 찾았다. 어떤 날은 빈손으로 나오고 어떤 날은 밥솥에 밥이 있어 닥치는 대로 밥을 퍼가지고 나왔다. 강냉이밥, 보리밥, 조밥, 쌀밥 가리지 않고 퍼서 나왔다. 어떨 때는 날 강냉이를 가져 나오기도 하고 날감자를 가져나오기도 했다. 무엇이든 생기는 대로 셋이서 나누어 먹었다. 마침 국이라도 있으면 이것도 퍼가지고 나온다. 몇 집을 뒤져야 겨우 밥 한두 그릇 가져 나온다. 어떤 날은 완전히 허탕을 치기도 하고, 어떤 날은 집안에 들어갔던 두 명이 다 먹고 빈손으로 나오기도 한다. 담장을 넘기 전에 참지 못하고 먹어버리기 때문이다. 그래서 집안에 들어가는 거나 밖에서 망을 보는 거나 모두 공평하게 교대하기로 하였다. 이렇게 하루하루 겨우 목숨을 부지하다가 결국 보위부에 잡혀가게 되었다. 한 명이 막 담을 넘어가는 순간이었다.

즉결처분되어 세 명이 모두 노동단련대에 갇히게 되었다. 단련대는 정식 재판을 받지 않고 2개월에서 6개월까지 수감되어 노동에 동원되는 곳이다. 중국 전화기를 사용해 외부와 통화한 사람, 무직(공장 출근을 하지 않은 죄), 남한 알판(CD) 판매, 불법 장사, 도둑질, 밀수에 가담한 사람, 탈북하다 붙잡히거나 중국에서 강제 북송돼 투옥된 사람 등 북한 당국 입장에서 '사회 질서를 위반한' 비사회주의 행위자들이 발각되어 단련대에 수감되는 것이었다. 남녀노소를 가리지 않고 '교화'라는 명목으로 강제노동에 동원되는 단련대 생활은 '두 발로 들어가서 네 발로 나오는 곳'으로 악명이 높다. 단련대는 고된 노동과 열악한 환경 때문에 과로·사고사로 사망하는 일도 부지기수였다.

리도연과 다른 두 명의 꽃제비들은 노동단련대에 수감되어 다른 수감자들과 함께 극심한 전력난을 겪고 있는 북한의 전력 생산 정상화를 위해 탄광에 투입되었다. 보통 노동단련대 수감자들은 건설 현장이나 농촌에 동원되지만, 전력난 때문에 탄광에도 동원되는 것이다. 리도연을 비롯한 단련대 수감자들은 몇 km 떨어진 탄광촌으로 끌려가 그곳에서 숙식하며 밤낮을 가리지 않고 석탄을 캐야 했다. 작업 환경은 매우 열악하여 곳곳에 생명의 위험이 도사리고 있었다. 석탄을 생산하는 갱도는 '동발목'(갱도를 지탱하는 나무 지지대)이 갖추어져 있지 않아, 언제 갱도가 무너질지 모르는 위험에 노출돼 있다. 안전등도 없어 카바이드등만 목에 걸고 깊이 300m가 넘는 막장에 내려가 석탄을 캐서 1t의 석탄 수레를 인력으로 끌고 올라와야 한다.

강냉이밥조차도 겨우 150g 먹고 온종일 석탄을 캐다가 힘이 달려 쓰러져 죽기도 하고, 캔 석탄을 수레에 담아 끌고 나오다 힘이 달리니까 뒤로 미끄러지며 쓰러져 죽기도 한다. 그래도 호흡곤란으로 쓰러지는 경우가 더 많다. 갱도는 환풍 시설이 없다보니 막장 깊은 곳으로 들어갈수록 산소공급이 안 돼 호흡곤란이 일어나기 때문이다. 호흡곤란을 일으킨 수감자들은 별다른 치료도 받지 못하고, 갱도 밖으로 끌려 나와 숨을 쉬고 정신이 들면 다시 막장으로 들어가야 하는 상황이다. 들어가지 않으려고 반항하는 수감자는 노동 반장의 지시로 동료 수감자들로부터 뭇매를 맞는다.

막장에서 질식돼 혼수상태에 빠졌던 한 40대 수감자가 영양부족까지 겹쳐 죽음 문턱에 이르게 되자 가석방되어 나왔는데, 가족들에게 단련대의 참상을 얘기하여 결국 노동단련대가 일하는 탄광의 실태가 주민들에게 알려지게 되었다. 그러자 '지금 노동단련대 가면 죽어나온다.'는 소문이 확산되었다. 아내들은 노동단련대에 간 남편을 살리려고 보위부에 뇌물을 주고 어떻게든 빼내려고 애를 쓴다.

'전력은 인민 경제의 기본 동력이고 석탄은 주체공업의 식량인데 백 년만의 처음 보는 왕가물(가뭄)이 들어 수력 발전이 줄어든 상황을 타개하기 위해서는 화력 탄 생산을 늘리는 것이다.'라며 당국은 석탄 생산을 독려했다. 도연은 하필이면 석탄 캐는 탄광에 배치되었는지 억울하고 속상했으나 빠져나갈 방법이 없었다. 같이 단련대에 들어온 친구들은 어디로 배치되었는지 알 길이 없다.

고통스런 시간들이 흘러가고 있었다. 단지 여기서 이렇게 죽어서는 안 된다는 생각만은 또렷했다. 죽지 않기 위해 매순간 정신을 바짝 차려서 일하고, 안 죽겠다고 안간힘을 썼다. 마음속으로 부모님을 향해 '아버지, 어머니, 이 못난 아들 살려주세요. 지금 이대로는 죽기 싫습니다. 부디 제가 살아서 나갈 수 있도록 기도해주세요.', '하느님, 당신이 계신다면 이 불쌍한 리도연을 살려주십시오. 딱 6개월만 버틸 수 있게 해주십시오. 제가 다시 세상에 나간다면 절대로 죄 짓지 않고 참되게 살겠습니다. 저는 살고 싶습니다. 사람답게 살아보고 죽어도 죽고 싶습니다. 도와주십시오.' 하며 기도를 했다.

도연은 5개월 동안 탄광에서 짐승만도 못한 취급을 당하고 죽을 만큼 힘든 노동을 하다 풀려나왔다. 정말 몇 달만 더 했어도 이 세상 사람이 아니었을 것이다. 나와서 몸조리를 해야 했으나, 그럴 형편도 되지 않았다. 몸뚱이 하나를 주체할 수가 없었다. 당장 한 끼의 식사도, 하룻밤 잠 잘 곳도 없는 처지가 처량하기 이를 데 없었다.

정신을 차려 좀 더 떳떳하게 일하고 밥을 먹어야겠다고 생각했다. 주린 배를 안고 몇 개의 식당을 찾아 일하게 해달라고 졸랐다. 행색이 말이 아닌 도연을 받아주는 집은 없었다. 죽을 지경이었다. '이제 이렇게 길바닥에 쓰러져 죽는구나.' 하는 때에 마침 어느 조그만 식당에서 받아 주었다. 고맙다고 몇 번이나 절을 하고 그날부터 식당에서 심부름을 해 주며 먹고 자는 문제를 해결했다.

　—우선 씻기부터 하라우.

하며 주인 아주마이가 대야에 따뜻한 물을 주며 말했다. 아저씨가 입던 옷도 주고, 행주치마도 주었다. 키도 작달막하고 입은 유난히 크고 눈은 조그맣고, 피부도 까무잡잡한 못난 아주마이가 속정은 깊었다. 소박한 한국음식을 파는 조그만 식당이었다. 도연은 닥치는 대로 주인의 일을 도왔다. 설거지도 하고 서빙도 하고, 경리 일도 보았다. 손님이 없는 때에 주인과 함께 먹는 음식은 꿀맛이었다. 도연이 음식을 너무도 달게 잘 먹으니까 주인은 매번 쌀과 보리쌀이 반반씩 섞인 밥을 고봉으로 담고 된장찌개나 김치찌개에 두세 가지 반찬까지 곁들여 주어 행복하기 그지없었다.

　하루가 어떻게 지나가는 줄도 모르는 생활이었다. 월급은 없어도 숙식이 해결되는 것만도 감지덕지라고 생각하며 열심히 일했다. 틈틈이 주인이 만드는 음식도 눈여겨보았다. 찌개류, 랭면, 제육볶음, 오징어볶음, 인조고기, 만둣국 등의 음식과, 야채볶음, 배추김치, 깍두기, 김자반, 콩조림, 멸치조림 등 밑반찬을 어떻게 만드는지도 눈여겨 봐 두었다.

　그렇게 넉 달쯤 일하며 음식을 제대로 먹으니 단련대에 가서 뼈만 남았던 볼에 통통히 살이 올라와 원래의 반듯하게 생긴 모습이 나타나기 시작했다. 몇 달 만에 처음으로 거울을 봤다.

—우리 도연이에게 어떤 색시가 오려는고. 이렇게 잘 생긴 도연이와 짝을 맺으려면 상당한 미인이어야겠지? 누구든 우리 도연이 색시 될 사람은 복덩이지. 우리 손자 잘 생겼지, 착하지, 머리 좋지, 부모가 돈 있지.

도연은 할머니가 생각났다. 한 달에 한 번 정도 교토의 할아버지 댁에 가면 도연이를 쓰다듬어 주시면서 하시던 할머니 말씀이 오늘따라 귀에 들리는 듯하다. 갑자기 눈시울이 뜨거워지더니 결국 눈에서 물방울이 떨어졌다.

'아, 할아버지, 할머니, 아버지, 어머니, 동생 도진 모두 보고싶어요.'

어느 날 주인집 할머니가 갑자기 돌아가셔서 주인이 모든 일을 도연에게 맡기고 집으로 갔다. 처음엔 '오늘은 영업 안 합니다'라고 써서 붙이려다가 불현듯 혼자서 음식을 하여 손님에게 대접해보고 싶다는 생각이 들었다. 가만히 생각해 보니까 평소에 눈여겨 두었던 레시피를 상기해 보니 두세 가지 음식은 할 수 있을 것 같았다. 그래서 손님들에게

—된장찌개, 김치찌개, 랭면만 가능합니다.

라고 말하니 그냥 가는 사람도 있고, 도연이가 할 수 있는 세 가지 중에서 주문하는 사람도 있었다.

그날따라 손님이 몇 명 되지 않아 다행이라고 생각하며 세 가지 중에서 주문하는 사람 것만 정성껏 만들어 팔았다. 열다섯 명 정도의 손님을 받아 소화했다. 한 번도 음식을 직접 해보지 않았는데, 막상 비상시가 되니 손도 움직여지고, 머리도 돌아갔다. 주인이 만들었던 음식과 비슷하게 간을 보고 또 보며 정성스럽게 했다. 손님들이 음식 타박을 안 하

고 먹어주니 고마웠다. 어느새 밤 10시가 되어 가게 문을 닫고 남은 음식으로 저녁을 먹고 설거지와 청소를 하니 11시 반이 되었다.

하루 종일 꼬박 서서 일했더니 그때서야 피곤이 몰려와 자리에 누우니 갑자기 여러 가지 상념들이 줄을 이었다. 우선은 평생 처음 음식을 만들어 손님에게 드릴 수 있었던 게 신기했다. 평소에 주인이 음식 하는 걸 열심히 보아두었던 게 큰 도움이 되었다. 오늘 하루 경험한 일을 생각해 보니 갑자기 무슨 자신감 같은 것도 생기고, 동시에 오늘 번 돈에 대한 욕심도 생겼다. '돈을 가지고 튈까?' '아니다. 주인의 믿음을 저버려서는 안 된다.' 하는 생각이 교차했다. 그리고 앞으로 살아나갈 일이 기대와 걱정과 두려움으로 다가왔다.

친구 따라 북조선에 왔다가 대학교도 못 가고, 군대도 못 가고, 단련대에 가서 죽을 고생을 하고 나와 어디 변변한데 취직도 못하고 겨우 조그만 식당에 몸을 의탁하였다. 밥 얻어먹고 돌아눕기도 어려운 조그만 음식재료를 쌓아놓는 조그만 골방에서 잠을 자는 것 외엔 손에 들어오는 돈도 없고, 이런 상태로 계속 살 수는 없었다. 무슨 길을 찾아도 찾아야 할 것이었다. 묘안이 떠오르지 않았다. 일본의 부모님께는 그냥 잘 있다는 얘기 외에는 쓸 것이 없었다. 이런 답답한 소식을 보낼 수도 없지 않은가. 보고 싶은 친구 중휘와 윤철도 만날 길이 막막하였다.

이런 저런 생각으로 뒤척이다가 어느새 잠이 쏟아졌다. 매일 아침 5시에 일어나 청소하고 주인아주마이와 장을 보고 음식 재료 다듬어 씻고, 손님이 오면 수저며, 물이며 반찬을 준비하고 메인 요리가 나오면 손님에게 날라다 준다. 다시 책상에 돌아와 주문내역을 기록하고, 돈을 받고 기록하고, 빈 그릇 나르고 설거지 하고 영업이 끝나면 청소하고 정리정돈하고 그날 하루의 총 수입과 지출을 계산해서 정리해 놓아야 했다. 보통 밤 12시가 넘어야 잠자리에 들 수 있어 몸은 늘 피곤하고 잠도 부족하여 자리에 누우면 골아 떨어졌다.

이튿날은 새벽부터 장을 보고, 재료를 준비하고 어제와 같이 세 가지 음식밖에 안 됨을 주지시키고 주문을 받아 부지런히 음식을 만들어 손님들께 내놨다. 그래도 밑반찬은 아직 남았기 때문에 다행이었다. 어제와 비슷하게 손님을 받았다.

일주일을 하고 나니 이상한 자신감과 함께 자기도 식당을 하고 싶다는 생각이 들었다. 그러나 밑천이 없었다. 가게도 세 들어야 하고, 세금도 내야하고, 초기 시설비도 만만치 않을 것 같았다. 갑자기 지난 일주일동안 식당에서 번 돈이 생각났다. 나쁜 마음이 고개를 들었다. 또 한편으로는 주인을 배반하면 안 된다는 양심의 소리도 들려왔다. 나쁜 생각과 양심 사이에서 교전이 일어났다. 각축전이었다. 결국 나쁜 생각이 조금 더 힘을 발휘했다.

'우선 이 돈으로 살길을 찾고, 나중에 사죄하고 갚자.'

하는 쪽으로 정리가 되었다. 일주일동안 번 돈이라야 얼마 되지도 않았지만 한 푼도 없던 때를 생각하면, 이것도 도연이로서는 큰돈이었다. 도연은 주인에게 편지를 썼다. 정말 죄송하다고, 용서해 달라고, 반드시 갚으러 오겠다고.

도연은 주인이 돌아온다는 새벽에 편지를 써서 식탁위에 놓고 곽밥을 만들어 길을 나섰다. 가슴이 방망이질을 했다. '내가 또 죄를 짓는구나.'

이 적은 돈을 밑천으로 무엇을 할 수 있을까? 너무도 막막하였다. 막상 식당에서 도망쳐 나오긴 했으나, 갈 곳도 없고, 당장 그날부터 잘 곳도 없고 먹을 것도 없었다.

다시 곰곰이 생각을 해보았다. 어디든 취직을 해서 조금 더 돈을 모으는 것이 급선무라는 결론을 내렸다. 식당 경험이 생겼으니 조금 나은 조건으로 식당에 취직할 수 있으면 현재로선 최선일 것 같았다. 그러나 숙식을 해결하고 월급도 조금 받을 수 있는 집은 없었다. 청진에 식당도 그리 많은 건 아니니까 더 이상 길이 없었다. 그다음은 상점을 찾아다녔다.

―저를 점원으로 써줄 수 없겠습니까? 열심히 하겠습니다.

라고 사정을 했다.

―근본도 모르는 애를 어찌 쓴단 말이네? 우리 식구 입에 풀칠하기도 빠듯하니 다른 집에 가보라.

하면서 내쫓긴 집이 여러 집이었다. '이제 어떡해야지? 도연이 몸을 의탁할 데를 찾기가 힘들었다. 궁리 끝에 사람이 좀 많이 다니는 청진역에 가서 표 파는 사람보고

―이곳에서 일을 하고 싶은데 시킬 일 없습네까?

하고 물었다.

―마침 우리가 손이 달려 사람을 구할 까 하고 있었는데, 잘 됐구만. 내가 우리 역장동무한테 물어봐 주갔시오.

하며 잠시 자리를 비웠다. 몇 분 뒤에 오더니 이쪽 안으로 들어오란다. 도연은 두근거리는 가슴으로 역 사무실 안으로 안내되어 들어갔다.

―여기서 일하고 싶습니다. 무슨 일이든 시켜만 주시라요.

했더니 역장은 여러 가지 인적사항을 묻고 공민증을 보여 달라고 했다. 도연은 지갑에서 공민증을 꺼내 보여주니,

―부모님은 안 계신거네?

―예, 안 계십니다.

―다 돌아가셨나?

―예.

차마 일본에 계신다는 말이 나오지 않아 얼떨결에 '예'라고 대답해 버렸다.

―그럼 집은 어디네?

하고 물었다. 너무나 난감했다.

―집이 없습네다.

라고 하자 고개를 흔들며,

―거처도 없는 사람을 어찌 채용하겠네? 다른 데 가보라.

라고 했다.

―부디 한번만 봐주시라요. 잠은 대합실 의자에서 자도 됩니다. 제발 저를 살려주십시오. 부모님도 돌아가시고 천애고아입니다. 한번만 도와주십시오. 이 은혜는 결코 잊지 않겠습니다.

하며 두 손을 싹싹 빌었다. 그러자 역장이 도연일 유심히 보았다. '그러면 우선 표를 파는 일을 하고, 잠은 역내 창고방에서 자라우.' 라

고 하였다. 원래 사람을 쓰려면 당에 보고하여 당에서 사람을 배치 받아야 하지만, 당장 손이 달려 소장 직권으로 도연을 채용한 것이었다. 월급은 150원이라고 하였다. 당시의 물가로 쌀 2kg 살 수 있는 돈이었다. 그날부터 역에서 일을 하게 되었다.

도연은 몇 번이나 고개 숙여 인사했다. 천지신명께 고맙다고 절이라도 하고 싶은 심정이었다. 역에는 여러 종류의 직업을 가진 사람들이 일하고 있었다. 건물을 관리하는 사람, 표를 파는 사람, 돈을 관리하는 사람, 객차와 선로를 관리하는 사람, 만약의 경우에 대비한 안전원, 직원들을 감시하고, 부정승객 적발하는 보위부원, 청소미화원, 식당도 있어서 참으로 직원이 많다는 걸 알았다.

역에는 모든 게 다 있으니 편리하기 그지없었다. 식권도 주니 구내식당에서 밥도 먹을 수 있고, 옷도 유니폼을 입으니 해결되고, 잠도 창고방에서 자니 돈 들 일이 없다. 새털 같은 월급도 차곡차곡 모으는 재미가 쏠쏠했다. 24시간 내내 표를 팔아야 하니 2교대로 일을 하였다. 어떤날은 밤12시부터 이튿날 낮12시까지 표를 팔고, 어떤 날은 낮 12시부터 밤 12시까지 표를 팔았다. 교대로 하니 일은 할만 했으나, 연중무휴인것이 조금 힘이 들었다. 볼일이 있으면 표를 팔지 않는 시간에 다 보아야 한다. 세탁을 하거나, 시장에 가거나, 이발을 하거나 약방에 가야 할일이 있어도 이 시간에 모두 해야 한다. 이렇게 일하다 보니 시간도 잘가고 마음도 많이 안정되었다.

도연은 어느 날 교대하고 쉬는 시간에 인근 공원에 갔다. 갑자기 자연이 그립고, 흙냄새도 그립고 청명한 하늘도 그리웠기 때문이다. 공원 벤치에 앉아 사방을 둘러보니 그림 같은 정경들이 눈에 들어왔다. 나무들도 싱그럽고 여기저기 이름 모를 꽃들도 피어 있어 도연의 마음도 꽃처럼 피어올랐다. 데이트하는 남녀, 소풍 나온 듯 둘러앉아 음식을 먹고 있는 가족, 장기 두는 어르신들, 깔깔거리며 웃어대는 소녀들, 땀을 흘리며 공원을 끼고 달리는 청년들…… 눈앞에 펼쳐지는 광경이 너무 아름답고 평화로워 갑자기 눈시울이 시큰해졌다. 마치 해외여행이라도 나온 것 같은 기분이었다.

'여기도 사람 사는 세상이구나. 저렇게 평화롭게 살 수도 있는 곳이구나!'

오사카에서의 일들이 불현듯 생각났다. 아버지, 어머니 그리고 동생 도진 네 식구가 화목하게 살았다. 조선인이므로 명예로운 자리에 있지는 못했지만 제법 큰 상점을 운영하여 별 어려움 없이 살았다. 한 달에 한번 정도는 교토에 계시는 할아버지 할머니를 뵈러 가서 맛있는 것도 먹고, 옛날이야기도 듣곤 하였다. 다함께 바다로 나가면 가슴이 탁 트이곤 했던 기억이 샘솟았다. 때로는 잔잔하게, 때로는 세차게 파도가 일렁이는 푸른 바다를 보면 아득한 수평선 너머에서 평화와 행복이 몰려오고 있었다.

바닷가를 산책하고는 온 식구가 좋아하는 생선회도 먹었다. 도연과 도진은 누가 더 빨리 모래밭을 달리나 시합도 하고 모래집도 짓고, 배드민턴도 하면서 재미있게 놀았다. 다시는 돌아올 수 없다는 생각을 하니 가슴이 먹먹해 지며 이날따라 가족들이 너무도 그리워졌다. 중학교 때 일본아이들로부터 '조센진'이라고 놀림만 받지 않았어도, 중휘가 북조선에 가자고 꼬드기지만 않았어도, 일본에서 가족들과 함께 행복하게 살았을 것이었다. 아버지, 어머니도 금슬이 좋았고, 동생 도진과도 사이 좋게 지냈다. 할아버지 할머니도 매우 인자하고 따뜻하셨다.

　그냥 추억으로만 돌리기엔 너무도 진하고 끈끈한 가족애였다. 도연의 눈에서 눈물이 뚝뚝 떨어져 바지를 적셨다. 사람의 앞날은 한 치도 모른 다더니 정말 자기가 겁도 없이 가족을 떠나 이곳 청진에 와서 천애고아 가 되어 스스로 현실을 개척해 나가야 하는 신세가 되리라는 것은 상상 도 못 했다.

　'얼마나 몽매했으면 친구 따라 이곳을 왔겠는가?'

　처음엔 그냥 친구 따라 옆집 가듯이 온 북조선이었다. 도무지 현실이 믿어지지가 않았다. '내가 어쩌다 이런 꼴이 되었나?' 한번 와보고 언제 든 일본에 다시 돌아가면 된다고 생각했다. 이젠 모두가 엎질러진 물이 고 돌이킬 수 없는 현실이 되었다. 도연은 머리를 몇 번 도리질하고 두 손을 불끈 쥐고 새롭게 옷깃을 여몄다. '그래 이제 내 힘으로 내 앞길을 개척하는 거야. 또 누가 알겠는가? 세상이 좋아져서 일본에도 갈 수 있 고, 중휘와 윤철도 만날 수 있는 날이 올지.'

　도연은 중휘를 무척 좋아하고 따랐다. 중휘는 인물도 준수하고, 공부 도 잘 하고, 리더십도 있고, 운동도 잘 해서 일본아이들한테도 전혀 밀 리지 않고, 오히려 겁을 내게 만드는 용기와 능력이 출중했다. 중휘는 도연에게 있어 흠모의 대상이었다. 중휘와 함께라면 무엇이든지 하고 싶었다. 오죽하면 중휘의 제안에 오사카고급학교도 따라가고 북조선행 제안에도 선뜻 따랐으랴? 만류하는 부모님도 설득하여 중휘를 따라나 섰던 것이다. 사실 학교에서 '북조선은 지상낙원'이라고 배우니 선망의 나라이기도 했고, 가서 한 학기 정도 있어보고 여차하면 돌아오면 된다고 생각했던 것이다. 평양에서 중휘, 윤철과 함께 같은 고등학교, 같은 대학에 다닐 것도 믿어 의심치 않았다. 청진에 도착 즉시 뿔뿔이 헤어지리라고는 상상도 안 했다. 모든 것을 너무 쉽게 생각했던 것이 화근이었다. 상상하던 것과는 정반대의 상황에 도연은 앞이 캄캄하였다.

머리는 명석하나 마음도 여리고, 진취성도 별로 없던 도연은 비참한 현실 앞에서 어찌 할 줄을 몰랐다. 다시 고등학교에 들어가는 것도, 대학을 가기 위해 애쓰는 것도 할 줄 몰랐다. 그냥 길가에 떨어진 한 잎 낙엽으로밖에 생각되지 않았다. 당장 몇 끼를 굶어보고는 자기도 모르는 사이에 꽃제비가 되어 버렸다. 얻어먹고, 훔쳐 먹는 일 외에 아무것도 할 일이 없었다. 결국 붙잡혀 숨 막히는 단련대 생활 5개월을 하고 나서야 정신이 들었다.

어디 간들 단련대만 못 하랴? 거친 강냉이밥 한 줌씩 먹고 실로 끔찍하도록 힘든 탄광 일을 하루 12시간 이상 하면서도 툭하면 걷어차이고 두들겨 맞고 사람들이 픽픽 쓰러지던 그 끔찍한 광경이 눈앞에 어른거리며 정신이 번쩍 들었다. 잠자리에 들면 기침이 나와서 가래를 뱉아 보면 새까만 가래가 연신 나왔었다. '이래서는 안 된다.'라는 자각이 머리에서 회오리바람을 일으켰다. '이제 나를 보호해주고 도와 줄 사람은 이곳엔 단 한명도 없다. 이젠 내가 나를 지켜야 한다. 그리고 나를 바로 세워야 한다.'

이제 자아에 눈을 뜨고 현실을 직시하고 좀 더 인간답게 살기 위해서는 좀 더 강해지고 큰 꿈을 가져야 한다. 주먹을 불끈 쥐면서 일자리를 찾아 청진 역을 찾아갔던 것이다. 결국 청진 역 직원으로 일을 할 수 있게 된 내력을 더듬어본다. 참으로 운이 좋았다고 생각하면서, 다음 행보를 구상하게 되었다. 도연은 스스로 생각해도 여리고 수동적이고 의타적인 지난날에서부터 과감히 떨쳐 일어난 자신이 대견했다. 이제 북한에서도 살아남을 수 있다는 자신감, 미래에 대한 기대와 염원이 불같이 일어났다. 도연은 삶의 의욕과 새로운 희망으로 가슴이 뜨거워졌다.

도연은 공원에서 두어 시간을 쉬면서 앞으로의 갈 길을 곰곰이 생각했다. 늙을 때까지 청진역에서 일할 수는 없고, 궁극적으로는 독립해서 자기 사업을 해야겠다는 결론에 도달했다. 왜냐하면 청진역에서 받는 월급으로는 절대 집을 살 수 없을 것 같고 결혼도 하기 어려울 것 같았기 때문이다. 월급이라기엔 너무 적은 액수였다. 그래도 우선은 이런 직장이 분에 넘치게 고맙고 자랑스러워 열심히 일했다.

꼬박 3년을 거의 안 쓰고 모은 것이 쌀 서너 가마 살 수 있는 돈이었다. 무엇보다 사람들을 알게 되어 비로소 북조선에서 살아남았다는 생각이 들었다. 만 3년이 된 날 결국 사표를 냈다. 역장님과 동료직원들이 '이 좋은 직장을 왜 그만 두네?' 하고 말렸지만, 도연은 계획했던 대로 퇴직하고 자립하기로 했다. 역을 떠나며, 역장 이하 모든 직원에게 그동안 고마웠고, 잊지 못할 거라고 깍듯이 인사하였다.

그는 역에서 나와 제일 먼저 3년 전에 일하던 식당을 찾았다. 지난날에 대한 사과를 하고, 그때 가지고 나왔던 돈을 되돌려주기 위해서였다. 주인은 안 받겠다고, 이렇게 찾아와 준 것만도 고맙다고 하면서 반색을 했지만 마음의 빚을 갚지 않고서는 앞으로 나아갈 수가 없었다. 반갑게 만나 그간의 일들을 얘기하고 돈을 갚고 오랜만에 주인이 끓여 준 된장찌개를 얻어먹고 나오니 가슴은 따뜻해졌고, 발걸음은 가벼워졌다.

그는 이제 새로운 일을 찾아야 했다. 비록 적은 돈이라도 수중에 있으니 이걸로 장사를 해야겠다고 생각했다. 우선 청진 수남시장에 가봤다. 백 여 개의 가게가 영업을 하고 있었다. 어느 가게가 잘 되는가 살펴보니 모두 비슷비슷해 보였다. 시장에는 없는 물건이 없이 다 있었다. '그렇다면 나는 무슨 장사를 해야 할까?' 채소나 과일 그리고 생선 같은 것은 이윤이 큰지는 모르겠지만, 잘 썩으므로 다루기가 쉽지 않을 것 같고, 보관이 비교적 쉽고 안전한 것은 곡식이나 건어물 같은 것이라고 생각되었다. 음식점도 괜찮으나 혼자 하기는 벅찰 것이었다.

'그럼 곡식으로 하자. 돈이 많건 적건 그래도 양식을 사러 오지 않을 수는 없으니 이미 쌀가게가 두세 개 있더라도 일단 한 번 해보자.' 도연은 시장관리소에 가서 시장 안에 쌀가게를 내겠다고 말하니 절차를 알려줬다. 우선 빈자리를 찾아야 하고, 관리소에 허가를 받고, 한 달 치 자리 값을 냈다. 곡식을 놓을 자리를 정리하고 곡식을 담아 팔 고무 다라이와 됫박, 저울, 그리고 곡식을 팔 때 담아줄 봉지와 자루들을 준비했다. 일단 쌀, 찹쌀, 보리쌀, 좁쌀, 강냉이, 콩, 팥, 메밀 등을 고루 갖추었다. 물론 북한 주민이 가장 많이 먹는 강냉이를 가장 많이 진열하고, 다음은 쌀과 보리쌀을 진열하고 다른 품목은 조금 더 적은 양을 진열했다.

이 모든 걸 갖추는 데 한 달쯤 걸렸고, 가지고 있던 돈도 거의 다 들어갔다. 그런데 가게를 열자마자 다른 쌀가게 주인 세 명이 찾아와 시비를 걸었다.

─왜 하필 쌀가게를 하네? 이미 세 군데나 있는데, 또 쌀가게를 하

면 어떡하네? 많고 많은 물건 다 놔두고 하필이면 왜 우리가 하는 쌀가게를 하는 거네? 이거 다 같이 굶어죽자는 거야, 뭐야? 썩 꺼지라우. 우리는 이 시장에 더 이상 쌀가게 들어오는 건 용납 못하니깨.

—죄송합니다. 그래도 이미 다 준비했는데, 어쩝니까? 한번만 봐 주시라요.

—보기는 뭘 봐. 썩 꺼지지 못할까?

—한번만 봐 주시라요. 아주 조그맣게 하겠소. 이렇게 빕니다. 이익이 나면 여러분들에게 얼마씩이라도 나누어 드리겠습니다.

도연은 두 손을 모아 싹싹 비비며 애원을 했다.

그러자 세 사람은 쿵쿵 소릴 내며 손을 탁탁 털며

—이거야 원, 나 참 재수가 없으려니…….

하며 조금 물러서는 모양새를 취했다.

도연은 다시 두 손을 모아

—감사합니다. 정말 감사합니다. 선배님들 잘 모시겠습니다.

이렇게 하여 도연은 가까스로 쌀가게를 열게 되었다. 그런데 막상 해 보니 혼자 하기는 벅찼다. 우선 손님이 한꺼번에 여러 명이 오면 곡식 달아서 자루나 봉지에 담아 주랴, 돈 받으랴, 거스름돈 주랴, 혼자 손으로는 매우 어려웠다. 그래도 아직 사람을 쓸 만한 여유는 없어 겨우 버티고 있는데, 하루는 꽃제비 너댓 명이 떼로 몰려와서 곡식을 마구 퍼가는 데도 속수무책으로 당했다.

도연 자신이 꽃제비를 해 보았으므로 꽃제비들의 딱한 사정이 생각나서 덜 노엽고 덜 억울했다. '그래, 한번은 봐 주마. 부디 잘 먹고 힘내라, 얘들아.' 한 달 간 장사를 하고 나서 계산을 해보니 조금 벌기는 벌었으나 만족할 만한 수준은 아니었다. 물론 청진역에서 일하고 받은 월급보다는 훨씬 더 큰 수익이 났다. 지난번 약속한 대로 봉투 3개를 만들어 다른 쌀집 세 곳을 찾았다.

　　―이거 조금이지만 받아 주시라요. 이제 한 달 지났는데, 이익이
　　조금 밖에 안 나서 조금만 가지고 왔습니다.

하면서 봉투를 내미니

　　―됐수다. 땀 흘려 번 돈을 왜 우리가 받소? 할 수 없지 뭐. 모두
　　다 먹고 살자고 하는 건데, 그만 돌아가 보시오.

세 집 모두 비슷한 말을 하며 봉투를 사양했다. 도연은 이 사람들이 고마웠다. 그럼 어떻게 할까 고민하다가 돼지고기를 세 근씩 사 가지고

　　―이거 조금이지만 가족들이 한번 구워 드시라고 돼지고기 좀 샀
　　습니다. 고마워서 그럽니다. 받아 주시라요.

이러면서 세 집에 돌렸더니

　　―이런 걸 뭘, 안 이래도 되는데……. 그럼 잘 먹겠수다.

하며 받아주었다. 그제야 마음의 짐을 벗은듯하여 홀가분해졌다.

우선 한 달만 더 해보기로 하였다. 첫 달보다는 수익이 조금 더 늘었다. 그간 가게가 알려지기도 하고, 단골도 좀 생긴 덕분일 것이었다. 힘은 들어도 그런대로 재미도 있었다. 자꾸 하다 보니 손도 빨라졌다. 한

달을 하고 또 한 달을 하고 결국 일 년을 하게 되었다. 총결산을 해보니 초기자금은 모두 회수가 되었고, 그래도 청진 역무원 1년 월급의 3배쯤은 수익이 생긴 셈이었다. 우선은 좀 더 하기로 하였다.

결국 3년 동안 쌀가게를 운영해서 최소한의 밑천을 장만한 셈이었다. 지난날 단련대에서의 아픈 기억도 많이 희미해져 갔다. 당장 음침하고 습기가 가득한 지하방부터 빠져나와야 했다. 지상의 방한칸짜리를 마련했다. 태풍이 지나간 자리에 햇볕이 쨍쨍 내려쬐이고 있었다.

도연은 계속 쌀가게를 하면서 누룩, 메주, 밀가루, 고춧가루, 도토리가루 등으로도 품목을 늘렸다. 품목을 늘리는 만큼 수입은 딱 그만큼 더 늘었다. 혼자서 운영하기가 결코 쉽지 않았지만, 인건비라도 아끼기 위해 혼자서 동분서주했다. 그러던 어느 날 갑자기 시장을 폐쇄한다는 소식이 들려왔다. 함경북도 도당의 한 간부는 '수남시장을 없애는 것은 오직 강성대국 문을 열게 하자는 당의 조치'라고 설명했다.

수남시장은 건설된 지 5년밖에 안 된 시장인데, 도당에서는 3월부터 시장을 허물고 이 자리에 현대식 공원과 살림집을 건설할 계획인 것으로 알려졌다. 언론에서는 '수남시장은 현재 청진시 주민의 약 40% 이상이 시장에 매달려 생계를 유지하고 있는 것으로 추정돼, 시장이 폐쇄되면 그 여파가 상당할 것으로 예상된다.'고 보도했다. 그런데도 무슨 영문인지 시장 폐쇄를 강행했다.

도연은 이튿날 가게에 나왔다가 시장 폐쇄 소식에 아연실색하였다. 일주일 이내에 가게를 비워주어야 한다는 것이다. 하필이면 그저께 두 달 치 곡식을 모두 들여놓은 뒤였으므로 당황스럽기 이를 데 없었다. '이 많

은 곡식들을 다 어떻게 하지? 일주일 동안에 싸게라도 팔아버릴까?'

도연은 가게에 오는 사람들에게 싸게 팔 테니 좀 많이 사라고 권했다. 그러나 돈 없는 주민들이라 1kg 살 걸 2kg, 3kg도 사기도 어려운 실정이었다. 어쩌다 돈 있는 사람이 오면 원래 계획했던 것보다 두세 배를 사기도 했다. 할 수 없이 이웃가게들에 나누어주었다. 돈은 안 받아도 된다고 했으나 모두 돈을 주어 고맙기 이를 데 없었다.

다른 가게들도 비슷한 조치를 취했다. 특히 생선, 채소, 과일 파는 가게들은 온 시장의 모든 가게에 다 나누어주고 돈은 알아서 주는 대로 받았다. 도연도 이웃가게들이 나누어준 물건들로 넘쳐났다. 일주일 내에 곡식을 다 팔아야 한다. 도연도 결국 이리저리 싸게 팔거나 공짜로 나누어주고 운반할 수 있는 만큼만 집으로 운반해 왔다.

이제 겨우 방 한 칸 마련하고 밥은 안 굶고 살게 되었다 했는데, 이런 재앙이 닥칠 줄은 꿈에도 몰랐다. 도연은 뜻밖의 상황에 정신을 차리지 못했다. 원통하고 속상한 마음을 달랠 길 없어 며칠 끙끙 앓아누웠다. 물 한 모금 먹여줄 사람도 없으니 자신이 사람들의 발길에 차이며 이리저리 굴러다니는 작은 돌멩이 같다는 생각이 들면서 엄청난 외로움이 밀물처럼 밀려왔다. 눈물이 끝도 없이 흘러 베개를 덤벙 적셨다.

가족도 그립고, 일본도 그립고, 친구도 그립고, 그리고 또 청진역의 동료들과 상관들도 그립고, 단골손님들도 모두 그리웠다. 지난 몇 년간 정신없이 사느라 외로움조차 느낄 여유가 없이 그저 쓰러지지 않고 살아내야 했던 시간들이었다.

이제 이런 일을 당해 보니 여러 가지 상념이 한꺼번에 몰려들었다. 너무도 외롭다는 생각, 가족이 있어야겠다는 생각, 뭔가 새로운 일을 찾아야겠다는 생각, 지금까지 특별한 계획도, 목표도 없이 살았다는 생각, 이제부턴 목표와 계획을 세워 제대로 살아야겠다는 생각, 여자도 있어야겠다는 생각들이 앞뒤 없이 마구 쏟아졌다.

세상에 혼자 버려진 신세가 된 자신이 한없이 처량했다. 그동안의 피로와 며칠을 굶은 탓에 온몸은 욱신거렸고 기운이라고는 하나도 없었다. 그 순간 '내가 이렇게 죽으면 우리 부모님이 얼마나 원통해 하실까? 내가 죽으면 나를 묻어줄 사람조차 없지 않은가?'하는 생각이 들었다. 대장부로 태어나 이렇게 비참하게 죽어버리면 영혼인들 편하겠는가? 도연은 몸을 일으켜 세웠다. 어질어질했다. 벽도 잡고 문고리도 잡고 천천히 부엌으로 나가서 죽을 끓였다. 쌀과 좁쌀을 같이 넣고 끓이다 소금을 조금 넣으니 반찬 없이도 먹을 수 있었다.

반찬이라는 걸 먹어 본 적이 언제였던가 싶었다. 식당에서 일할 때와 청진역 구내식당에서 일할 때 두세 가지의 반찬으로 밥을 먹을 때가 그래도 북조선에 와서 가장 잘 먹던 때였다. 가끔씩 콩나물국도 나오고, 무국도 나오고, 미역국도 나왔다. 단련대에서 먹었던 국과는 차원이 달랐다. 그래도 사람이 먹을 만한 국과 반찬들이 나왔고, 밥도 강냉이가 섞이긴 했지만 쌀이나 보리쌀, 좁쌀 같은 것도 섞은 밥이 나왔었다. 반찬도 김치나 깍두기, 나물 무친 것, 도토리묵 무침 같은 것도 나오고 가끔씩 제육볶음이나 오징어 볶음도 나왔다. 또 가끔씩은 멸치조림이나 콩조림, 두부조림, 인조고기도 나왔다. 그 시절이 그리웠다.

배가 고프지 않았으니 그땐 아무런 고민도 근심도 없이 살았다. 고민하고 걱정할 시간적 정신적 여유도 없었다. 그냥 시계처럼 정확하게 시간에 맞춰 생활했고, 일하는 동안은 초긴장상태로 일하지 않으면 안 되었다. 돈을 다루는 일이고, 숫자를 다루는 일이므로 절대로 실수를 해서는 안 되는 일이기 때문이다.

처음엔 감사한 마음으로 신나게 일했지만, 연중무휴로 일해야 하는 역무원 일도 3년을 하고 나니 싫증이 났다. 그래도 북한에 와서 가장 안 정되어 살았던 때가 바로 역무원으로 일할 때였다. 누구에게나 말 할 수 있는 자랑스런 이력이었고 기적적으로 찾아온 행운이었음을 새삼 느꼈 다. '그 좋은 직장을 내발로 차고 나왔구나.' 그래도 후회되진 않았다. 아 니 후회하고 싶지 않았다.

도연은 죽 한 그릇을 다 비우고 나서 다시 잠속으로 빠져들었다. 얼마 를 잤을까? 잠을 깼을 때는 눈부신 햇살이 창으로 쏟아져 들어오고 있었 다. 조금 정신이 들었으나 몸은 움직여지지 않았다. 눈을 떴으나 이내 감겨졌다. 또 얼마를 잤는지 모른다. 몇 년간의 피로가 한꺼번에 몰려온 모양이었다. 도연이 제대로 눈을 떴을 때는 석양이 뉘엿뉘엿 서쪽하늘 을 붉게 물들일 때였다. 장엄한 노을을 보며 일어나 남은 죽을 데워서 먹고 정신을 차렸다. 세수를 하고 옷도 갈아입고 노트와 펜을 들고 앞으 로 해야 할 일들을 적어 보았다.

1. 쌀가게를 할 수 있는 가게 알아보기
2. 술과 담배, 과자, 그리고 통조림 같은 걸 팔 수 있는 가게를 알아보기
3. 옷가게를 할 수 있는 가게 알아보기

도연은 이튿날부터 이 세 가지에 대해 알아보기 시작했다. 이런 일들을 알아보다가 실로 뜻밖의 정보를 얻게 되었다. 밀수를 하면 큰돈을 벌 수 있다는 것이다. 밑천이 적으면 조그만 사업부터 하면 되고, 돈이 더 생기면 좀 더 값비싼 품목을 취급하면 된다는 실로 엄청난 비밀을 알게 된다. 밀수하는 일에 솔깃해졌다. 도연은 그 비밀을 알려준 장국태라는 사람에게 밀수에 가담하려면 어떻게 해야 하는지 자세히 물었다. 우선 제일 손쉬운 것은 북한에서 흔한 아편을 중국에 내다 파는 일이었다. 그렇게 하기 위해서는 브로커를 알아야 하고, 또 국경 수비대에도 뇌물을 주어야 한다는 것이다. 북한의 아편, 도기재료, 금, 구리 등을 세금 없이 중국에 팔면 3배 이상 남는다는 것이다. 브로커와 수비대에게 뇌물을 줘도 2배 이상 남는다면서 부추겼다.

중국에서 올 때 중국의 휴대전화기, 가죽제품, 신발, 완구, 전자기기, 옷감을 사가지고 오면 북한에서 두세 배 비싼 가격에 팔 수 있다는 것이다. 도연이 가게를 하면서 월세를 내고, 당에 세금 바치고 나면 30% 수익을 올리기도 쉽지 않았다. 그런데 밀무역을 하면 그 10배의 이익이 난다고 했다. 그래도 얼른 결심이 안 섰다. 그러다 잡히는 날엔 인생 끝장이기 때문이다. 잠시 말을 이어가지 못하고 고민에 싸이자

—안 할 거면 관두시오. 나는 총각이 하도 인상이 좋아서 인심 한 번 쓰려고 가르쳐줬는데, 실수를 한 것 같소. 나한테서 이런 얘기 들었다는 거 누구한테도 말하기 없기요.

—그럼요. 그건 믿으셔도 됩니다. 단지 밀수를 하다가 들킬까봐 약간 겁이 나서 망설인 것뿐이오. 난 단련대라는 델 경험했기 때

문에 겁쟁이가 된 것 같소.

—그런 거라면 걱정 안 해도 됩네다. 그런 걸 피하기 위해 브로커와 국경수비대에 뇌물을 주는 거니까요. 뇌물만 주면 그들이 다 알아서 도와줍네다.

—그래요? 그렇다면 한번 적극적으로 생각해보겠습니다. 모레쯤 답을 드리면 안 될까요?

—예, 그렇게 하시라요. 거듭 부탁하지만 이건 절대 비밀입니다.

—그럼요. 그런 건 걱정 안 하셔도 됩니다. 모레 뵐 수 있겠나요?

—예, 아침 10시에 이곳에서 기다리겠습네다.

—감사합니다. 그때까지 확답을 드리겠습니다.

—알았어요. 그럼 그때 만나자요.

—안녕히 가시라요.

도연은 이틀간 고민을 하였다. 다른 일을 찾고 있었고, 뇌물만 주면 모든 것이 순조롭다고 하니 마음이 흔들렸다. 오래 하지는 말고 잠깐 한두 번만 해보고 싶었다. 이런 기회에 중국도 한번 나가보고 싶다는 생각이 갑자기 들었다. 도대체 중국이란 나라는 어떻게 생겼는지, 얼마나 잘 사는지 직접 눈으로 보고 싶은 생각이 갑자기 들기 시작했다. '국경수비대에 뇌물만 주면 다 알아서 도와준다 하지 않는가?', '그래도 안 들킨다는 보장이 없지.', '안전하게 조금 버는 게 낫지 않을까?', '그래도 돈을 벌 수 있는 기회가 눈앞에 와 있는데, 피할 필요는 없지', '일단 조심해서 한

번만 해보자.' '아니, 그래도 무섭다. 길이 아니면 가지 말라는 말도 있지 않는가.', '그러나 만일 이게 나에게 다가온 행운일지도 모른다.', '눈 딱 감고 한번만 해보자.'

결국 하는 쪽으로 결심이 섰다.

정해진 시간에 밀수업자를 만나러 나갔다. 막 가슴이 두근거렸다. 단련대에서 나올 때 다시는 죄를 짓지 않겠다고 스스로에게 다짐했지만, '기회'라는 것에 자꾸만 마음이 갔다. 옛날 단련대 갈 땐 돈이 한 푼도 없었지만 지금은 그래도 밀수품을 사고, 뇌물을 줄 만큼은 있으니 모험을 해볼 수는 있다. 용기를 내보기로 최종 결심을 하였다. 장국태를 만나서

―한번 해 보겠습니다. 그러나 무엇을 어떻게 해야 하는지 아무 것도 몰라서….

―그건 걱정 마시오. 일단 처음은 모든 걸 나와 함께 합네다. 만일 두 배의 돈을 벌면 나한테 20%만 주시오. 그러면 내가 처음부터 끝까지 함께 하겠소. 물론 나도 투자를 합네다. 둘이서 합작을 합시다. 여기서 물건 사는 것부터 포장하고, 국경까지 옮기고, 다시 중국으로 넘어가서 물건을 팔아서 돈을 받기까지 끝까지 내가 함께 하겠소.

―그렇다면 안심입니다. 일단 한번은 처음부터 끝까지 함께 해 주신다니 20%를 드리겠어요. 단지 두 배 이상 이익이 생겼을 때만 그렇게 하는 겁니다. 실제로 이익이 그렇게 안 나면 드릴 수가 없으니까요.

―알았어요. 그럼 아예 각서를 씁시다.

―그게 좋겠네요.

그가 종이와 펜을 가지고 와서 각서를 쓰기 시작했다.

각서

　장국태는 한 번에 한하여 처음부터 끝까지 리도연과 사업을 함께
하되, 만일 리도연에게 200% 이상의 수익이 났을 때는 20%의 수고
료를 받기로 한다.

　리도연은 적어도 일십 만 원 이상을 투자하고, 200% 이상의 수익
이 있을 경우에 수익의 20%를 장국태에게 주기로 한다.

　이 약속은 절대적으로 지켜져야 하며, 어느 쪽에서 약속을 어길
시는 안전원에 밀수 사실을 신고하기로 한다.

2010. 5. 13.

장국태 · 리도연

두 장을 만들어 각각 도장을 찍어서 한 장씩 나누어 가졌다. 한편으론
가슴이 두근거리면서도, 다른 한 편은 설레기도 하였다. 아편 밭을 둘러
보고, 아편을 포장하고 배에 실어줄 사람도 만나고, 싣고 갈 배와 선장
도 만나보았다. 장국태는 얼마나 경험이 많은지 이 사람들과 매우 친숙
하였다. 그런 다음 아편을 뽑고, 손질하여 상자에 담고, 이것을 운반할
시간과 장소도 다 정하였다. 도연은 국태가 하자는 대로 하였다. 정확하
게 삼주일 뒤 이 모든 일이 다 이루어졌다. 북중 해상경계선에서 중국
배로 옮겨 싣고 중국의 대련까지 옮기고, 중국의 상인을 만나 흥정하고
돈을 받았는데, 장국태가 얘기한 대로 정말 3배쯤 이익이 있다. 여기서

뇌물 등 모든 경비를 제하고 나니 딱 두배 정도의 순수익이 났다.

도연은 약속한 대로 장국태에게 20%를 떼어 주고도 180%정도 남았으니 평소 장사로 번 돈의 6배가 되는 셈이었다. 정말 믿기지 않은 수익이었다. 도연은 이 은밀한 거래에 매료되었다. 이대로 몇 번만 더 하면 부자가 될 것 같았다. 더 이상 망설여지지 않았다. 적어도 이 순간엔 아무런 죄의식도 생기지 않았다. 이번엔 다른 품목을 취급하기로 하였다. 그러나 혼자 하기에는 엄두가 나지 않았다.

장국태의 도움을 한 번 더 받기로 하였다. 국태는 금을 밀수출하자고 하였다. 아무래도 귀금속이 이윤이 높다는 이유에서였다. 단지 금은 물건을 받는데 조금 더 힘이 든다며, 아마 준비금도 좀 더 많아야 하고, 뇌물도 좀 더 나가야 할 것이라며, 30만원 이상 준비되어야 한다고 말했다. 그리고 자기도 25%는 받아야겠단다. 워낙 어렵고 까다로운 일이고, 거쳐야 할 절차도 너무 복잡하다는 이유였다. 도연은 혼자서 하는 것은 아직 자신 없으므로 그를 앞세워 하는 게 안전할 것 같았다. 돈을 좀 덜 벌더라도 그와 함께 해야 마음이 놓일 것 같았다.

다시 각서를 썼다, 지난번의 각서와 비슷하지만, 두 가지에서 차이가 있었다. 우선 밑천을 30만 원 이상 투자할 것과 최종 이윤이 200%이상 나올 시 25%를 중개비로 지불하며, 100% 이상 200% 미만일 때는 25%의 절반인 12.5%만 중개비로 지불한다는 것을 첨가하였다. 서로의 뜻이 담긴 각서를 쓰고 일에 착수하였다.

도연은 있는 돈을 모두 동원해 30만원어치 금을 사서 중국에 팔기로 하였다. 두 사람은 이번에도 처음부터 끝까지 동행하기로 하고, 모든 일은 국태에게 맡겼다. 아니 도연은 국태의 뒤만 따라다녔다. 도연은 숨을 죽이며 일이 진행되는 걸 보았다. 금을 넘겨받고 돈을 지불하고, 배에 싣고, 중국배로 옮겨 싣고, 국태와 함께 중국 배에 올라타고 다시 브로커 만나 금을 넘겨주고, 돈을 받는 것 모두를 지켜보고, 혀를 찼다.

'정말 대단하다.' 중국을 자기 안방처럼 자유자재로 드나들며 중국어까지 유창하게 하는 국태를 본 도연은 어느 순간 국태에게 신뢰는 물론, 존경심까지 일었다. 그다음은 중국으로부터 가죽제품과 신발, 전자기기 등을 사가지고 오는 것도 장국태가 앞에서 다 처리해주어 너무도 수월하게 모든 일이 끝났으나, 이번에는 조금 적은 수익이 발생했다. 최종적으로 180% 정도의 수익이 났다. 그래서 약속대로 12.5%의 수고료를 줄까 하다가 15%의 수고료를 건넸다. 그래도 여전히 수익은 큰 셈이었다. 도연은 이제 자기가 불법행위를 하고 있다는 사실조차도 거의 잊고, 밀수에 빠져버렸다. 두세 번만 더 성공하면 꿈의 100만원을 가진 부자가 될 것 같아 흥분되었다.

'이제 어떻게 해야 하나?' 무슨 품목을 하는 것이 가장 이익이 크고 거래가 수월할지 아직은 알 수가 없었다. 아편은 품목 자체가 불법이므로 이제 더 이상 취급하기가 무섭다. 금도 사는 일이 너무나 복잡하고 까다로와 더 이상 하고 싶지 않았다. 그렇다면 이번에는 구리나, 공예품을 해볼까 하는 생각이 들었다. 누구에게 의논도 할 수 없으므로 다시 장국태에게 연락하여 의논하였다. 그가 이번에는 도와 줄 수 없으니 직접 해보란다. 자기는 다른 할 일이 많다면서 어차피 독립해야 하니 이번에 제대로 혼자서 한번 경험해 보라는 것이었다.

한편 섭섭하기도 했지만, 또 한편으로는 혼자 하면 수고료를 주지 않아도 되니 혼자서 해보고 싶다는 생각도 들었다. 지난번 금을 취급할 때 만난 브로커가 구리도 취급하므로 그 사람만 만나면 구리는 살 수 있을 거고, 역시 지난번에 만났던 뱃사공과, 국경지역의 수비대도 두 번에 걸쳐 뇌물을 주고 도움을 받았으므로 어렵지 않을 것으로 판단되었다.

마음을 단단히 먹고 우선 돈을 잘 정리하여 이번엔 20만원 어치의 구리를 사서 배로 싣고 가다가 북중 공동수역에서 중국배로 옮겨 싣고 대련으로 향했다. 지난번 금을 샀던 상인들이 나와서 구리를 받고 돈을 주었다. 이번에도 200% 정도 수익이 났다. 이번엔 온전히 혼자 다 가질 수 있으므로 흐뭇하였다.

2

도연은 이번 기회에 중국에 좀 머물러 보고 싶었다. 중국이라는 나라가 어떻게 생겼는지, 사람들의 생활은 어떤지, 여행은 마음대로 할 수 있는지, 중국에 와서는 무엇을 관광하고 가야 하는지 모든 게 궁금하다. 장국태와 함께 왔을 땐 이것저것 생각할 겨를도 없었으나, 이번엔 혼자 왔으므로 좀 여유로웠다. 문제는 중국어를 한마디도 모른다는 것이었다. 일본에서 고등학교 2학년까지 공부했으므로 한자는 어느 정도 알고 있으나 중국말은 도통 한 마디도 할 수가 없어 답답하기 그지없었다. 외국어를 몰라 답답한 경험은 처음 해보는 것이므로, 이왕 여기까지 온 김에 중국어를 좀 배워야겠다는 생각이 들었다. 그러나 어디에 가서 어떻게 중국어를 배워야 할지 막막하였다.

중국에서 한국어로 소통할 수 있는 사람은 자신의 물건을 사준 중국 브로커밖에는 없다는 걸 상기하고는 공중전화 박스에 가서 그 브로커한테 전화를 했다. 계속 뚜뚜하며 통화중 신호가 나왔다. 5분쯤 후에 다시 해도 역시 통화중이었다. 30분을 기다려 다시 했더니 이번에는 통화가 되었다. 도연은 자기가 한두 달 더 이곳에 머무르면서 간단한 중국어라도 좀 배워서 돌아가고 싶은데, 어디 가서 누구한테 배워야 할지 아무것도 모르니 좀 도와 달라고 했다.

　─중국어를 배우고 싶다고요? 학원이 있겠지만, 저는 잘 모르니 대련외국어대학을 찾아가서 조선어학과 교수한테 물어보면 답이 나올 겁니다.

　도연은 택시를 타고 대련외대大連外大라고 한자로 써주니 고개를 끄덕이며 달린다. 교문 앞에 세워주고는 돈을 받고 돌아갔다. 도연은 종이에 '朝鮮語科'라고 한자로 쓰고 만나는 사람마다 종이를 보여주니 어떤 학생이 조선어과로 데려다 주었다. 가서 보니 '한국어학과'라고 쓰여 있었다. 노크를 하고 들어가서

　─조선어 아세요?

　하니 얼른 못 알아들었다. 아까 들어오면서 '한국어학과'로 쓰였던 것을 상기하고

　─한국어를 아세요?

　─예.

　한국어로 대답해서 이제야 살았다 싶었다.

—나는 북조선에서 온 사람인데, 중국어를 한두 달 배우려고 합니
　　다. 어떻게 하면 됩니까?

라고 물었다.

　　—잠깐만 기다리세요. 교수님과 의논해 보겠습니다.

라고 하더니 중년의 여성 한 분과 함께 나타났다.

　　—한승연 교수십니다.

하고 여성을 소개했다.

　　—아, 예. 리도연이라고 합니다. 사업차 중국에 왔다가 중국어를
　　한 마디도 못 하니 답답해서 중국어를 배우려고 왔습니다. 도와
　　주십시오.

　　—중국어를 배우시겠다고요?

　　—예.

　　—얼마동안 배우실 계획입니까?

　　—두 달 정도 기초회화만 배우려고 합니다.

　　—그럼, 북조선에서 유학 온 학생을 소개해 드리겠습니다. 아무래
　　도 조선말로 배우시는 게 좋을 듯해서요. 그럼 저기 앉아서 잠깐
　　만 기다리세요.

하고는 어디론가 가버렸다. 도연은 초조하게 기다렸다. 한 십분 쯤 지
나자 청바지 차림의 어떤 남학생이 오더니

　　—공화국에서 오신 분 누구세요?

하는 것이었다. 도연은 벌떡 일어나

—난데요.

하니 그 남학생은

—아유, 반갑습니다. 저는 김찬우라고 합니다. 중국어를 배우시겠
다고요?

—예, 반갑습니다. 조선말로 얘기를 하니 살 것 같네요. 나는 사업
차 가끔 중국을 드나들어야 하는데, 중국어를 한 마디도 못 하니
답답해서 이번에는 작심하고 중국어 공부를 좀 하려고 합니다.
많은 지도 부탁드립니다.

—예, 저는 경제학과 대학원생인데, 3년 전에 이곳에 왔습니다.
그럼 언제부터 시작할 까요?

—나는 지금 당장이라도 공부하고 싶어요. 언제 시간이 되세요?

—그럼 한 시간만 기다려 주시겠나요? 뒷정리를 하고 나오겠습니
다. 캠퍼스 구경이라도 하시고 한 시간 뒤 이곳에서 뵙겠습니다.

—알갔시오. 내 학교 구경 좀 하다가 다시 이리로 오지요.

하고는 헤어졌다. 도연은 대학 캠퍼스를 둘러보니 깨끗하고 아늑한
건물들이 여러 개 있고, 나무도 많고 여기저기 꽃도 많이 피어 있었다.
이런 아름다운 캠퍼스를 보니 불현 듯 자기도 이곳 대학을 다니고 싶다
는 생각이 들었다. 그리고 중국 사람들의 부와 자유로움이 부러웠다.

'조선도 이 정도만 개방되고 잘 살면 얼마나 좋을까? 이곳에 머물 때
일본의 부모님께 편지를 써야겠다'는 생각이 들었다. 당장 학교 우체국

에 가서 항공엽서를 사서 얼른 안부 편지를 써서 부쳤다. 그리고 다시 한국어과 사무실로 와서 김찬우 학생이 나오기를 기다렸다. 한 십분 지나니까 김찬우 학생이 나왔다.

―자, 가시지요.

하며 데려간 곳은 학교 서점이었다. 거기서 중국어 초급교과서 두 권을 샀다. 다음으로 데려간 곳은 경제학과 세미나실이었다. 마침 비어 있었다.

―자, 책을 펴서 3페이지를 봐주세요.

책머리에는 중국어에 대한 전반적인 특징이 쓰여 있었다. 사성四聲과 문장구조, 그리고 어순 같은 것이 설명되어 있었다. 여기에 쓰인 내용을 김찬우 학생이 잘 알아듣게 설명해주었다. 조선말로 설명해주니 귀에 쏙쏙 들어왔다.

'니하오(안녕하세요?)', '시에시에(감사합니다)' 같은 인사말과 '쉬다(예) 보우쉬(아니요)' 같은 기본적인 표현을 가르쳐 주었다. 몇 번 반복 연습시켜주니 오늘 배운 것은 다 머리에 입력되었다. 안 잊어버리기 위해 집에 가서 복습할 것이었다. 두 시간 정도의 수업이 끝나고 도연과 찬우는 누구가 먼저랄 것도 없이 조선어로 서로가 궁금한 것을 물었다.

우선은 언제 어디서 공부할 것인가에 대해 의논했다. 도연은 가능하다면 매일 공부하길 원했다. 찬우가 수업이 끝나는 5시 이후 매일 대련 외대 빈 교실에서, 시간은 매일 오후 5시에서 7시에 공부하기로 하며, 과외비는 매달 15일에 1500원을 주기로 결정했다. 서로 고향과 나이를 물어보니 25살 동갑이었다. 두 사람은 신기해하면서 친구가 되기로 약속하고 말을 놓기로 하였다. 도연의 숙소도 김찬우 학생의 하숙집에 함께 있기로 하여 모든 것이 수월하게 정리되었다. 그로부터 두 달 동안 도연은 열심히 공부하여 최소한의 의사소통은 할 수 있게 되었다. 북한에 돌아온 뒤에도 열심히 공부하여 어느 정도 중국어 실력을 갖게 되었다. 기본적으로 일본에서 한자를 배운 것이 큰 도움이 되었다. 말은 어렵지만 그래도 글자를 아는 것이 매우 유용했다.

도연이 중국에 있으면서 느낀 건 제3의 신분으로서의 외로움과 소외감이었다. 특별히 배타적인 것은 아니지만, 중국어가 서툰 도연을 보는 중국인들의 눈이 따뜻하지만은 않았다. 특히 북한에서 온 걸 알면 약간 무시하는 듯한 태도를 보였다. 북한이 핵실험이다, 뭐다 하여 계속 중국의 심기를 불편하게 하는 것도 있고, 너무 가난하니까 중국이 도와주지 않으면 안 되는 것도 싫고, 더구나 많은 탈북자들이 중국에 들어와 불법 행위를 하거나 여러 가지 형태로 힘들게 사는 것도 북한을 깔볼 수 있는 조건이 되기에 충분했다. '우리도 인구가 너무 많아 힘든데, 북조선사람들까지 우리에게 빌붙다니…' 하는 표정이 역력했다. 중국말을 못 하므로 의사소통해야 할 때도 답답하기 그지없었다.

도연은 중국어를 배우면서부터는 조금씩 앞이 트이는 것 같았다. 그래도 음식점에 가서 메뉴판을 볼 때는 한자를 아니까 다행이었다. 역시 '아는 것이 힘'이었다. 중국음식은 크게 비싸지 않고, 마트에서 식료품을 사다가 집에서 간단히 해먹는 것도 가능했다. 또한 이 도시에서 저 도시로 여행을 가는 것도 편리하므로 이런 점에서는 중국이 북조선보다는 훨씬 더 자유로운 것 같아 좋았다.

24시간 전기가 들어오고 수도도 들어오고 화장실도 수세식이 많은 것도 편리하였다. 중국도 불과 몇 년 전만 해도 화장실이 재래식이었으나, 이젠 수세식이 많아졌다고 한다. 더구나 먹는 걱정, 입는 걱정은 거의 안 하게 되었으니까 매우 풍요로워 보였다. 자동차도, 오토바이도 북한보다 훨씬 많은 것 같다. 10년 전만 해도 자전거가 더 많았다는데, 지금은 오토바이가 더 많고, 자동차도 생각보다 많았다. 수도 북경도 아니고 대련이라는 항구인데, 이정도로 잘 사는 모습이 보기 좋고 부럽기도 하였다.

중국은 인구가 너무 많으니 어딜 가도 인산인해였다. 기차를 타거나, 관광지를 가거나 극장에 가도 사람이 지천이었다. 탈북자까지 인구를 보태는 걸 싫어할 수밖에 없을 것이다. 찬우한테서 배운 중국어를 한두 마디씩 하면 알아듣고 반응을 해주는 게 신기하고 뿌듯했다. 도연이 중국말을 한다고 해도 상대방이 알아듣지 못해 난감할 때도 많았다. 성조聲調때문에 발음은 어려웠으나 한자를 아니까 많이 도움이 되었다. 월병도 사먹을 수 있게 되고, 모든 사람에게 좋다는 보이차도 사서 끓여 먹으니 꿈을 꾸고 있는 것 같았다. 두 달을 집중적으로 중국어를 배우고 나서 북한에 돌아왔다. 경비가 제법 많이 나갔지만 이제 새사람으로 다시 태어난 것 같아 스스로 대견했다.

그는 밀무역에 점점 자신감을 갖게 되었다. 돈의 액수도 자꾸 올라가니 완전히 밀무역에 깊숙이 빠지게 되었다. 꿈의 100만원 부자가 바로 눈앞에 있었다. 그러나 결국 꼬리가 길면 밝힌다고 했던가. 다섯 번째 밀수를 하다가 결국 중국공안에 잡히고 다시 북송되었다. 밀수로 번 돈을 모조리 압수당하고 신의주 집결소에 수감되었다. 도연은 가슴속 깊은 곳을 칼로 에이는 아픔을 느꼈다. 지난 몇 달간 그토록 숨죽이며, 목숨 바쳐 번 돈을 허망하게 다 빼앗기고 나니 죽을 만큼 분하고 애통하였다. 곧 눈앞에 와 있던 백만 원 부자의 꿈이 사라지고, 집에 꽁꽁 숨겨둔 40만원 외엔 모두 없어졌으니 땅을 칠 노릇이었다. 통곡을 하고 싶었다. 이번에 60만원을 압수당했으니, 결국 밀수로 번 돈은 몽땅 다 빼앗긴 셈이었다. 헛된 욕심은 패가망신한다는 교훈을 뼈 속 깊이 느끼면서 마음이 몹시도 아팠다. 그나마 집에 숨겨둔 돈을 생각하면서 억지로 힘을 내기로 하였다.

집결소는 한 방에 30~40명의 죄수들이 수용돼 있는데, 대부분이 중국에서 송환되어 온 탈북자들이었다. 5~6명이 있어야 할 방에 3~40명이 기거하니 숨이 막혔다. 차라리 밖에 나가 일 할 때는 괜찮으나, 방에 들어와 부동자세로 앉아 벌을 서거나, 잠을 잘 때는 이루 말할 수 없이 괴로웠다. 앉아서 자기도 어려울 정도로 비좁기 때문에 어떤 날은 벽에 기대 서서 잠을 자기도 했다.

가장 힘든 것은 '일하는 시간, 밥 먹는 시간, 잠자는 시간을 빼고는 부동자세로 앉아있어야 한다.'는 규정이다. 부동자세 형벌은 아주 조금만 몸을 움직여도 구타를 당하는 형벌로, 그 어떤 고문보다 더 견디기 힘들었다. 이런 부동자세 벌을 세우는 것은 한방에 있는 사람들이 편하게 이야기하고 친해지는 걸 철저하게 막기 위해서다. 너댓 명이라도 모이고 이야기하는 걸 금지하는 북한에서 한방에 수십 명을 재우자니 그게 또 불안하여 할 일이 없을 때는 부동자세 벌을 서게 하는 것이다. 부동자세

벌은 옆 사람과 이야기하는 것과 같은 일은 아예 할 수 없다.

여성 수감자들은 항문과 질 안에 숨겨둔 돈이나 금이 있는지 확인하기 위해 강제로 완전히 옷을 벗기고는 손을 위로 하고 '앉았다 일어났다 하는 동작'을 반복적으로 시키고, 뛰게도 한다. 이렇게 하여 금 조각이나 돈이 나오면 지체 없이 거둬갔다. 수감자들에게 가해지는 막대기 매질, 주먹질, 발차기 등의 구타는 매일 수시로 이루어졌다. 뿐만 아니라 감방 안은 더럽고 습하여 이는 물론이고 파리, 벼룩 등 여러 기생충들이 득실거렸다. 온몸을 뜯기어 참기 어려울 지경이었다. 식사는 아주 딱딱한 강냉이밥 한줌에 데친 채소 몇 조각이 전부여서 수감자들은 늘 배가 고픈 상태에서 중노동을 해야 했다.

수용소 밖에서 집 짓는 노동을 많이 했는데, 도연은 삽으로 모래를 떠서 트럭에 가득 채우는 일을 많이 했다. 하루에 수백, 수천 번의 삽질을 하고 나면 어깨, 허리, 다리, 팔, 손목 안 아픈 데가 없었다.

도연은 드디어 넉 달 간의 집결소 생활을 마치고 3년의 노동교화형을 선고받고 신의주 교화소에 감금되었다. 경제범들은 인민보안성에서 1차 조사를 받고 각 지역 검찰소에서 심의를 받은 뒤, 재판소로 넘어가 공개재판을 통해 형이 확정된다. 경제범에 대해서는 한국의 변호사 제도와 유사한 인민참심원 제도가 있다. 하지만 이들 참심원은 혐의자의 억울함을 해소하기 위한 변호의 역할을 하기 보다는, 대부분 보안성에서 작성하고 검찰소에서 확인된 내용을 증명해주는 역할을 하고 있다. 대한민국으로 넘어온 대다수 탈북자들이 혐의자를 위해 변론하며, 때로는 무죄를 주장하기도 해 주는 '한국 변호사'의 존재를 보고 신선한 충격을 받았다고 증언했다. 이는 북한에선 상상도 할 수 없기 때문이다.

노동교화소는 1년 이상의 형을 받은 사람이 수감되는 곳이다. 여성 교화소 옆에는 보통 군복을 생산하는 피복 공장이 있으며, 남자 교화소 주변엔 탄광이 들어서 있어서 수감자들의 노동을 강요했다. 하루 노동시간은 보통 12시간~14시간이다.

도연은 이번에도 탄광에서 일을 해야 했다. 몇 년 전 단련대 시절에도 탄광에서 일했는데, 교화소에서도 또 탄광으로 배치된 것이다. 탄광일은 어떤 일보다도 힘들었다. 체력적으로 탄을 캐고 운반해 나오는 일도 어렵지만, 숨 쉬는 것은 더 어려웠다. 도연은 관리원들한테 혼날 때 나더라도 탄을 조금만 캐면 갱도입구까지 나와 숨을 충분히 쉬고 다시 갱도로 들어가곤 했다. 갱도 자체도 제대로 받침대가 없어 언제 무너질지 모르는 매우 위험한 상태였다. 전기도 없어 카바이드등을 등에 메고 맨손으로 호미 같은 기구 하나로 탄을 캐고 1톤쯤 캐면 손수레에 싣고 나와야 한다.

이 과정에서 힘이 달려 쓰러지는 사람도 심심치 않게 나왔다. 도연도 이런 환경에서 손으로 탄을 캐는 일은 죽을 만큼 고되며, 시식각각 죽음의 그림자가 어른거렸다. 숨을 들이마시면 탄가루가 목안으로 들어오고, 환풍기가 제대로 갖추어져 있지 않아 산소부족으로 질식할 수 있는 환경에 더욱 아찔했다.

탄광은 죄인들을 사지에 내보내 마음껏 일을 시키는 곳이었다. 더구나 급식이 너무도 적고, 질도 좋지 않으므로 영양실조가 되지 않을 수 없다. 하루에도 몇 명씩 영양실조로 죽어나갔다.

도연은 그래도 이런 곳에서 허망하게 죽긴 싫었다. 어떻게든 살아서 나가야 했다. 매순간 긴장의 끈을 놓지 않고 정신 바짝 차려 버티었다. 저녁에 숙소에 돌아와 씻는 중에 기침가래가 나와서 뱉어 보면 새카만 가래가 연신 나왔다. 그러면 몇 번이고 목을 헹구고 물을 벌컥벌컥 마셨다. 씻겨서 내려가길 기대하면서.

도연은 3년간의 형을 마치고 교화소를 나왔다. 하늘을 우러러 보니 오늘따라 구름 한 점 없이 맑고 파란 하늘에 기러기 떼가 떼 지어 어디론가 날아갔다. 기러기가 날개를 펴고 하늘을 나는 모습이 참으로 아름답고 몹시 부럽기도 하였다. 몸은 막대처럼 깡말랐고 온몸은 만신창이가 되어있었다. 역시 허황된 욕심은 화를 부른다는 것을 절실히 깨닫고, 이제 정말 어떤 일이 있어도 법을 어기는 일은 안 하기로 굳게굳게 결심하였다.

3

안 아픈 데가 없이 온몸이 쑤시고 머리도 띵했다. 살아남았다는 것이 기적처럼 생각되었다. 지난 몇 년 동안 밀수하고 교화소 생활 하느라 돌보지 않은 자취방이 그대로 있는지도 궁금했다.

도연이 교화소 가기 전에 살았던 집에 와보니 자기가 살던 방은 다행히 그대로 남아 있었다. 주인에게 고맙다고 인사하고 밀린 월세를 몇 번에 나누어 내기로 하고 우선 반년 치를 냈다. 수북이 쌓인 방의 먼지를 대강 청소하고 자리에 누우니 만감이 교차했다. 지칠 대로 지쳐 어느새 깊은 잠에 곯아 떨어졌다. 얼마를 잤는지 눈을 떴을 때는 아침 해가 눈부시게 빛나고 있었다. 아마 만 하루 반을 잔 모양이었다. 찬물을 한 대접 마시고 나서 부엌을 살펴보니 조금 있던 쌀도 완전히 썩었고, 먹을 거라고는 아무 것도 없었다. 할 수 없이 주인집 아주마이한테 부탁을 했다.

　—쌀 반 되만 꾸어주시겠어요? 뭐라도 좀 먹어야 정신을 차릴 것 같아서요.

　—그러시오.

하며 대접으로 쌀을 두 번 퍼서 주었다.

　—고마워요. 래일 장에 가서 쌀을 사오면 돌려드리지요.

도연은 쌀을 씻어 죽을 끓였다. 흰죽을 끓여서 두 그릇을 비웠다. 그리고는 자리에 누우니 다시 잠이 쏟아졌다. 또 얼마를 잤는지 모른다.

도연이 완전히 잠을 깬 것은 서쪽 하늘을 붉게 물들이는 저녁때였다. 남은 죽을 데워 먹고 정신을 차렸다. 물을 데워서 헛간에서 목욕을 했다. 지난 몇 년간 제대로 안 씻은 몸의 때가 끝없이 나왔다. 머리도 네 번 다섯 번 감았다. 이가 득실거리는 머리를 독한 빨래비누로 몇 번이나 감았으니 이도 죽거나 씻겨 나갔을 것이었다. 옷을 갈아입고 거울을 보니 자기 얼굴이 아닌 것 같았다. 그토록 반듯하게 생긴 하얀 얼굴은 온 데 간 데 없고, 볼은 움푹 들어갔고, 눈도 십리는 들어간 것 같다. 피부도 거칠기 이를 데 없었으며, 머리도 엉성했다.

탄광에서 일하며 지독한 영양실조와 과로 상태로 지내다 왔으니 당연히 그럴 수밖에 없을 것이었다. 매순간 죽지 않겠다고 이를 악 물고 정신을 차렸기 때문에 그나마 안 죽고 살아나온 것이었다. 같이 교화소에 들어간 사람 중에도 여러 명이 세상을 뜨는 것을 목격했다. 죽을힘을 다해 용을 써서 살아 돌아온 것이다. 이삼일을 자고 나니 좀 정신이 들었으나 욱신거리는 몸은 여전하였다. 죽을 먹고 목욕을 하고나니 머리는 한결 맑아졌다.

마음을 가라앉히고 몇 가지 일들을 알아보았다. 우선 청진 남부시장부터 돌아보았다. 수남시장보다 규모가 작은 청진 남부시장은 쌀가게를 낼만한 빈자리가 없었다. 쌀가게는 포기하고 다른 품목을 알아보았다. 옷 가게는 우선 시작해 볼 수는 있으나, 매출이 너무 적으면 가게세도 감당키 어려울 것으로 판단되었다. 결국 남은 건 술과 담배, 과자, 마른안주, 통조림을 파는 가게를 형편에 맞게 시작해 볼 수는 있을 것 같았다. 여기에 음료수를 곁들인다면 어느 정도 승산이 있어 보였다.

안전하면서도 돈을 더 벌 수 있는 곳을 찾아야 하므로 일주일간 발품을 팔아 최종적으로 찾은 곳은 청진시 포항구 남향동 청진의대 앞의 상업지구였다. 대단위 살림집(아파트)이 배후에 있는 곳이었다. 마침 비어 있는 두 평짜리 가게가 있어 당에 허가를 받아 약간의 손을 보고 '도연상회'라는 간판을 걸고 장사를 시작했다.

당에서 허가를 받았으니 도매로 물건을 공급받을 수 있다. 허가를 받을 때도 돈을 내야하고, 한 주일에 한 번씩 당에 돈을 바치면 상점을 계속 할 수가 있다. 여러 품목을 취급하다 보니 내야 하는 돈도 많았지만, 그래도 그만큼 많이 팔리니까 여러 가지를 취급하는 것이 유리할 것 같았다.

우선 술 종류로 막걸리, 청주, 소주를 갖추고, 담배도 종류별로 모두 비치했다. 오징어 땅콩 같은 마른안주와 과자류, 빵, 통조림도 갖추었다. 술을 취급하다 보니 북한에 참으로 많은 종류의 술이 있다는 것을 처음 알게 됐다. 생각보다 훨씬 많아서 다 외워서 얼른 찾기가 어려울 것 같아 가나다순으로 진열을 했다.

개성고려인삼술, 개성금패인삼술, 다래술, 대동강맥주, 더덕들쭉술, 도토리소주, 룡성소주, 백두산가시오가피술, 백두산들쭉술, 백로술, 백화술, 송악소주, 송암소주, 십전대보술, 불로술, 장뇌삼술, 평양소주, 참대술소주, 하나소주, 해삼술, 오미자술, 인풍술…. 가격도 다 외울 수가 없어 일일이 술 종류와 가격을 쓴 가격표를 만들었다. 음료수도 생각보다 종류가 많았다. 음료수 역시 도매상에서 공급받은 액수와 소매로 팔 때 받아야 하는 가격표를 일목요연하게 만들어 놨다.

강서약수, 귤단물, 귤탄산단물, 금강산샘물, 꿀단물, 딸기탄산단물, 들쭉탄산단물, 레몬탄산단물, 룡성배사이다, 묘향산샘물, 박연샘물, 복숭아탄산단물, 사과탄산단물, 신덕샘물, 신덕탄산물, 포도탄산단물, 코코아탄산단물, 오미자단물 등을 모두 진열했다.

담배는 종류가 더 많아서 놀랐다. 도연은 지금까지 담배와 술을 안 했기 때문에 술 이름이나 담배 이름을 몇 가지 모르고 있었는데, 예쁘고 좋은 이름의 담배가 이렇게 많은 줄 몰랐다. 하도 많아 손님이 요구하면 찾아주는 것도 쉽지 않을 것 같아 담배 역시 가나다 순으로 진열을 했다.

강선, 검은금, 고향, 공작, 꿀벌, 금강산, 금수강산, 단신, 단오, 대동문, 라진, 려명, 룡악산, 미래, 밀림, 백두한나, 백산, 백승, 버드나무, 봉화,

붉은 별, 쌍마, 선봉, 천리마, 천지, 철쭉, 첨성대, 평양, 푸른하늘, 하나, 해금강, 해돋이, 회령, 영광, 은방울…

담배이름과 음료수, 술 이름이 참으로 많이 있다는 것을 알게 되고는 놀라기도 하고, 자기가 북한에 좀 더 깊숙이 뿌리내리고 있다는 느낌도 들었다. 가나다순으로 물건을 정리하다보니 남한과 북한 언어의 차이점 중에서 자모 순서도 다르다는 것이 생각났다. 일본에서 공부할 때 남한에서는 'ㅇ'을 'ㅅ' 다음에 배치하지만, 북한에서는 자음의 맨 마지막에 배치한다는 것이 생각났다. 정말 언어통일만은 가장 먼저 했으면 좋겠다.

칫솔, 치약, 비누, 수건, 면도기, 손톱깎이, 문구류와 간단한 생필품도 들여 놓았다. 가게가 청진의과대학과 청진의대 병원 바로 앞이다 보니, 지나다니는 인구가 꽤 많고 늦게까지 공부하거나 일하는 사람이 많아 늦은 밤까지 장사가 되었다. 쌀가게 할 때보다 저울에 달고 봉지나 자루에 담아주어야 하는 수고가 필요 없이 바로바로 물건을 집어서 주기만 하면 되는 게 많아 혼자 하기에도 그리 힘들지 않았다. 수남시장 안보다 사람이 덜 북적대긴 하지만, 그래도 심심치 않게 사람들이 지나다니고, 가게에 들어오는 손님도 쌀가게 할 때 못지않아 그런대로 장사가 잘 되었다.

쌀가게 할 때보다 기본적으로 적은 돈을 만져야 해서 이익이 그리 크진 않았으나, 그래도 사 가는 사람이 많으니까 쌀가게에 버금가는 수익이 났다. 사실 담배 같은 건 이익이 매우 적지만, 박리다매로 생각했다. 북한에서는 담배가 워낙 많이 팔리므로, 많이 사다가 쌓아 놓아야 했다. 물건이 팔려나가면 바로 그 자리에 다시 새로운 물건을 진열해야 하므로 잔손이 많이 갔다. 잔손이 많이 가는 날은 그만큼 물건이 많이 팔렸다는 의미이므로 즐거웠다. 한 달 정도를 해 보니 많이 팔리는 품목과 적게 팔리는 품목을 자연스럽게 알게 되어 그다음부터는 많이 팔리는 것은 많이, 적게 팔리는 것은 적게 수요에 맞춰 물건을 주문했다.

그런데 문제가 하나 있었다. 쌀가게 할 때보다 밤늦게까지 가게를 열어야 한다는 것이다. 물론 일찍 문을 닫으면 그만이지만, 분명 밤늦게까지 손님이 있는 줄 알면서 차마 문을 일찍 닫을 순 없었다. 그렇다고 밤 새 할 수도 없는 노릇이니 '밤 12시까지만 영업합니다.'라고 써 붙이고 는 12시면 무조건 문을 닫고 집에 가는 것으로 정했다. 쌀가게에서는 보통 오후 6,7시면 손님이 끊기는데 이 가게는 밤늦게까지 공부하거나 연 구하거나 일하는 사람들이 밤 10시, 11시쯤이면 배가 고파 간식거리를 사러 오는 경우가 많았다. 물론 술도 담배도 그때 다 같이 샀다. 그렇 게 매일 오전 8시부터 밤 12시까지 가게를 열어 혼자서 다 하다 보니 자 기 볼일은 하나도 볼 수 없고, 아파도 병원에 갈 수도 없다. '일요일과 수 요일 오전은 쉽니다.' 라고 써서 붙였다. 분명히 실망하고 돌아갈 사람 들이 생기겠지만 어쩔 수 없었다.

이렇게 하니 좀 살 것 같았다. 일요일 오전엔 늦잠을 자고 일어나 빨래 를 하고, 수요일 오전엔 필요한 볼일을 봤다. 시장도 보고 볼일도 보면 서 한숨 돌렸다. 비록 수익이 좀 줄더라도 살아가기 위해선 어쩔 수 없 었다. 마침 어떤 손님 한 분이 자전거를 가게 앞에 세우고 담배를 사러 들어온 것을 보고 '아, 나도 자전거를 한 대 사야겠구나.'는 생각이 섬광 처럼 번득였다. 당장 이튿날 자전거 가게로 가서 북한제 자전거 '갈매 기'를 한 대 샀다.

도연으로서는 큰돈이 들어갔지만, 그래도 유용할 거란 생각을 하니 기분이 좋았다. 자전거는 시간이 지날수록 없어서는 안 되는 필수품이 되었다. 가게에서 집까지 한 시간씩이나 걸렸으나, 자전거로 다니니 30분 이상 시간이 절약되었다. 청진시는 자동차가 별로 없기 때문에 자전거를 탈 수 있는 좋은 환경이었다.

사랑과 행복의 세레나데

1

어느 날 밤이었다. 어떤 아가씨가 가게에 왔다. 과자와 빵을 사가지고 가는데, 그 뒷모습이 너무도 아름다웠다. 도연은 넋을 놓고 바라보았다. 사흘 뒤 쯤 그 아가씨가 다시 나타났다. 이번에는 빵도 사고, 음료수도 사고, 과일 통조림도 사갔다. 세 번째 왔을 때는 얼굴을 정면에서 보게 되었다. 깜짝 놀랄 만큼 예쁜 얼굴이었다. 막 가슴이 뛰고 얼굴도 화끈거렸다. 도연은 이튿날부터 세수도 더 열심히 하고 양치질도 더 정성스레 하고, 옷도 깨끗한 것으로 입고 가게에 나왔다. 사흘 후 쯤 다시 그 아가씨가 왔다.

갑자기 심장이 뛰고 말도 제대로 나오지 않았다. '80원입니다', '감사합니다', '안녕히 가시라요'. 외엔 더 할 수가 없었다. 이튿날도 그 이튿날도 그 아가씨만 기다리는 자신을 발견할 수 있었다. 그런 지 일주일 뒤쯤 그녀가 또 나타났다. 도연은 아가씨가 원하는 것을 챙겨주면서

—오늘은 돈을 받지 않겠어요. 그냥 가져 가시라요.

했더니 그 여학생이 놀라 눈을 크게 뜨고

—아니야요. 그럴 수는 없디요. 돈을 받으시라요. 얼마야요?

하는 것이었다. 그래도 도연은 돈 받을 생각이 없었다.

—그냥 가져가시라니까요. 정말 일없습니다(괜찮습니다). 그동안
많이 사셨잖아요? 몇 푼 되지도 않는데요, 뭐.

하며 계속 사양을 했다. 그러자 그 여학생은 아주 난처한 표정을 지으며

—이러시면 제가 다시 올 수 없잖아요?' 받을 건 받으셔야 다시 올
수 있지요.

하는 게 아닌가?

—아이고 그렇다면 받지요. 대신 조금만 받겠습니다.

—아닙니다, 다 받으셔야 다시 올 수가 있어요.

—알았습니다. 그럼 다 받을 테니 안 오신단 말씀은 하지 마시
라요. 안 오시면 제가 죽습니다.

—예? 그게 무슨 말씀인가요?

—그만큼 아가씨 오시길 기다린다는 뜻입니다. 저는 리도연이라
고 합니다.

—예, 저는 은경이에요. 진은경.

—아, 예, 이름도 너무나 예쁘시네요. 은경동무 알게 되어 영광이
고 저의 기쁨입니다.

―돈을 받을 테니 또 와주실거죠?

―알았어요. 또 올게요.

―감사합니다. 안녕히 가시라요.

이후로 은경이가 오면 한두 마디씩 얘기를 나누게 되어 결국 은경이의 신분을 알게 됐다. 그녀는 청진보건대학에서 간호학을 전공하는 학생으로, 졸업반이 되어 실습차 청진의대병원에 나와 있었다. 하루 2교대로 밤 8시부터 이튿날 아침 8시까지 근무하게 되는 간호원들이 밤 시간 동안 계속 일을 해야 하므로, 배가 고파 간식을 먹기 위해 제일 막내인 실습생에게 심부름을 시킨다는 것을 알게 되었다.

도연은 은경을 알게 된 게 너무 기뻐서 펄쩍 펄쩍 뛰었다. 일생일대의 사건이었다. 나이 26세가 되도록 아직 '사랑' 같은 건 한 번도 해 본 일이 없었다. 은경을 만나고 한두 마디라도 얘기하게 되니까 말 할 수 없이 행복했다. 이런 감정은 처음이었다. 그는 이날부터 일기를 썼다. 은경이가 처음 왔던 날부터 거슬러 올라가 기억을 더듬으며 쓰고, 말을 건넨 세 번째 만남부터는 더 자세히 썼다. 은경이와 나눈 얘기는 단 한마디도 안 빼고 일기에 적었다. 그날의 감정도 그대로 다 썼다.

그는 이제 장사고 뭐고 진은경만을 생각하며 하루를 보내다시피 했다. 다른 손님들은 건성으로 대하고, 이제나저제나 진은경이 나타나기만을 기다리게 된 자신에게 스스로도 놀랐다. 그런데 일주일이 가고 2주일이 가도 그녀가 다시 오지 않았다. 도연은 정신을 차릴 수가 없었다. '무슨 일이 있나? 어디 아프나? 마치 넋을 잃은 사람처럼 안절부절이었다. '난 이제 은경 동무를 안 보고는 못 살 것 같은데, 이 일을 어떡하지?' 시간이 지날수록 은경에 대한 그리움이 커져만 갔다. 장사고 뭐고 다 때려치우고 은경이 찾으러 나서야 할 것 같았다. 도연은 생각다 못해 가게 문을 닫고 청진의대병원을 찾아갔다.

—진은경 간호원을 만나러 왔습니다. 계신가요?

—그는 이미 이 병원을 떠났는데요. 실습기간이 끝나서요.

—그럼 어디로 가면 찾을 수 있을까요?

—보건대학을 가보시라요.

—알겠습니다. 고맙습니다.

도연은 자전거를 타고 청진보건대학 간호학부를 찾았다.

—진은경 간호원을 찾으러 왔는데요.

—그분과 어떤 사이시죠?

—그냥 조금 아는 사이인데, 꼭 전해 드릴 게 있어서요.

—그럼 여기서 기다리시라요.

하고는 사무실을 나갔다. 한참 뒤에 돌아와서

—진은경 동무는 오늘 안 나왔다는데요.

—예, 알겠습니다. 감사합니다.

갑자기 하늘이 무너지는 것 같았다. 낭패감과 당황스러움에 정신이 혼미해지는 것 같았다.

'어떡하지? 은경 동무 없는 세상은 살 수가 없을 것 같은데...'

혼자 중얼거렸다.

'아, 맞아, 다시 오면 되지 뭐. 내일도 오고 모레도 오고, 그러다 보면 꼭 다시 만날 수 있을 거야. 학생인데 학교에 안 올 리 없지.'

그렇게 생각하고 나니까 빠르게 안정이 되어갔다. 그는 은경을 찾아야한다는 생각만으로 하루 하루를 보냈다. 가게에 나가도 멍하니 앉아 있고, 손님이 와도 아무런 감정 없이 물건을 내주고 돈을 받고 인사도 건성으로 하고 다시 은경이를 찾아간다는 생각만 한다.

이튿날 가게 문을 닫고 은경이가 다니는 보건대학으로 갔다. 벌써 다섯 번째이다. 간호학부 사무실을 다시 찾았다. 사무실에서는

─또 오셨네요. 우리가 전해주면 안 되겠나요?

─직접 드려야 할 물건이라서요.

하며 꼭 만나게 해달라고 사정을 했다.

─지금 수업 시간이니 20분 뒤에 교실로 가볼 게요. 기다리시라요.

도연은 20분이 마치 20일처럼 길게 느껴졌다.

그는 불현듯 단련대와 집결소, 그리고 교화소에서의 생활이 생각났다. 아침 5시 기상을 시작으로 한손에 쏘옥 들어오는 강냉이밥과 시커먼 소금국을 먹고 하루 12시간 -14시간씩 고된 탄광 일을 하고 비좁은 방에서 앉거나 때론 서서 잠을 자야했던 그 어기찬 벌을 5개월이나 받고도 죽지 않고 살아나왔다. 이제 밥걱정, 옷 걱정은 안 해도 좋을 만큼 되었는데, 갑자기 밀수에 뛰어들어 제법 돈도 벌었다. 결국은 붙잡혀 5개월의 집결소 생활, 3년간의 교화소 생활을 마치고 나오니, 이 세상에

혼자라는 것이 새삼스럽게 외롭고 슬픈 생각이 들었다. 진은경을 만나고부터 외로움과 허전함을 채워줄 사람은 진은경밖에 없다고 생각했다. 그녀를 더 절실히 만나고 싶고, 만나면 이제는 자기의 감정을 표현하고 싶었다.

만나지 못 한 지 어언 두 달이었다. 초조하고 불안했다. 문득 자신의 처지를 생각하니 부끄러움과 민망함이 솟구쳐 올랐다. '아! 내가 어떻게 그 귀한 분을 내 짝으로 생각할 수 있단 말인가? 내가 너무 당돌했다.' 갑자기 지금 자기가 은경일 찾는 일이 부질없는 일이라는 생각이 들었다. 머리로는 이렇게 정리가 되나 가슴으로는 포기가 되지 않았다. 다시 머리가 움직였다. '그렇다면 내가 은경 동무와 짝이 될 수 있는 자격을 갖추어야 한다. 우선 학벌이 제일 문제다. 나는 고등중학교도 졸업하지 못 했는데, 은경동무는 이미 대학 졸업반이 아닌가? 어떡하지?' 대학에 못 간 것이 한스러웠다.

청진에 온 후로 살기가 어려워 아예 대학 갈 생각도 안 했다. 재일교포는 대학 못 간다고 누가 얘기해 주는 바람에 그저 돈 벌 궁리만 했다. 무슨 좋은 방법이 없을까? 우선 고등중학교라도 졸업을 해야 한다. 편입학을 위해 내일 청진고등중학교에 가 봐야겠다. 그는 마음이 급해졌다. '2학년까지 다녔으니 2학년이나 3학년에 편입이 되면 일단 다니면서 대학을 갈 수 있는 길을 찾아야겠다.'

이튿날 그는 자전거를 타고 청진고등중학교를 찾아갔다. 복무과에 들러 '오사카 고등학교를 2년 간 다녔고, 북조선에 온 지 8년 됐는데 다시 고등중학교에 편입하고 싶습니다. 여기 성적표도 있습니다.'

고이 간직하고 있던 오사카고급학교의 성적표를 꺼내 보여주었다.

─지금 당장 답을 할 순 없다. 윗선에 알아보고 가부를 알려줄 테
니 래일(내일) 오후 3시쯤 다시 오라우.

─예, 알겠습니다. 그럼 래일 다시 오겠습니다. 잘 부탁드립니다.

도연은 가슴이 두근두근했다. '만일 안 된다면 어떡하지? 혹시 뇌물을
요구하는 건 아니겠지? 설마 학생한테 뇌물을 요구하진 않겠지? 만일
뇌물을 요구한다면 줘야지. 설마 이런 일에 많은 액수를 요구하진 않겠
지?' 그간 벌어 놓은 돈이 조금 있으므로 그는 흐뭇했다.

'단련대 가기 전의 상황이라면 뇌물이란 꿈도 못 꿀 일이 아닌가? 앞으
로도 돈은 무조건 벌어야 한다. 무슨 장사라도 해서 돈은 벌어야 한다.' 꿈
에서라도 은경이를 만날 생각을 한 것은 수중에 돈이 있기 때문일 것이다.
'돈은 정말 좋은 것이야. 어떤 경우에든 돈이 있으면 살 수 있고, 사람 노릇
할 수 있다. 지금의 내 처지로선 그나마 장사 외에 마땅히 돈을 벌 방법이
없다. 그래도 장사를 하면 조금 벌든 많이 벌든 돈을 벌수는 있으니까.'

그는 자전거로 달려와 가게 문을 열었다. 자전거를 타면 시간은 단축
되지만, 비포장된 도로가 울퉁불퉁하여 위험하기도 하고, 흙먼지를 뒤
집어쓰게 되어 자전거를 탄 후는 꼭 씻어야 한다. 가게에서는 수도가 없
으므로 씻을 방법이 없다. 그는 가게 문밖에서 옷을 털고 가게 안으로
들어온다. 마침 집에서 미리 물수건을 만들어 가지고 온 것이 있어 얼굴
과 손을 닦으니 조금 상쾌하다.

가게 문을 여는 것은 단 몇시간이라도 돈을 벌어야 하기도 하고, 손님
들이 왔다가 실망하고 돌아가지 않게 하기 위해서였다. 이왕 가게를 열
었으면 성실하게 해야 할 터인데, 요즘은 가게 문을 닫을 때가 많다. 단

골 손님도 다 잃을 판이었다. 내일도 또 오후엔 닫아야 하니 오늘은 밤 12시까지 문을 열자.

이튿날 청진 고등중학교로 갔다. 어제 만났던 복무과 직원이

—아직 알아보지 못했소. 래일(내일) 다시 오시오.'

하는 게 아닌가? '아, 급행료를 내라는 건가? 아예, 오늘 줄까? 아니, 래일 오랬으니까 일단 오늘은 돌아가고 래일 다시 와 볼 수밖에 없다.' 가게로 돌아와서 문을 열었다. 문을 열고 한 시간쯤 지났을까. 깜빡하고 졸은 듯한데, 어떤 여자 손님이 왔다. 세상에! 꿈에도 그리던 은경동무가 아닌가? 도연은 반갑고 놀라워 정신을 못 차렸다.

—아유, 오랜만입니다. 정말 감사합니다. 그동안 안녕하셨어요? 갑자기 발길을 끊으셔서….

—아, 예, 인사도 못하고 떠났네요. 도연 동무, 혹시 절 찾아오셨 댔나요? 학교로?

도연은 말문이 막혔다. 고맙고 반가운 질문이었다. 쑥스러워 머리를 긁었다.

—예, 제가 잘못했지라요?

—아니요, 잘못은요? 나중에 사무실에서 들었어요. 제가 학교에 있었는데도 없다고 하라고 했었거든요. 하도 여러 번 찾아오셔서 이건 도리가 아니다 싶어 오늘 청진대학병원에 온 김에 들렀어 요. 저한테 주실 것이 있다고….

도연은 잠시 당황스러웠다. 거짓말 한 것이 들통 나게 생겼다. 도연은

자기 가게에서 가장 비싼 것이 무엇인가 잠시 생각하니 고급술이고 그 다음은 육포였다. 그래서 얼른 그 술과 육포를 봉지에 담고 가장 비싼 과자도 몇 가지 담아 은경에게 내밀었다.

　—이게 뭐예요?

　—그냥 우리 가게에 있는 것이 이것밖에 없어서… 술은 아버지 드리세요.

　—아니, 왜 이런 걸 저에게 주시나요?

　—그냥….

　—이거 안 됩니다. 내가 이런 걸 받을 이유가 없잖아요?

　—그냥 우정의 표시로.

　—우정요?

　—안되나요? 그냥 뭐든지 자꾸 드리고 싶어서요.

　—이것 때문에 가게 문을 닫고 몇 번이나 저를 찾아오셨나요? 난 또 무슨 일인가 하고.

　—실은 너무나 보고 싶어서요. 죽도록 보고 싶어서요.

　도연의 눈에 눈물이 고였다. 얼른 돌아섰으나 가슴이 터질 것 같았다. 와락 껴안고 실컷 울고 싶었다. 이를 깨물며 정신을 수습하고 얼른 눈물을 닦았다.

　—죄송합니다. 저같이 못난 놈이 감히 동무에게.

　—못나긴요. 그럼 잠시 앉았다 갈까요?

—예? 정말 그래주시겠어요? 고맙습니다. 고맙습니다.

은경에게 의자를 내어주고 도연은 옆의 매대에 있는 물건을 옆으로 밀고 거기에 걸터앉았다.

—그래 도연동무는 가족이 어떻게 되나요?

도연이 가장 두려워하는 질문이 나왔다.

—예, 우리 가족은 모두 일본에 있어요. 난 친구 두 명과 같이 북조선에 왔어요. '지상낙원'이라고 해서 왔는데, 청진에 배치 받아 8년째 여기서 살고 있네요.

—그래요? 아유, 가족들이 많이 보고 싶겠네요. 그럼 친구들은 어떻게 됐나요?

—저도 모르지요. 뿔뿔이 헤어졌으니까요? 모두 배치 받은 곳이 달라서요.

—어머, 안 됐네요. 많이 외로우시겠어요. 그래도 용케 자리를 잡으셨네요.

—원래 청진 수남시장에서 쌀가게를 했는데, 시장이 폐쇄되는 바람에 우연히 이리로 오게 됐지라요. 아마 은경 동무 만나라고 천지신명께서 여기로 보내 주신 것 같아요. 이렇게 감사할 수가 없네요. 은경 동무와 이렇게 이야기하고 있으니 꼭 꿈을 꾸고 있는 것 같아요.

—나이를 물어봐도 될까요?

—그럼요. 난 26살이에요. 동무는요?

—나보다 네 살 많으시네요. 인민학교 중등학교 11년 과정 마치면 17살이거든요. 바로 대학에 들어왔으니까 아직 어려요. 이제 스물두 살이에요.

—아, 예, 그래도 저보다 더 성숙하시네요.

—일본에는 누구누구 계시나요?

—아버지, 어머니, 남동생 이렇게 있어요. 할아버지 할머니도 계신데 따로 사세요. 일본에선 그런대로 잘 살았어요. 원래 중학까진 일본학교에 다녔는데, 일본아이들이 자꾸만 '조센진'이라고 괴롭히니까 피곤해서 고등학교는 조선학교에 다녔지요. 나중에 보니까 조총련 학교여서 김 부자 찬양교육을 받았고, '북조선은 대학도 무료고 병원도 무료인 지상낙원'이라고 배우니까 나도 모르는 사이에 북조선을 동경했어요. 친한 친구가 조부모님과 함께 북송선을 타게 되면서 우리 보고도 같이 가자고 해서 왔어요. 처음엔 아무 것도 모르고 한 학기 정도 있어보고 안 좋으면 다시 일본으로 돌아가려고 생각했지요. 다시 돌아간다는 건 불가능하니여기서 살 수밖에 없네요.

—그러시군요. 난 이제 졸업반이에요. 졸업하면 어디로 배치될지 몰라요. 청진대학병원에 오면 좋겠는데, 내 맘대로 되는 게 아니니….

—예. 제가 은경 동무에게 떳떳해지려면 저도 대학을 가야겠는데, 어떻게 될지 모르겠어요. 기본적으로 재포는 대학에 못 가는데, 마침 조총련학교에 다녔으니 대학갈 수 있는 기회가 올진 모르겠어요. 지금 알아보고 있는 중이에요. 은경 동무, 날 기다려 줄 수 있어요?

―기다려 달라고요? 그게 무슨 말이에요?

―빨리 결혼하지 말고 몇 년 만 기다려 줘요. 공부도 더 하고 돈도 더 벌어서 은경동무 앞에 떳떳이 서고 싶어요. 그때까지 기다려줘요.

―아유, 마치 우리가 애인이라도 된 것처럼 말씀하시네요.

―안 되나요? 저는 정말 은경 동무 없인 못 살 것 같아요. 은경동무 생각하면서 열심히 공부하고 돈 벌 거예요. 기다려준다고 해 주시라요.

―이제 일어나야겠네요. 사업 잘 되시길 빕니다.

―가시게요?

―가야지요.

―그럼 한 가지만 약속해 주세요. 다시 만나주신다고요.

―그런 약속을 어떻게 해요?

―안 되나요?

―안 되지요.

―그럼 다신 못 만나는 거예요?

―그야 모르죠, 인연이 있으면 어디에선가 또 만날 지는요. 하여튼 이 선물 잘 갖고 갈게요. 안 가지고 가면 섭섭해 하실 테니까요.

―그럼요. 안 가지고 가시면 제가 너무 섭섭하지요. 오늘 정말 고마웠습니다. 참으로 감사합니다. 우린 반드시 다시 만날 겁니다.

내가 그렇게 만들 거예요.

―알았어요. 그럼 안녕히 계시라요.

―예. 안녕히 가시라요. 고맙습니다.

도연은 은경이가 떠나는 뒷모습을 보며 눈물을 흘렸다. 은경이가 앉았던 자리에 옮겨 앉아 은경의 체취를 맡아본다. 가벼운 경련이 일었다. 평생 잊지 못할 시간이었다. 이 감정 그대로를 일기에 썼다.

도연은 청진고등중학교로 갔다. 복무과로 가서 어제 문의한 편입관계 결과를 보러 왔다고 말했다.

―아, 그거요. 승인이 났지라요. 오사카고급학교는 우리와 같은 교육과정으로 학습시키는 학교니까요. 당장 래일이라도 학교에 와서 3학년 2반 서성환 선생님을 찾으라우. 아니 그러지 말고, 온 김에 서성환 선생님을 만나고 가라우, 내가 서류를 해줄 테니.

―예, 고맙습니다. 참으로 고맙습니다.

도연은 그 서류를 들고 교무실로 가서 서성환 선생님을 만났다.

―저는 이 학교에 편입하려고 합니다. 여기 서류 있습니다.

서 선생님이 서류를 보았다.

―리도연, 그래 반갑다. 일본에서 왔다고?

―예. 저를 받아주시면 감사하겠습니다.

―알았다. 래일 아침 8시까지 8호 교실로 오라우, 동무들한테 인사하고 공부해야지.

—래일 오면 책도 줄 테니 가방을 가져오고. 책값 150원 하고. 학
용품은 각자가 준비해야 해. 알갔지? 이게 시간표니까 잘 보고 학
교생활 잘 하라우.

—예, 알겠습니다. 참으로 감사합니다. 그럼 래일 뵙겠습니다.

도연은 기뻤다. 은경이를 만나기 전까지 꼭 학교를 다녀야 한다는 생각
도, 대학을 꼭 가고 싶다는 생각도 없이 살았다. 할 수만 있다면 대학도 가
고 좋은 직장도 갖고 싶다. 도연은 가게로 돌아와 문을 열었다. 내일부터
학교를 가야 하니 가게를 저녁때밖에 열 수 없어 고민이 되었다. 학교를
안 다닐 수도 없고, 가게를 완전히 접을 수도 없다. 가게를 완전히 접으면
수입이 없어지고, 학교를 안 다니면 은경과의 관계도 이어갈 수 없다. 하
여튼 두 가지를 다 하지 않으면 안 될 절박한 상황에 놓였다. 가게 수입
이 크게 줄겠지만, 학교는 다녀야 한다. 그동안 조금 벌어놓은 게 있어
당장 굶지는 않겠지만, 수입이 없는 상황은 생각만 해도 무서웠다.

8시 10분전에 청진고등중학교로 갔다. 3학년 2반 교실에 가니 20여명
의 학생들이 앉아 있었다. 5분 사이에 또 1,20명의 학생들이 쏟아져 들
어왔다. 들어와서는 벽에 붙어있는 김 부자 사진에 대고 90도로 절을 하
고 나서 자기 자리에 앉았다. 도연을 보더니 처음이라는 눈빛을 보냈다.
도연은 자기가 깜빡 잊었던 김 부자 사진에 대고 절을 했다. 도연이 어
디에 앉아야 할지 몰라 서 있을 때 서성환 선생님이 들어오셨다.

—리도연, 이리 앞으로 나오거라.

도연은 주춤주춤 앞으로 나갔다.

―애들아, 오늘 새로 들어온 친구다. 이름은 리도연. 모두 따뜻하게 대해 주고 모르는 것은 잘 가르쳐주기 바란다. 리도연! 저 두 번째 줄 끝에 가 앉아라. 거기가 너의 자리다. 그럼 친구들한테 인사해야지.

―반갑다. 난 리도연이라 한다. 앞으로 잘 부탁한다. 모든 것이 생소하니 많이 도와주기 바란다.

―됐다. 그럼 자기 자리에 가 앉아라. 이건 교과서다.

하며 10권도 넘는 책을 안겨주셨다.

도연은 선생님이 지정해주신 자리로 가 앉았다. 서 선생님은 오늘의 일과를 알려주고 나가셨다.

5분 정도 지나자 국어선생님이 들어오셨다. 국어수업이 끝나니 수학선생님이 들어오시고 다음에는 혁명력사 선생님이 들어오셨다. 다음에는 미술선생님이 들어오셔서 미술공부를 했다. 그리고 점심시간이었다. 집에서 가지고온 곽밥(도시락)를 먹거나 집이 가까운 학생들은 집에 가서 먹고 왔다. 오후 수업이 시작되었다. 오후 5시에 수업이 끝났다. 도연은 동급생보다 아홉살이나 많으므로 동생들 앞에서 모범을 보여야겠다고 생각했다.

도연은 가게로 돌아와 가게 문을 열었다. 자전거로 학교에서 가게까지 30분이 걸렸다. 평일은 오후 6시부터 12시까지, 토요일은 오후 2시부터 12시까지 대신 일요일에는 하루 종일 가게 문을 열기로 했다. 일단 다른 볼 일은 학교 점심시간을 활용하고, 수업이 조금 일찍 끝나는 목요일은 오후 4시부터 밤 12시까지 문을 열기로 했다. 문은 열 되 손님이 없을 땐 공부를 해야 한다. 학교에 복학한 이상 더욱 열심히 살아야 한다.

가게 한쪽에 책상을 들여놨다. 손님이 안 오는 시간엔 공부를 해야 하기 때문이다. 일단 일요일은 온전히 하루 종일 가게 문을 열어놓고 공부를 할 수 있어서 좋았다. 몇 년 동안 공부와는 담을 쌓고 살았으므로 이제 공부에 매달리지 않으면 안 될 상황이었다. 더구나 대학까지 가기로 결심했으므로 학교 성적도 좋아야 한다. 10분만 시간이 나도 책 두세 페이지는 읽을 수 있는 체질로 바뀌었다. 다행히 오사카고급학교의 성적은 좋은 편이어서 다행이었다.

도연의 사정을 알게 된 손님 중에는 오후 6시 이후나 일요일에 오는 단골도 생기고, 좀 여유가 있는 집은 그전보다 한꺼번에 물건을 많이 사기도 한다. 단골들은 고객이라기보다 친척 같고 이웃 같았다. 그가 문 여는 시간에 올 뿐만 아니라 공부 잘 하라고 응원까지 한다. 생각할수록 순박하고 인정 많은 고객들이었다. 그들에게 많은 위로와 힘을 얻었다.

2

1년 뒤 도연은 청진고등중학교를 졸업하고 청진경공업대학에 입학했다. 원래는 평양사범대학이나 청진교원대학 혹은 청진국제대학에 들어가고 싶었지만, 재포라는 신분 때문에 못 가고, 청진경공업대학 기계학부에 응시하여 합격하였다. 오사카고급학교가 일본의 조총련학교였기 때문에 그나마 대학입학이 허용된 것이다. 이과 계열이나 예체능계열만 허용이 되었다.

그는 대학에 입학한 것이 꿈만 같았다. 청진경공업대학에서 기계공학부를 다니며, 기계를 제작하는 원리를 배우니 일상생활에서도 많이 응

용될 수 있고, 기술자로 취직도 잘 될 것 같았다. 물론 청진에서 청진의 과대학이나 청진광산금속대학이 좀 더 이름이 높았지만, 지원하지 않았다. 광산금속대학은 어쩐지 너무 무겁게 느껴지고, 청진 의대는 평생 의사로 일하는 것도 고달플 것 같았다. 북한의 의사는 특별히 수입이 많지도 않고, 의료기기와 약품의 부족으로 주로 침이나 뜸으로 치료를 한다. 수술도 마취제 없이 해야 하니 의사들의 노동은 이만저만이 아니므로 의사가 되고 싶은 생각은 없었다. 경공업대학이 훨씬 마음에 들었다.

경공업대학은 식품공학부, 방직공학부, 일용화학부, 기계공학부가 있어서 각각의 교육과정으로 공부했다. 그런데 난처한 일에 봉착하였다. 6개월간 교도대 훈련을 받아야 하는 것을 미처 몰랐던 것이다. 이건 너무나 중요한 의무사항이므로 빠질 수 없다. 도연은 할 수없이 훈련 때는 가게 문을 닫기로 하였다. 선택의 여지가 없었다. 이 훈련을 받지 않으면 대학을 졸업할 수가 없기 때문이다.

도연은 정해진 날짜와 시간이 되어 교도대에 입대하였다. 교도대의 하루 일과는 아침 5시 반 '중대 기상' 소리와 함께 시작되었다. 물론 군사이론도 배우지만, 훈련시간이 월등하게 더 많다. 훈련기간 중에는 배낭에 식량과 생활도구, AK 보병소총 1정, 방독면 1개, 공병삽 1개, 수류탄 2발 등 완전무장을 한다. 주로 공격전투 훈련과 유격훈련을 받는데, 유격훈련 때는 주간에는 숲속에 천막을 치고 숨어있거나 땅을 파고 들어가 숨어 있다가 어두워지면 야간 행군을 한다. 행군은 20kg이 넘는 배낭과 무기를 짊어지고 100리(40km)에서 150리(60km) 길을 달리는 것이었다. 훈련이 끝나면 밤10시에 잠자리에 든다. 이런 과정을 거치고 나면 훈련소 졸업증을 주는데, 이것 없이는 대학을 졸업할 수 없다. 힘들어도 절대로 낙오되면 안 될 것이었다. 그해에 낙오하면 다음해에라도 훈련소졸업증은 꼭 따야 한다. 학교에 돌아와도 전공 공부만 해서는 안 되고 반드시 군사이론 과목들을 들어야 했다.

이 훈련기간 동안은 다른 생각이 끼어들 틈이 없었다. 대오에서 낙후되지 않고 살아남는 것만 생각하기도 벅찼다. 도연은 지난 몇 년간 아무 운동도 안 하고 지낸 터라 훈련이 여간 힘들지 않았다. 낙오되지 않으려고 안간힘을 썼다. 그럭저럭 따라 할 수 있고, 건강도 더 좋아지는 것 같았다.

단지 급식이 부실하여 늘 배가 고팠다. 이미 단련대와 교화소생활까지 해본 도연으로서는 그때보다는 훨씬 낫다는 생각으로 잘 버텼다. 유격훈련으로 마지막을 장식하고 교도대 훈련이 모두 끝나 가게로 돌아왔다.

가게는 새카만 먼지가 소복이 쌓여 있었다. 먼지를 닦아내고 곰팡이 난 것은 버리고, 말끔히 청소를 했다. 진열대도 점검하고 물건이 떨어진 것은 주문을 하고, 재고가 많이 남은 것은 주문에서 빼는 등 재정비했다.

도연은 대학에 입학하고 은경을 다시 찾아서 그녀가 청진의학대학병원에 간호원으로 배치 받은 것도 알게 되고 일요일엔 가끔씩 만나고 있었다. 도연이가 경공업대학에 합격하니 은경도 축하를 해주었다. 도연은 자기도 몰랐던 기계에 대한 호기심과 소질이 있어 공부가 재미있고, 성적도 좋았다.

학교 옆으로 이사를 했다. 시간도 절약되고, 힘도 절약되어 매우 편리하였다. 대학에 다니면서도 낮에는 공부하고 밤엔 가게를 열었다. 이 가게 수입 없이는 학교생활에 드는 경비와 은경과의 데이트 비용을 마련할 수 없었다. 가게도 학교근방에 있으면 편하겠지만, 새롭게 가게를 얻는 것도 간단한 문제가 아니었다. 가게에서 학교까지 자전거로 30분 걸리니까 왕복 1시간이 소요된다. 단골손님도 제법 있는 터에 새롭게 다른 지역으로 옮긴다는 게 엄두가 나지 않았다. 최소한 방학 때까지는 이대로 대학생활과 가게 생활을 병행하지 않을 수 없었다.

3학년이 되었다. 4월에서 5월말 사이에 보름동안 모내기전투에 나가야 하고, 9월에서 10월 사이에 다시 보름동안 가을걷이 전투에 나가야 한다. 도연은 너무나 당황스러웠다. 너무 자주 가게를 닫아야 하니 탄식이 절로 나왔다. '아! 이 일을 어떡하지? 이렇게 되면 난 망하는데…', '이거 큰일 났다. 어떡하지? 농촌활동을 빠진다면 졸업을 할 수 없고, 무슨 벌을 받을 지도 모른다.' 도연은 낭패감에 휩싸였다. 오랫동안 가게 문을 닫는다면 누가 다시 사러 오겠는가?'

학교와 가게, 어느 것도 포기할 수 없는 일이다. 그냥 눈 딱 감고 그 기간 동안 문을 닫는 수밖에 달리 어찌 할 도리가 없다. 전기가 원활하지 않아 완전히 마른 것, 쉽게 변하지 않는 담배와 술은 잘 팔리는 상표 중에서 떨어지려 하는 것만 우선 주문하였다.

다시 보름간 농촌활동에 나가야 했다. 이번에 농촌활동을 간 곳은 함경북도 회령이었다. 농촌 돕기 학생들뿐만 아니라 교수들도 참가해야 한다. 북한에만 있는 독특한 제도인데, 잘 생각해 보면 좋은 제도였다. 도회지 사람은 오랜만에 농촌에서 땀을 흘리며 땀의 소중함을 느끼고 농부에게 감사한 마음을 가지게 되며, 농촌에서는 절대적인 일손부족을 해결할 수 있으니 윈윈이라 할 것이었다. 단지 너무 오래 농촌에 있다 보니 학습량이 절대 부족하여 교수들도 함께 농촌활동을 하면서 아침저녁으로 강의를 하기도 한다.

이런 일을 계기로 도농 간 협동 활동도 해보고 도농 사람들의 마음을 하나로 모아 서로에게 감사한 마음을 가질 수 있으니 국민들을 화합하는 데도 도움이 될 것이다. 땡볕에서 함께 땀을 흘리면 부지부식 간에 동지애, 동족애 같은 것도 느낄 수 있어 모두에게 유익한 시간이 될 터였다. 단지 도연 개인으로서는 가게 문을 너무 자주 오래 닫게 되는 상황이 안타까워 마음속으로는 눈물을 흘렸다. 이런 때 가족의 도움을 전혀 받지 못 한다는 것이 가슴 아프고 서러웠다. 그래서 하늘이 남녀를 결혼하게 하고 아이 낳아서 기르게 하는 모양이었다. 가족을 가져야 안정감도 있고, 어려울 때 도움도 주고, 외로울 때 힘이 되게 하는 것이리라.

보름 동안 함께 침식을 같이 하며 농민들과 정도 많이 들었다. 헤어질 때 농민들도 학생들도 교수들도 섭섭해 했다. 눈물을 훔치는 사람들도 있었다. 도연도 눈시울이 뜨거워졌다. 마치 가까운 친척들과 지내다 떠나는 기분이었다. 뜨겁게 인사하고, 서둘러 청진 가게로 돌아왔다. 할 일이 줄서서 기다리고 있었다.

1. 물건 주문하기
2. 책읽기
3. 영어공부하기
4. 중국어공부하기
5. 대학 근방 점포 알아보기
6. 기계공학 책 사서 읽기
7. 은경에게 편지 쓰기

도연은 이 목록을 가지고 세부 목록을 만들어 하나하나 실천했다.

영어공부와 중국어공부는 하루 이틀 할 게 아니고 연간계획을 세웠다. 중학생이 된 심정으로 외국어공부를 해야겠다고 생각했다. 공부와 담을 쌓고 살 때는 영어와 중국어를 공부해야겠다는 생각을 못했다. 대학생이 되고나니 외국어 실력의 중요성을 깨닫게 되었다. 특히 중국어의 필요성은 밀수할 때 직접 체험했고, 공학 책에는 영어표현이 많아 영어의 필요성도 절감했다. 일본어는 그런대로 구사할 수 있으니 일본어를 유지하기 위해서는 일본 소설이라도 읽어야 한다. 도연은 직통생(고교졸업 후 바로 대학에 입학한 학생)들보다 무려 9살이나 나이 많다. 기업소에 있다가 들어온 사람들과는 비슷해서 서너 명이라도 친구가 있어서 좋았다. 제대군인은 자기 또래도 있고, 나이가 더 많은 사람도 있어서 그다지 외롭지 않았다.

어느 새 졸업할 때가 되었다. 졸업하고 나면 당 세포조직과 사로청 조직에 편입되어 직장이 확정될 때까지 통제를 받는다. 졸업식이 끝나면 당 위원회 정무원 5사무국에서 지도원들이 학교에 와서 졸업생들을 면담한다. 가정성분, 학업성적, 재학 중 정치활동 참가실적 등을 검토하여 도별로 배치지를 확정한다. 여기에 조금이라도 이의를 달면 엄벌을 받는다. 호명된 학생들은 어느 도에 가는 것만 알고, 해당 도에 가서 구체적인 배치지를 알아보고 여러 가지 증명서를 발급받아서 배치지로 가게 된다.

최우등으로 졸업해도 가족은 물론, 친척가운데 정치적으로 약간의 문제가 있는 사람이 단 한명이라도 있으면 산골로 배치된다. 반대로 가족이나 친척 중 당 간부가 있으면 가장 좋은 곳으로 배치된다. 공대생들은 모두 취직이 되었다. 각 기관마다 기술자가 필요하기 때문이다. 도연은 결국 함북조선소연합기업소에 기계기술자로 배치되었다. 청진에서는 한두째의 크고 중요한 기관이었다. 기업소에 출근하기 전 2주일동안 가게를 정리했다. 술, 담배 같은 것은 대부분 반품도 하고, 반품이 안 되는 과자 같은 것은 좀 싸게 팔기도 했다. 물건을 다 정리하고 가게의 보증금을 돌려받으니 완전히 정리가 되었다.

마침 직장에서는 유니폼을 입으므로 새로 옷을 장만할 필요도 없다. 돈 쓸 일이 별로 없으니 돈도 제법 많이 남았다. 계산을 해보니 작은 집 하나는 살 수 있는 금액이 되어 청진의대병원과 가까운 곳에 방 두 개짜리 살림집(아파트)을 하나 구입했다. 은경이와 결혼하려면 집은 필수였다. 북한은 살림집이라고 해도 땅은 나라 것이고, 주택도 사용권만 가지는 것이므로 비교적 싼 편이다. 물론 평양은 매우 비싸지만, 청진만 해도 변두리는 싼 편이다. 드디어 그는 은경에게 청혼을 하였다.

─은경 동무, 저와 결혼해 주십시오. 지난 5년간 기다렸습니다. 부디 저의 청혼을 받아주십시오. 온몸과 마음을 다 바쳐 은경 동무를 행복하게 해드리겠어요.

─전 부모님을 설득할 자신이 없어요.

도연은 애가 탔다. 최근 몇 년간 오늘을 위해 살다시피 했는데, 은경이 승낙을 안 하니 당황스럽고 허탈하다. 오로지 은경과의 결혼을 위해 자신을 갈고 다듬고 돈을 벌었는데, 이대로 물러날 수는 없었다. 궁리 끝에 그동안 은경을 만났던 날에는 빠짐없이 써 두었던 일기장을 은경과 은경 부모에게 보여주기로 하였다. 지고지순한 사랑의 감정을 그대로 진술하게 써두었던 일기장을 은경에게 보여주려니 마음이 묘했다. 부끄러운 것 같기도 하고, 다행인 것 같기도 하고, 긴장되는 것 같기도 하다. 그러나 지금 은경을 설득할 수 있는 가장 좋은 방법이 될 것 같다는 생각은 들었다. 그 외에 달리 은경의 마음을 사로잡을 묘책이 떠오르지 않았다.

은경을 찾아갔다. 몹시 바쁘게 일하고 있어서 한 시간 가까이 기다렸다가 겨우 만날 수 있었다.

─저는 은경 동무와 결혼하지 못하면 평생 혼자 살 겁니다. 이 공책은 은경 동무와 처음 만나고 지금까지 은경 동무 만난 날에 빠짐없이 쓴 나의 일기장이에요. 좀 창피하긴 하지만 드릴 테니 읽어보시고 돌려주세요. 답도 그때 주세요. 이 일기장을 부모님께 보여드려도 돼요. 바쁘신 것 같으니 오늘은 이만 가고 5일 뒤에 다시 올게요. 그럼 안녕히 계시라요.

─5일 뒤 오후 7시에 우리 병원 커피 집으로 오시라요.

─알았어요. 그럼 그때 올 게요.

도연은 돌아와서 집을 살펴보았다. 몇 가지 살림살이 살 것도 있으나, 이젠 모든 걸 은경과 함께 하고 싶었다. 단지 책상과 책꽂이, 냉장고, TV는 먼저 들여놓기로 하였다. 출근할 날이 되었다. 도연은 깨끗하게 세탁된 와이셔츠와 점퍼를 입고 출근하였다. 양복을 사서 입어야겠으나, 직장에서 유니폼을 입으니 양복 사는 일이 급하지 않았다. 이젠 수중에 남은 돈도 많지 않아 당장 필요한 것이 아니면 안 사기로 하였다. 열심히 회사에 다녔다.

그가 취직한 함북조선소연합기업소는 실제 기술적인 일보다 행정적인 일이 더 많았다. 함경북도의 조선소를 모두 총괄한다. 각 조선소들의 애로점을 들어 행정적으로나 경제적으로 그리고 기술적으로 도움을 주고 자문을 해주며, 각 조선소들을 연결시켜 주는 일을 주로 하는 곳이었다. 민원이 들어오면 일단 기술자들이 있어야 무슨 일인지를 파악할 수 있는 경우가 많고, 또 어떤 것은 기술자들이 바로 해결도 해줄 수 있으므로 기술자를 배치한 것이다. 이 큰 기업소 안에 기술자라야 5명밖에 되지 않으므로 매우 바빴다. 시간이 어떻게 지나가는지 모를 정도였다. 6시면 퇴근할 수 있고, 토요일은 오전만 근무하는데다가 1년에 15일의 휴가도 다쓸 수 있으니 좋았으나, 뇌물을 먹을 수 있는 자리는 아니었다.

너무도 낮은 월급을 받으니 경제적으로는 이거 큰일 났다 싶었다. 직장에서 하는 일은 나쁘지 않으나, 월급이 낮아 당황스러웠다. 새의 깃털보다도 가벼운 월급이었다. 1년에 두 번 김일성 생일인 4.15일 태양절과, 김정일 생일인 2.16일 광명성절에 쌀이나 돼지고기, 혹은 과일통조림 등 배급이 나올 뿐이다. 모든 직원에게 다 나오는 건 아니고 간부들과 기술자에게만 나온다. 월급이나 배급이 철저하게 계층에 따라 차등을 두니 기가 막혔다.

은경 네가 속해 있는 핵심 계층은 북한체제를 이끌어가는 통치계급으로 전주민의 28%를 차지하고 있다. 김 부자 가족 및 친척들과 중하급이상의 당 간부들이 포함되는데 대부분 항일혁명투사와 그 가족, 한국전쟁 시 피살자와 전사자의 유가족들로서 이들은 평양을 비롯한 대도시에 산다. 당·정·간부 등용에 있어서 우선권을 받고 진학, 승진, 배급,

거주, 의료 등 각종 분야에서 특혜를 누리고 있다. 이 계층에 속하는 사람들은 결혼도 자기들과 같은 계층 사람들과 하고 싶어 한다.

도연이 속해 있는 동요계층은 국가의 위기상황에서 믿을 수 없는 계층으로 분류된 상인, 중농, 월남자 출신 가족, 북송 재일교포 가족들로서 핵심과 적대계층 사이에 끼어 있는 중간계층으로 주민의 45%가 이 계층에 속한다. 이들은 일반노동자, 농장원, 사무원 및 하급전문직 등에 종사하는 사람들이다. 이들 중 일부는 핵심계층으로 신분이 상승하는 경우도 있고 적대계층으로 하락하는 경우도 있다. 이 계층에 속해있는 사람들은 어떻게 해서든 상위 계층인 핵심계층과 결혼하고 싶어 한다. 어쩔 수 없을 때만 같은 동요계층끼리 하고, 적대계층과의 결혼은 최대한 피하려 한다. 일본 교포들은 지역에 따라 동요계층으로 취급되기도 하고 적대계층으로 취급되기도 한다.

적대계층은 과거 지주 및 자본가 가족, 일제 시대 친일주의자, 출당 및 철직자(직장사퇴자), 반당, 반혁명분자와 그 가족들로 소위 불순, 반동분자로 낙인찍힌 사람들로서 전주민의 27%를 차지하고 있다. 이들은 사회로부터 소외되고 인권을 유린당하는 집단이다. 대학 진학, 입당, 입대 등의 자격이 원칙적으로 박탈되고 직장배치, 주거 등에서 차별대우를 받고 있다. 북송된 재일교포의 경우 조총련계 출신임이 증명되면 동요계층에 속하지만, 지역에 따라 그렇지 못한 경우는 적대계층으로 간주하는 경우가 많았다. 왜냐하면 이미 일본의 자본주의 물을 먹은 사람들이므로 북한 체제에 불만을 가질 수 있다고 판단하여 아예 적대계층으로 따돌려 함부로 날뛰지 못하게 통제하는 대상으로 낙인찍어 버렸기 때문이다.

북한은 해방 이후 김일성·김정일의 권력 장악 및 세습을 위한 반대파 숙청과정에서 여러 차례 성분조사사업을 실시, 주민들을 3계층 51개 부류로 세분하여 엄격히 차별해 왔다. 인민학교나 중등학교에서도 성분이 좋지 않으면 아무리 똑똑해도 학급반장이나 분단장 등은 절대 될 수 없다. 이러한 북한의 계층구조는 의도적으로 만들어낸 통치 수단으로 원천적으로 사회주의체제에서 표방하는 평등사회가 아니라, 오히려 계층 간의 차이가 큰 불평등구조로 되어 있다. 북한이 이와 같이 계층 간 불평등구조를 만들어 놓은 것은 반당·반혁명적 색채를 가진 사람들을 근본적으로 제거하고 체제에 반감을 가질 소지가 있는 사람들을 원천적으로 격리시키려는 데 목적이 있는 '현대판 카스트(CASTE)제도'라 할 수 있다.

최근 들어서는 장마당 경제가 북한 경제의 90%를 차지하게 되면서 기존의 계층 구조는 많이 느슨해지는 대신, 돈이면 모든 일이 해결되는 시대로 바뀌고 있다. 북한 사회는 말단 당 간부부터 최고 지위에 이르기까지 뇌물을 주고받아야 일이 이루어지는 사회로 빠르게 변하고 있어 앞으로는 계층의 벽이 더 느슨해질 전망이다.

김정일은 90년대 중반 고난의 행군 시기에 기근이 진행되는 도중에도 금수산태양궁전 건설공사 현장에는 수십 차례 현지 지도를 나가 김일성의 시신을 영구보존하기 위한 사업에 9억 달러를 쏟아 부었다. 기근 피해현장에 대한 현지 지도는 단 한 차례도 실시하지 않았다. 뿐만 아니라 북한은 1998년 3억 달러를 들였다는 대포동 1호를 발사하였고, 2006년 1차 핵실험 후 2009년 '광명성 2호'를 탑재한 장거리 로켓 '은하 2호'를 발사하였다. 2009년 2차 핵실험 이후 3~6차 실험을 하였고, 15

차례의 미사일을 쏘아 올렸다. 이를 위해 무려 30억 달러 이상을 쓴 것으로 전문가들은 추산하고 있다.

대부분의 주민들이 굶주리고 있는데도 막대한 비용을 핵무장 등 군사비 지출과 사치품 수입에 탕진하고 있는 것으로 알려져 있다. 인민들에게는 배급이 거의 이루어지지 않는 지금의 북한은 상위 1%만을 위한 국가라고 해도 과언이 아닐 것이다.

2000년대 들어와서는 돈만 있으면 뭐든지 할 수 있게 되어서 지금은 토대도 돈보다 덜 중요하게 되었다고 말하기도 한다. 뇌물이 성행함에 따라 성분 구분이 약화되어가고 있지만, 아직도 토대가 좋지 않은 동요계층이나 적대계층은 중앙당을 비롯한 당 기관, 보위부, 검찰, 인민보안성 등 권력기구의 간부와 양정사업소, 군수공장 관리 등 식량과 물품을 관리하는 기관의 간부로 들어갈 수 없다. 적대계층은 대체로 힘들고 유해하여 사람들이 기피하는 탄광, 협동농장, 군수공장을 비롯한 말단 공장 등에서 육체노동에 종사하고 있고, 직장은 대물림되고 있다. 또한 토대가 좋지 않은 사람은 여전히 평양시, 남포시, 해변가, 휴전선 일대 등에서 거주할 수 없고, 농촌, 산간지역, 함경도나 양강도 등 탄광지역에서만 거주할 수가 있다.

도연은 그나마 오사카고급학교 성적표 덕으로 조총련으로 인정되어 동요계층이 되었다. 핵심계층인 은경과의 결혼에 난관이 있음을 절감하고 있으나, 도저히 포기가 되지 않았다. 어떤 일이 있어도 은경과 결혼하겠다는 생각에는 변함이 없다. 은경과 결혼하지 못한다면 평생 결혼을 안 하거나 죽고 싶은 정도였다.

약속한 시간에 청진의대병원 커피 집에 갔다. 아직 은경이가 나와 있지 않았다. 물 한 컵을 마시고 정신을 다시 가다듬었다.

내가 준 일기장을 다 보았을까? 부모님께도 보여드렸을까? 그걸 보고 오히려 더 멀리하지는 않을까? 오늘 혹시 안 나오는 건 아닐까? 설마 바람맞히는 건 아니겠지? 성분을 그토록 따지는 게 말이 되는가? 돈만 있으면 평양주민증도 만들 수 있다는데, 그까짓 계층이 그토록 중요한가? 그렇다고 내가 적대계층은 아니지 않은가? 만일 거절당한다면 어떻게 해야 하나? 온갖 생각이 다 들며, 공연히 기가 죽는 것 같았다.

이때 최중휘가 옆에 있으면 얼마나 좋을까? 내가 하소연할 수도 있고, 지혜를 구할 수도 있을 텐데. 중휘를 생각하다보니 14년 전 중학교 2학년 때의 일이 생각났다.

그날도 나까무라와 몇 몇 일본아이들이 도연이 보고 '조센진'이라며 놀려대고, '조센진은 조선으로 가라'고 모욕을 했다. 도연은 너무나 분해서 자기도 모르는 사이에 나까무라를 한 대 쳤다. 그랬더니 일본아이들 너댓 명이 한꺼번에 이도연에게 막 달려들었다. 그때 최중휘가 지나가다가 이 광경을 보고 책가방을 당 바닥에 던져놓고 일본아이들을 팔과 어깨로 한 명씩 밀어냈다. 달려드는 아이한텐 주먹을 날리고, 다리를 걸어 넘어뜨렸다. 중휘의 기세에 놀란 일본아이들이 슬슬 달아나기 시작했다. 도연은 중휘가 너무도 고맙고 또 자랑스러웠다. 조선족 친구 중에 최중휘처럼 공부도 잘 하고, 힘도 세고, 리더십도 있는 친구가 있다는 게 얼마나 든든하고 행복한지 몰랐다. 중휘는

—괜찮냐? 앞으로는 너 혼자 일본아이들과 싸울 생각은 하지 말

이라. 너 오늘 많이 다칠 뻔 했어. 조심해야지.

어른처럼 말했다. 이후로 일본아이들이 조선족 아이들에게 시비를 걸고 싸움을 걸어오는 횟수가 눈에 띄게 줄었다. 도연은 중휘만 옆에 있으면 무서울 게 없었다.

―오늘 정말 고마웠다. 너 덕에 곤경을 벗어났어. 너 같은 친구가
내 곁에 있다는 게 얼마나 든든한지 모르겠다. 정말 고맙다.

―뭘, 내가 곤경에 빠졌다면 네가 날 도와주지 않았겠냐? 너 덕에
나도 실력 발휘할 수 있어서 좋았다.

'아! 그 시절이 그립다. 이때 중휘가 있으면 얼마나 좋으랴? 중휘에겐
무엇이든지 의논할 수 있고, 의지할 수 있을 텐데….'

3

도연은 현재 은경과의 사이에 놓여있는 벽을 하나씩 제거해 나가야
했다. 한편으론 은경을 죽도록 사랑하고, 올바르게 살고 있는 자기가 이
토록 죄진 사람처럼 기죽을 필요는 없다는 생각도 들었다. 외모도 남한
테 안 빠지고, 이젠 대학도 나왔고 일급 직장도 구했다. 최소한의 경제
력도 있으니 의기소침할 이유가 없다. 약속시간까지 10분 남았다. 도연
은 초조하게 은경을 기다렸다.

이주연의 <인생은 아름다운 것> 이라는 시가 생각났다. 은경을 만난
이후 애를 태울 때마다 자신에게 들려주던 애송시였다. 이 시는 신앙시
지만, 일반 시로 손색이 없다.

칙칙하게 살지 말 지어다
생명은 존재하는 것만으로도 찬란한 것
화려함으로 치장하지 말 지어다

그대 빛나는 눈빛과 꿈
사랑의 마음만으로도
이 하늘 아래 부족한 것 없으니

쫓기지 말고 당당하게 걸으라
어둡지 말고 밝은 웃음을 띠우라

승리의 문은 용기 있는 자에게 열리고
사랑의 문은 진실한 자에게 열리고
영원의 문은 믿음 있는 자에게 열리는 것이니

용기 있게
진실하게
믿음으로
나가고 또 나가라
오르고 또 오르라
넘고 또 넘으라
오늘도 내일도

은경은 정확히 7시 25분에 나타났다. 표정이 그리 나빠 보이지 않아 일단 안심이었다.

―오셨어요? 바쁘신데 오시느라 애쓰셨어요.

―예, 8시에 인수인계를 해야 하므로 시간이 많지는 않아요.

―알았어요. 그럼 오늘 대답은 주시는 거지요?

―예, 나는 도연동무가 좋아요. 그러나 아직 부모님의 허락은 받지 못했어요. 동무 일기장을 드렸으니 지금 읽고 계실 거예요. 다 읽어보고 나서 답을 주시겠지요. 쉽지 않을 수 있어요. 어른들은 아무래도 자식 걱정이 많으시니까요.

―난 그래도 실망하지 않아요. 오늘은 은경 동무 얘기만으로 충분히 기쁘고 만족스러우니까요. 은경 동무만 내 마음을 받아 주시다면 난 더 이상 바랄 게 없어요. 고맙습니다. 천하를 다 얻은 기분입니다. 부모님 마음은 차차로 얻으면 되지요. 정말 은경 동무를 처음 만나고 나서 지금까지 은경 동무 생각만 하고 열심히 살았어요. 거듭 감사합니다. 앞으로 두고 보세요. 내가 은경 동무를 위해 더 열심히 살 거예요.

―알았어요. 나도 고마워요. 그렇게까지 나를 생각해 주시니 몸 둘 바를 모르겠네요. 그러나 부모님이 어떻게 나오실지 불안해요.

―불안해하지 마세요. 찾아뵙고 내 진심을 말씀드릴 게요. 오늘은 우리 두 사람 생각만 합시다. 저녁 먹으러 가요.

―오늘은 안 되겠어요. 곧 다시 들어가 봐야 하니까요.

―그래도 저녁은 드셔야지요.

―일없어요(괜찮아요). 인수인계 하고 나서 간단히 먹으면 돼요.

―힘든 일을 하시는데, 잘 드셔야지요.

―걱정하지 마시라요. 우리 언제 다시 만나지요? 일요일 어떤가요? 일요일엔 시간 넉넉히 가지고 만날 수 있어요.

―그럼 그렇게 하자요. 어디서 만날까요? 어디가 좋을까요?

―음, 여기서 다시 만날까요? 만나서 함께 움직이죠, 뭐.

―좋아요. 그럼 일요일 11시에 이 자리에서 만나자요. 지금 바로 들어가시게요?

―예, 그럼 일요일에 만나요. 안녕히 가시라요.

―예, 몸조심 하시라요. 일요일에 여기서 기다릴게요.

은경이 사라진 후 도연은 건물 밖으로 나와 펄쩍펄쩍 뛰었다. 은경의 마음을 얻었다는 게 믿기지 않았다. 세상을 다 가진 듯 기쁘고 황홀하였다. 옆에 있다면 번쩍 안아 올려 빙글빙글 돌려주고 싶고, 업어주고 싶다. '하늘이 나를 돕고 있구나.'

도연은 이튿날 출근 준비를 하면서 저절로 콧노래가 나왔다. 이 세상에서 가장 운 좋은 사나이가 된 것 같고, 가장 복 받은 사람이 된 것 같았기 때문이다. 직장에 나가서도 마음속으로는 연신 콧노래가 나왔다. 직장의 모든 사람들에게 자랑을 하고 싶었지만 참았다. '결혼하기 전까지는 조심해야지. 마가 끼면 안 되니까.'

일요일이었다. 아침에 일찍 일어나 물 데워서 목욕도 하고 면도도 공들여 하고 간단히 아침을 먹고 나도 아직 9시도 되지 않았다. 약속 장소까지는 걸어가도 30분이면 되니 시간이 많이 남아 있었다. 청소를 깨끗이 하고 두세 가지 세탁을 하고 나도 아직 10시밖에 되지 않았다. 오늘따라 시간이 참으로 더디게 갔다. 구두를 반짝반짝하게 닦아 놓고, 옷은 깨끗한 와이셔츠에 점퍼를 입었다. '아뿔싸, 내가 아직 양복을 안 샀구나.'

은경의 부모님을 뵈려면 양복은 반드시 사야 할 것이었다. '오늘 은경을 만나서 양복 사는 걸 도와달라고 해야겠구나.' 그리고는 지갑을 살폈다. 몇 장 밖에 없었다. 양복을 사려면 돈이 많이 필요하니 깊이 감추어 둔 돈을 꺼내 지갑에 넣었다. 오늘 은경에게 줄 선물도 하나 사야지….

서둘러 집을 나섰다. 혹시 가는 길에 꽃집이 있으면 꽃이라도 사야겠다는 생각이 들었다. 마침 병원 근방에 가니 꽃집이 있었다. 꽃집에 들러 여자에게 줄 선물용으로 꽃을 사고 싶다고 했더니

─큰 다발을 원하시오? 작은 다발을 원하시오? 하는 것이었다.

─글쎄요. 어떤 것이 좋을 까요?

─구태여 큰 다발을 드릴 게 아니면 장미 한 송이도 일없어요(괜찮아요). 아주 싱싱하고 예쁜 걸로 골라서 손잡이를 잘 해드릴 게요.

─예, 그럼 그렇게 해주세요. 그런데 정말 한 송이도 일없을까요?

─한 송이나 세 송이나 다섯 송이나 큰 의미의 차이는 없으니까 그냥 한 송이만 하시라요. 받는 사람도 부담 없고 좋아요. 요즘 장미가 비싼 계절이니까요.

참으로 친절한 사람이라고 생각하며 장미 한 송이를 들고 약속장소로 갔다. 아직 약속시간 10분전이었다. 그런데 5분 정도 있으니까 은경이 가 나타났다. 도연은 놀랍고 고마웠다.

―일찍 오셨네요.

―예, 생각보다 빨리 도착이 됐어요.

―고마워요. 차는 뭘로 하시겠어요?

―음, 녹차로 할게요.

도연은 계산대에 가서 녹차와 커피를 시키고 돈을 지불하고 자리로 돌아와서 은경에게 장미를 내밀었다.

―마침 꽃집이 있길래 장미 한 송이 샀어요.

―아, 예, 예쁘네요.

은경이 향기를 맡았다. 아름다운 꽃을 보니 기분이 좋았다. 특히 남자 한테서 꽃을 받아보기는 처음이어서 더욱 그랬다.

―고맙습니다. 우리 차 마시고 일어나 다른 데로 갈까요?

―아, 예. 그러죠 뭐.

―맑은 공기를 마시는 게 더 좋을 것 같아서요.

―그렇지요. 그럼 차 마시고 어디 공원이라도 갈까요?

―그러자요.

두 사람은 공원을 걷다가 벤치에 앉아 이야기를 하였다.

―부모님이 뭐라고 하셨는지 몹시 궁금해요.

―처음엔 반대가 심했지만, 내가 설득을 해서 허락을 받아냈어요.

―그래요? 아유 감사합니다. 정말로 고맙고 고맙네요. 내가 정말 잘 할게요. 그럼 언제 부모님 뵈러 가야지요? 아니, 당장 오늘이라도 갈까요?

―그렇게 까지 하실 필요는 없어요. 내가 미리 말씀드려 놓을 테니까 다음 일요일에 가자요.

―알겠어요. 그럼 우리 오늘은 어디 갈까요?

―뭐, 공원 산책하고, 점심 먹고 그리고 대학이나 한 바퀴 돌까요?

―무슨 대학요?

―청진의대지요. 걸을만한 곳이 있어요.

―그러지 말고 점심 먹고 백화점 가서 내 양복 한 벌 골라주시지 않을래요? 내 살림집(아파트)도 가시고요.

―여기서 가까운가요?

―아주 가깝진 않지만 걸을만한 거리예요.

―알았어요. 그럼 공원산책하고, 점심 먹고 백화점 들렀다가 도연 동무네 집에 가요. 한번 보고 싶네요.

두 사람은 백화점에서 감색양복을 한 벌 사고 와이셔츠도 두 장 사고, 넥타이도 두 개 샀다.

―오늘 수고하셨어요. 고마워요. 은경 동무가 골라준 양복을 사니

얼마나 행복한지 몰라요. 이제 언제든 은경 동무 부모님 뵈러 갈 수 있겠어요. 우선 급한 불은 껐네요. 그리고 이젠 은경 동무 목도리를 고를 차례에요.

—예?

—꼭 하나 사드리고 싶어요.

—내가 사서 드려야겠지만, 물건을 보는 안목이 워낙 없으니 은경 동무가 맘에 드는 걸로 고르시는 게 안전할 것 같아요. 더 큰 선물을 사드려야 하지만 우선은 목도리라도 하나 사드리고 싶어요.

—알았어요. 내가 안 산다고 하여 옥신각신하면 오히려 피곤하니까 그냥 하나 고를 게요. 고마워요.

—고맙습니다. 어서 하나 고르세요.

—예. 그럼 둘러볼게요.

10분쯤 지나자 아이보리 색 바탕에 잔잔한 보라색 무늬가 있는 스카프를 하나 들고 왔다.

—이걸로 하겠어요. 생각보다 비싸요. 도연 동무 너무 과용하시는 거 아니에요?

—별 말씀을요. 감사합니다.

도연이 돈을 지불했다.

—그럼 이제 우리 집에 가시겠어요?

—그러죠.

두 사람은 20분쯤 걸어서 도연이 살림집에 도착했다.

그는 은경에게 집에 오자고 했지만, 막상 대접할 거리가 얼른 생각나지 않다가 분유가 있음을 생각해냈다.

—분유가 한통 있는데, 우유 드실래요?

—그러죠 뭐.

그는 얼른 물을 끓여 분유를 한 컵 타서 은경이 앞에 내놓았다. 마침 가게 할 때 남은 과자도 있어서 함께 내놓으며,

—아무 것도 드릴 게 없네요. 이거라도 드세요.

하며 과자도 접시에 담아 내놓았다.

—한 두 시간 계시면 밥은 해 드릴 수 있어요. 반찬은 없지만 쌀밥과 닭알국은 끓여드릴 수 있어요. 통조림도 한두 개 있을 거예요. 수저 두벌과 그릇 두벌, 접시 두 개 외에는 아무 것도 없어요. 없는 게 많아요. 찬장도 없고, 그릇도 없고, 옷장도 없어요. 이런 델 오시자고 해서 미안해요.

—아니요. 남자 혼자서 이만큼 갖추신 것도 대단하지요.

—그렇게 얘기해 주시니 고맙네요. 실은 이 집 산지가 두 주일밖에 안 됐거든요. 아직도 계속 청소 중이에요. 갖추어야 할 게 많아요.

—그런 건 천천히 하세요. 너무 걱정 마시고요.

은경은 속으로 만일 이 사람과 결혼한다면 올 때 옷장과 찬장, 그리고 이부자리며, 그릇 종류를 가져와야겠다는 생각을 하며 간접적으로만 얘기했다.

─집이 너무 작아서 실망하셨을 거예요. 그러나 나중에 좀 더 큰
　걸 살 수 있지 않을까요?

도연이 말했다.

　─그렇겠지요.

도연은 더 이상 참지 못하고 은경을 품에 안았다. 얼마나 기다렸던 순
간인가? 도연은 더듬거리며 뜨거운 입술을 은경의 입술에 대자 경련 같
은 것이 일었다. 두 사람의 가슴이 활활 타오르고 있었다. 온 세상을 다
얻은 기쁨과 행복으로 도연은 정신이 아득하여졌다. 은경도 넓은 도연
의 품이 너무나 따뜻하여 행복감에 젖으니 갑자기 눈에 이슬이 맺혔다.

어디서 새소리가 들렸다. 어디선가 베토벤 교향곡 7번 제3악장이 연
주되는 듯하고, 주위는 온통 아름다운 꽃동산이었다. 한줄기 빛도 환하
게 웃으며 방안으로 들어와 두 사람을 축복하여 주었다.

그 다음 일요일에 도연은 은경 부모님을 찾아뵈었다.

　─아버님, 어머님, 인사드리겠습니다. 리도연이라고 합니다. 절
　　받으십시오.

도연이 넙죽 엎드려 큰절을 했다. 은경 부모님은 도연일 유심히 보고
는 입을 뗐다.

　─반가워요. 우리 은경을 그토록 생각한다니 고맙고. 리동무가 훌
　　륭한 인품과 남다른 능력을 가졌다는 것도 알고 있어요. 그래 부
　　모님이 일본에 계신다고요? 많이 외로웠겠네요. 그래도 혼자 씩
　　씩하게 앞길을 잘 헤쳐왔구먼요.

─예, 제가 많이 부족하지만 은경동무를 위해 최선을 다하겠습니다. 부디 저희들의 결혼을 허락해 주십시오. 정말 잘 살겠습니다.

─이제 더 이상 자식들을 힘들게 해서는 안 되겠기에 이 결혼을 허락해요. 부디 행복하게 잘 살아야지요.

─고맙습니다. 참으로 감사합니다. 저희 두 사람 행복하게 잘 살겠습니다. 이제 말씀 낮추십시오.

─알겠구먼. 그러면 날을 잡아야지. 3주일 뒤 일요일이 어떤가? 아주 길일이라네.

─네, 저희들이야 부모님이 정해주신 날이라면 무조건 따라야지요.

결국 두 사람은 일사천리로 서양식으로 결혼식을 하고 금수산태양궁전으로 가서 김일성동상 앞에 꽃을 바치고 90도로 절을 했다. 부부가 탈 없이 살게 해달라고 기도도 했다. 이후 두 사람은 아름답고 평화롭게 살았다. 누가 보더라도 기막히게 잘 어울리는 한 쌍이었다. 부부싸움도 거의 안 하고 정말 평탄하고 행복하게 살았다. 이 세상이 온통 아름답고 향기 나는 꽃밭이었다.

월급이 너무 적은 것은 아무래도 불편하고 괴로웠다. 은경도 그 고된 간호사 일을 하는데도 월급이 너무 적어 두 사람의 월급을 합해도 생활이 빠듯했다. 아니, 빠듯하다기보다 실제로 부족하다고 하는 것이 정확할 것이다. 도연은 이렇게 하다가는 아기가 태어나거나 갑자기 한사람이 병이라도 나는 날에는 생활 자체가 어려울 것 같았다. 도연은 생각

끝에 가게를 다시 열기로 마음먹었다. 비록 낮에 열지는 못 하지만, 평일 저녁때와, 토요일 오후와 밤, 일요일 종일을 여는 가게를 열어야겠다고 결론을 내렸다.

가게를 하여 돈을 벌어 본 경험이 있는 도연은 이제 생활비가 부족한 상황은 견디기 어려운 체질이 되어 버렸다. 생활을 정상적으로 하면서도 돈이 조금이라도 남아 있어야 마음 놓고 살 것 같았다. 저녁을 먹은 후 은경에게 마음먹었던 것을 얘기했다. 뜻밖에도 은경은 반대했다.

　—두 사람이 모두 직장이 있고 기술이 있는데, 설마 어디 간들 살지 못 하겠어요? 월급이 적으면 적은 대로 절약하여 살면 되고, 또 두 사람 다 점심은 직장에서 먹으므로 저녁 한 끼만 해결하면 되는데, 구태여 휴일 하루도 못 쉬고 가게를 하면 병이 나서 오히려 손해지요.

은경의 반대도 충분히 일리가 있지만, 도연의 주장은 더욱 절실했다.

　—이렇게 살면 집을 좀 더 큰 것으로 바꾸거나, 아기를 낳으면 육아비도 안 될 것 같아요. 아무래도 부업을 하지 않으면 안 되겠어요.

　—그래도 닥치면 다 살 수 있어요. 다른 집들도 다 그렇게 살잖아요?

두 사람의 생각이 평행선이라 난감했다. 옥신각신 끝에 한 발씩 양보하여 타협안을 만들어냈다. 일단 두세 달 현 상태로 더 살아보고 도저히 돈이 부족하여 안 되겠다 싶으면, 가게를 열기로 합의가 되었다. 결국 결혼한 지 다섯 달 만에 도연이 결혼하기 전에 팔던 품목을 파는 가게를 다시 시작하였다. 술, 담배, 과자, 통조림, 마른안주, 즉석국수(라면), 간단한 문구류 등을 파는 가게를 아파트 단지 내의 상가 하나를 세 들어 시작했다. 첫 달은 당에 세금 내고, 월세 내고, 전기세 내고 다시 당에 판매세 나니 별로 이득이 없었다. 그러니 은경이가

　―봐요. 남는 것도 없는데, 고생만 했잖아요?

하며 의기양양했다. 두 달, 세 달이 지나자 수입이 조금씩 올라가기 시작했다. 다섯 달 지나면서는 수입이 많이 늘었다. 단골이 생기기도 하고, 이 가게의 존재가 주위에 알려진 덕도 있을 것이었다. 비록 휴일을 둘이 함께 마음껏 즐기지 못하고 가게에 잡혀있어야 하는 것이 괴로웠지만, 그래도 돈을 버는 재미가 있으므로 모두 상쇄되었다.

이렇게 저녁때와 주말에만 가게를 여는 데도 수입이 두 사람의 월급을 합친 것 보다 세 배쯤 더 많았다. 만족스럽진 않아도 가게를 안 할 때보다는 훨씬 안정감이 있었다. 사실 뇌물이 없는 직장이나 부서의 월급은 아이들 간식 값밖에는 되지 않으므로 부업을 하지 않고선 제대로 살아나갈 수가 없다. 가게를 하여 수입을 늘리니 모든 것이 원만하고 풍요로워졌다. 행복의 기운이 온몸을 타고 올라왔다.

도연은 '이렇게 결혼해 사는 것을 보시면 부모님이 얼마나 기뻐하실까?' 아름다운 은경일 일본의 부모형제에게 보여드리지 못 하는 것이 못내 아쉬웠다. 가정을 꾸리고 나니 일본의 가족들이 새삼 더 그리워짐은 어쩔 수 없었다. 친구 중휘와 윤철도 큰 그리움으로 다가왔다. '얘들아, 보고 싶다. 어디에서 어드렇게 살고 있네?'

도대체 왜 친한 친구들과 소식도 모르고 살아야 하는지 참으로 답답하다.

'통일만 되면 모든 게 해결될텐데…'

남북 분단이 새삼스럽게 야속하다.

도연은 지금까지 살기에 바빠 미처 생각하지 못한 '통일'에 대하여 좀 더 진지하게 생각하게 되었다. 우리 민족의 지상과제인 '통일'을 위해 자기가 할 수 있는 일을 찾아야겠다는 결의와 함께 우선 친구 중휘와 윤철부터 찾기로 마음먹었다.

'무슨 좋은 방법이 없을까?'

우선 중국에 다녀올 수만 있으면 되겠는데…

뜻이 있는 곳에 분명 길이 있을 것이었다.

도연은 지난날 단련대와 교화소에서 살아남고, 이렇게 사랑하는 은경과 결혼한 것이 천운이었음을 느끼며 천지신명께 감사했다. 단지 결혼 10년이 지나고 20년이 지나도 슬하에 자식이 없다는 것이 두 사람에겐 유일한 불만이고, 인생의 아쉬움이다. 도연과 은경은 누구보다도 아기를 원했지만, 뜻대로 되지 않았다. 이유는 알 수 없으나, 이제 단념하고 나니 서로에게 더 애틋해졌고 더 행복하게 지낼 궁리만 하게 됐다.

도연은 자기가 너무 과분한 아내를 맞았으니 하늘이 자식까진 허락치 않는 것이라고 생각하고 은경과 행복만 만끽하기로 하였다. '어떻게 모든 걸 다 가질 수 있으랴? 은경과 결혼하게 된 것만도 충분히 감사할 뿐이다.' 자식이 꼭 필요하면 입양을 하면 될 것이었다. 하늘의 총총한 별과 휘영청 밝은 달이 오늘 따라 더욱 빛나고 도연의 마음을 어루만져 주는 것 같았다.

돈으로도 살 수 없는 신분

1

11월에 비가 오니 을씨년스럽고 춥게 느껴졌다. 친구 최중휘와 이도연과 함께 북송선을 탔던 조윤철은 결국 청진에서 친구들과 헤어지고 난 뒤 허탈하고 참담하여 방황하는 중에 옥숙을 만났다. 옥숙은 같은 재일교포로서, 부모님을 여의고 마음을 못 잡다가 '북조선은 지상낙원'이라는 말에 현혹되어 간단한 짐을 꾸려 만경봉호에 몸을 실었다. 옷도 처음엔 남장을 하였다. 조윤철과 한옥숙은 청진에 내리자마자 일본에서 가지고 온 돈과 전자제품, 소지품을 압수당하고 나서 넋 놓고 울다가 만난 동지였다. 서로를 위로해주고 살길을 찾아보자며 결의를 다지면서 배치 받은 신의주로 가다가 사랑이 싹터서 함께 살게 된다.

도착하자마자 모두를 수용소에 넣고 김 씨들에게 충성하라는 교육만하고, 고향방문은커녕 각기 배치 받은 지역을 절대로 벗어날 수 없다고 윽박지르니 조윤철과 한옥숙은 속아도 너무 속은 것에 치를 떨었다.

조총련 간부 출신의 극히 일부를 제외하고 북한에서 온 대다수의 재일 동포들은 가장 낮은 계층으로 온갖 차별을 받고 있는 걸 알았다. 제일 큰 차별은 우선 당에 입당할 수 없고, 군대도 갈 수 없고, 대학도 갈 수 없고, 배급도 못 받는 것이다.

설레는 마음으로 '어머니 품'에 안긴다는 천진난만한 생각이 얼마나 어리석은 것인지를 깨닫는 데는 하루도 안 걸렸다. 아니, 일본에서 가지고 온 돈과 거의 모든 물품을 빼앗겼으니 청진 도착 즉시 '아차'할 수밖에 없는 상황에 놓인 것이다.

세상에 이런 나라가 존재한다는 것 자체도 충격이고, 하필이면 그것이 우리 민족, 우리나라라는 것이 더 큰 충격이고 슬픔이었다. 아니 주체 못 할 낭패감과 앞으로 살아나갈 일이 어마어마한 태산으로 다가왔다. '이거 큰일 났구나. 어떡하지?' 다시는 돌이킬 수 없는 현실 앞에서 조윤철과 한옥숙은 망연자실했다.

엄격한 통제생활에 단련된 북한 주민과 달리 재일교포들은 매일같이 피눈물을 쏟았다. 한탄을 할 수밖에 없고, 북한의 모든 체제에 금방 익숙해지지도 않았다. 거친 강냉이밥을 먹는 것도 너무나 어기찼다. 전기가 제대로 안 들어오는 것도, 땔감을 자급자족해야 하는 것도, 재래식 화장실도, 매주 토요일이면 실시하는 생활총화도, 견디기가 힘겨웠다. 그런 중에도 툭하면 심한 노동을 시키는 것이다. 밥은 재주껏 벌어먹고 일은 조국과 장군을 위해 하라는 것이다. 개인의 자유와 영달은 아예 꿈도 꿀 수 없었다.

처음엔 세상에 이런 기막힌 나라가 존재한다는 것 자체가 믿어지지 않았다. 모든 게 실로 충격의 연속이었지만 이대로 죽을 순 없었다. 세상을 제대로 살아 보지도 못한 장래가 창창한 스무 살도 안 된 윤철과 옥숙은 어떻게든 살아남아야 했다. 우선 배정받은 신의주에서 당장 먹고 살기 위해 취직을 하려 했으나 취직이라는 건 아예 불가능했다.

기차역에서 호떡을 구워서 팔기 시작했다. 가는 사람 오는 사람 제법 잘 사먹었다. 하루에 백 개 정도의 호떡을 파니까 하루에 몇 천원은 벌 수 있었다. 호떡 만드는 기계는 외상으로 사고, 밀가루랑 설탕 등 재료비는 꼭꼭 숨겨놓았던 돈으로 샀다. 옥숙이 니카타에서 청진으로 가는 만경봉호를 탔을 때 유리창을 모두 나무판자로 덧대어 바깥을 못 보게 해놓은 것을 보고 갑자기 불길하고 불안한 생각이 들어 돈을 분산했다. 만약의 경우에 대비해서 두세 군데로 나누어 넣었는데, 가장 안전한 옥숙의 브래지어 속에 넣었던 돈이 뺏기지 않고 남아 있었던 것이다.

이 피 같은 돈으로 밀가루 사고 설탕 사는 데 써야 하는 것이 기가 막혔지만, 다른 방도는 없었다. 그나마 어릴 때 일본에서 어머니가 별식으로 해주시던 호떡이 생각나서 호떡 장사라도 생각해 낸 것이다. 만들기도 쉽고, 큰 밑천도 안 들 것이므로, 윤철과 옥숙에게는 안성맞춤의 음식이었다. 천만다행으로 호떡이 잘 팔려 한숨을 돌렸다. 두 달 쯤 하니 기계 살 때 외상으로 산 기계값도 갚을 수 있게 되었고, 브래지어에서 꺼낸 돈도 다시 채워 넣을 수 있게 되었다. 석달 째부터는 완전히 흑자가 되어 그나마 큰 위안이 되었다. 북조선에서도 살아남을 수 있다는 자신감도 생기기 시작했다.

옥숙이 임신을 하게 되어 더욱 신이 났다. 애기가 태어나기 전까지 집만 마련하면 될 것 같았다. 새로운 용기와 희망이 아침 해가 솟아오를 때의 그 신비롭고 황홀한 감동으로 용솟음쳤다.

'죽으라는 법은 없구나, 이제 우리도 다시 일어날 수 있다.'

힘도 나고 새로운 삶에 대한 의욕도 솟구쳤다. 부부가 더 열심히 호떡을 구워 팔았다. 호떡이 점점 맛있어지자 손님이 더욱 많아졌다. 돈도 제법 모이기 시작했다. 그러던 어느 날이었다 보위부 관리원이 와서

　─여기서 장사하는 걸 허락받았소?

　─누구한테 허락받아야 하오?

　─이 맹랑한 사람들 좀 보게. 이렇게 사람이 많은 곳에서 허락도
　　안 받고 이런 장사를 하면 어떡할 기요? 냉큼 치우지 못하겠소?

하고 눈을 부라리며 매대를 부수기라도 할 것 같은 자세를 취했다.

윤철이 두 손을 싹싹 빌면서

　─한번만 봐주시라요. 딱 오늘만요. 기리면 내 이 은혜 절대 잊지
　　않을 기요.'

하면서 주머니에 돈을 찔러 넣었다. 그러나 관리원은 요지부동이었다.

　─어서 치우지 못 하겠네? 조금만 더 지체하면 전부 다 부숴 버리갔어.

하며 험악한 표정을 지었다. 윤철과 옥숙은 어쩔 수 없다 싶어 황급히 집기며 난로며 재료 양재기를 모두 싣고 신속히 그곳을 빠져 나왔다. 정신없이 달구지를 끌고 한가한 길까지 나와서야 두 사람은 이마에 송글

송글 맺힌 땀을 소매로 쓰윽 닦고는 서로를 쳐다보았다. 아쉬움과 안도감이 동시에 두 사람의 가슴을 타고 내렸다. 서둘러 보금자리인 어느 집 행랑채에 도착하여 지난 5개월 동안 번 돈을 계산해 봤다. 그간 빚 갚고, 재료비를 제하면 30만 원쯤 번 것 같았다. 그러나 이걸로 집을 살 수는 없었다. 아직 번 만큼 더 벌어야 방 한 칸 짜리 집이라도 살 수 있을 것 같았다.

　─우리 이제 어떡하죠?'

　입을 뗀 것은 옥숙이었다.

　─생각 좀 해 봅시다. 서너 달만 더 할 수 있었으면 좋았을 텐데.

　진한 아쉬움을 토로했다.

　─공연히 돈만 빼앗겼잖아요?

　─그러게 말이요. 난 돈만 주면 물러날 줄 알았지.

　─이제 어떡할까요?

　─두 판 잡고 내일도 또 가서 하는 데까지 해보거나, 다른 곳으로 가는 길 밖에 없지 않겠소?

　─그러지 말고 우리도 이제 시장으로 들어가는 게 어떻겠어요?

　─시장에 가면 그놈의 사장 관리인인가 뭔가 하는 사람들한테 돈을 너무 많이 빼앗길 긴데요.

　─그것보다도 시장에서 장사할 수 있는 허가서를 받아야 안 쫓겨나는데, 우리한테 그런 걸 줄까요? 그리고 그걸 받는 데 시간이

얼마나 걸리는지, 돈은 또 얼마나 드는지 그것부터 알아봐야겠는데 어디 가서 알아보죠?

―그러게요. 아직 어디가 어딘지도 잘 모르니…

―인민반장한테 물어봅시다.

―가만있어 봐요. 인민반장도 믿을 수 없어요.

―그럼 어떡해요?

―이것 참 어떡한다? 우선 오늘은 반죽해 놓은 호떡이나 마저 구워서 우리도 먹고 주인집도 줍시다.

―그러기에는 아직 너무 많이 남았어요. 어디서든지 좀 더 팔아야겠는데….

―돈만 잘 챙겨 가지고 두 판 잡고 역에 한 번 더 갑시다. 관리원이 이제는 돌아가지 않았겠소?

―아유, 떨리네요. 돈만 안전하게 잘 보관해 두고 모험을 합시다. 일단 가까이 가서 당신은 달구지를 보고 길에서 기다리면 내가 가서 망을 좀 보고 오겠소. 내가 손을 흔들면 역으로 들어오고, 그렇지 않으면 내가 다시 돌아오겠소.

―그래요. 역시 당신은 머리가 좋아요. 자 그럼 마음 단단히 먹고 갑시다.

두 사람은 남은 반죽으로 호떡을 만들어 팔고 해가 기울어서야 집에 돌아왔다. 집이라야 두 사람이 돌아누울 자리도 안 되는 손바닥만 한 방에 보따리 몇 개 있을 뿐이다. 바깥에 눈보라가 쳐도 어쩔 수 없는 아궁

이와 그 위에 놓인 조그만 무쇠 솥 하나, 그 옆에 두세 개 그릇과 플라스틱 컵 두 개, 수저 두벌 씻어 놓은 양재기 하나가 부엌살림의 전부였다. 부엌이란 아예 없는 곳이므로 무쇠 솥 날개를 덮은 진흙의 가장자리 2,30cm가 부뚜막인 셈이었다. 산에서 낙엽과 죽은 나무들을 주워 와서 군불을 떼고 군불을 땔 때 무쇠 솥에 강냉이와 쌀을 넣어 지은 밥과 닭알찜(계란찜), 염장무(단무지) 서너 조각으로 아침을 먹는다.

아침을 먹으면 호떡 만들 재료를 준비한다. 커다란 양재기에 밀가루, 소금, 설탕, 우유, 계란을 넣고 섞는다. 따뜻한 물에 이스트를 넣어 녹인다. 녹인 이스트를 위의 재료에 넣고 반죽하여 표면이 매끄러워 질 때까지 치댄다. 잘 치대진 재료를 비닐로 덮고 30분간 발효시킨다. 이렇게 발효된 반죽을 비닐로 싸서 역으로 간다. 역에 가서 화덕을 만들어 그 위에 철판을 얹고 기름수건으로 닦은 다음 반죽을 탁구공과 야구공 중간 정도의 크기로 떼서 손바닥으로 비벼서 동그랗게 만든 다음 엄지를 넣어 구멍을 만들어 설탕 잼을 넣고 덮는다. 다시 동그랗게 만들어 철판 위에 놓고 누르개로 꾹꾹 눌러주고 펴서 한쪽이 노릇하게 다 구워지면 뒤집어서 다시 굽는다.

원래는 팥이나 꿀, 씨앗 등 여러 가지를 채워서 구워야 하지만 그런 호화로운 호떡을 구워낼 형편이 안 되므로 설탕 잼을 넣고 굽는 것이다. 반죽 재료도 그때그때 시세를 보아 달걀이나 우유 두 가지 중 한 가지만 넣고 반죽을 하기도 한다. 기차역에 나가 호떡을 구워 팔면서 사람이 뜸한 때를 이용해 얼른 호떡 한두 개를 점심과 저녁으로 먹고 산 지 몇 달이 되었다. 그래도 호떡 한두 개만 먹어도 한 끼 식사로는 훌륭했다. 매일 이것만 먹으니 물릴 법도 하건만 두 사람은 호떡 먹을 때가 가장 행복했다. 틈을 보아 사람들 없을 때 후닥닥 먹어야 하므로 이것저것 생각할 겨를도 없었다. 그저 따뜻한 호떡을 씹어서 목으로 넘길 때는 진수성찬도 부럽지 않았다.

호떡을 만들어 팔기도 하고 먹기도 하면서 잡념 없이 다섯 달 잘 살았는데, 그만 암초에 걸려 버린 것이다. 그래도 두 사람이 아직 젊었고, 뜻이 맞으니까 견딜 만했다. 몇 달은 더 벌어야 방한칸짜리 집이라도 사고 아기도 낳을 텐데 너무 일찍 시련이 닥친 것이다. 다섯 달이나 영업을 할 수 있었던 게 기적 같다.

두 사람은 조금 더 모험을 하기로 하였다. 그래도 하던 곳에서 하는 게 판매에 있어선 안전할 것 같았다. 보위부에서 나타나는 기미가 보이면 언제나 도망칠 수 있도록 준비를 하고 다시 신의주 역으로 가서 호떡을 구워 팔았다. 손님은 여전히 줄을 서서 기다릴 정도로 많았다. 그전과 다른 점은 한 사람이 팔 때 한 사람은 망을 보는 것이다. 호떡을 봉지에 담아서 손님에게 주면서도 눈은 연신 관리원이 오나 살폈다. 일주일쯤은 관리원이 오지 않았고, 두 주 후에는 관리원이 오는 걸 멀리서 보고 재빨리 달구지를 끌고 달아나서 잡히지 않았다. 그리곤 이튿날도 또 그 이튿날도 역에 나가 호떡을 구워 팔아 돈을 벌었다. 날이 갈수록 호떡은 더 잘 팔렸다. 처음에는 하루에 100개만 팔려도 감격했는데, 이젠 2백 개, 300개 팔려도 놀라지 않게 되었다.

그렇게 관리원들과 시소게임을 하며 결국 넉 달 더 호떡 장사를 하게 되었다. 이제 옥숙의 배도 많이 부르고 집을 살 수 있을 정도로 돈도 벌었다. 그런데 '꼬리가 길면 밟힌다고 했던가?' 윤철이 잠시 화장실을 간 사이 옥숙 혼자 구워 파느라 미처 사방을 돌아보지 못한 시간에 결국 단속원이 들이닥쳤던 것이다.

—내가 지난번에 여기서 장사를 하면 안 된다고 했소? 안 했소? 어디 겁도 없이 당의 명령을 어기는 기요?

하며 옥숙의 팔을 끌며 따라오라고 했다.

—이건 다 어떡하고 기냥 가요? 조금만 있으면 세대주가 올 테니 가도 그때 가자요.

—뭐이 어더래? 이 에미나이가 세상 무서운 줄 모르는구먼.

그러다가 옥숙이 배가 많이 부른 걸 보고는 약간 움찔했다. 잠시 생각에 잠기는 듯 했다. 속으로 '이를 어쩐다? 만삭인 임신부를 끌고 가서 뭘 어떡하지?' 하면서 머뭇거리는 사이 윤철이 돌아왔다. 관리원은 아주 다행이라고 생각하며 윤철을 향해 소리쳤다.

—날 따라오시오. 보위부로 가야 하오. 혼자 따라가겠소? 이 에미나이와 함께 가겠소?

—당연히 나 혼자 가겠소, 보다시피 우리 안사람은 배가 불러서래 못 가디요.

그러자 관리원은 남편을 데리고 휑하니 현장을 떠났다. 옥숙은 할 수 없이 혼자서 남은 걸 다 구워서 팔고 달구지를 끌고 집으로 왔다. 천만다행으로 돈은 자기가 갖고 있으니 든든했다. 치마 안에 큼지막한 주머니를 하나 달아서 돈을 간수했기 때문에 하루 번 돈은 옥숙의 치맛 속에 들어 있었다. 지금까지 번 돈은 두 개의 이불 속에 큰 주머니를 두 개 만들어 거기에 넣어 두었다.

아직 주민들이 은행을 이용하지 않으므로 돈을 간수하는 것도 큰일이었다. 북한에서는 은행이 있으나 주민들한테는 돈을 빼앗아가는 기구에 불과했다. 예금은 할 수 있으나 찾지는 못 하는 구조였다. 주로 공적인 돈을 받고 보내고 하는 것만 하지 개인의 돈을 맡았다가 돌려주는 법은 없다. 돈이 있으면 개인에게 빌려주는데, 떼이는 경우가 다반사였다. 집에 간수하는 것이 가장 안전했다. 이런 분위기 탓에 돈이 있는 집은 갖은 방법을 동원해 돈을 간수한다.

최근에는 크고 무겁고 떼기 어려운 금고가 인기를 끌었다. 부자일수록 값비싼 금고를 가지고 있다. 아직 금고를 장만하기 전에는 돈을 보자기에 싸서 항아리에 넣고 그 위에 곡식 같은 걸로 충분히 덮고 땅을 파서 항아리를 묻는다. 누구네 집에 돈이 있다 소문이 나면 영락없이 도둑이 들었다. 군인도 도둑이 되고, 보안원도 도둑이 되고 동네사람도 도둑이 되었다. 그런 돈 있는 집은 대문을 튼튼히 만들고 잠잘 땐 머리맡에 몽둥이나 칼, 삽 같은 것을 호신용으로 두고 잠을 잔다. 돈 많은 집은 외화벌이가 많은 무역일꾼이나 뇌물을 많이 받는 당 간부, 보위부 간부들이었다. 밀수꾼도 돈이 많은데, 이들은 공공연히 곳곳에 뇌물을 주고 밀수를 하여 돈을 많이 번다.

옥숙은 하루 종일 서 있었더니 다리도 뻐근하고 배도 뻐근하여 자리에 누웠다. 남편 걱정할 틈도 없이 잠이 쏟아졌다. 오랜만에 실컷 자고 일어났다. 그간 피로가 누적되었던지 자기도 모르는 사이에 골아 떨어졌던 것이다. 내일은 장사도 안 한다고 생각하니 창으로 햇살이 눈부시게 비추는 아침에도 옥숙의 눈은 떠지지 않았다. 옥숙이 잠을 완전히 깬 것은 아침 9시가 지나서였다. 어제 초저녁부터 잤으니까 12시간은 잔 셈이었다. 몸이 뻐근해도 머리는 맑고 기분도 상쾌했다. 눈을 뜨고 보니 자리에 남편이 없었다. '어딜 갔지?' 강냉이에 좁쌀을 섞어 오랜만에 좁쌀 밥을 지어 남편과 함께 먹으려고 남편을 찾아도 없었다. '그이가 어딜 갔지?' 하면서 잠시 생각을 해보니 이때서야 어제 남편이 잡혀 간 게 생각이 났다.

'밥이나 얻어먹고 취조당하나?', '설마 곧 돌아오겠지?', '그만한 일로 단련대나 교화소에 잡혀가지는 않겠지?', '그래도 알 수 없다.' 갑자기 허기가 져서 밥을 먹었다. 남편 없이 혼자 밥을 먹어보기는 처음이었다. 갑자기 남편의 부재가 몹시 불안하고 불편했다. 그의 안부가 걱정되어 밥도 잘 안 넘어가고, 아무것도 손에 잡히지 않았다. 뱃속의 아기를 생각하여 모처럼 지은 좁쌀 밥을 꾸역꾸역 씹어 넘겼다. 일본에서 먹던 아끼바리로 지은 맛있는 쌀밥이 오늘 따라 몹시도 그리웠다. 자기도 모르는 사이에 눈에 이슬이 고였다가 한 방울씩 떨어졌다. 다음 순간 강냉이 밥 조차도 먹는지 못 먹는지 알 수 없는 남편을 찾아가야 한다는 생각이 다른 모든 생각을 눌렀다.

옥숙은 서둘러 길 떠날 준비를 했다. 봉투 두 개를 만들었다. 하나는 조금만 넣고, 또 하나는 조금 더 넣었다. 그리고 1,2라고 번호를 매겼다. 남편이 취조 받고 어떻게 되었는지 알아보고, 누구한테 봉투를 줘야 할지를 알아내야 한다. 그리고 그이한테 남편을 선처해달라고 매달려야 한다. '내 배를 좀 보시오. 이젠 숨이 차서 아무 일도 하기 어렵고 장사도 하기 어려우니 좀 풀어주시오. 입에 풀칠하기 위해 호떡 좀 구워 판 것이 뭐 그리 큰 죄요? 역에서 팔아야 그나마 손님이 있으니 어쩔 수 없었수다. 이 아이를 봐서 용서해 주시라요. 정말 다시는 역에서 호떡 구워 팔지 않갔시오. 부디 한번만 너그러이 봐주시라요. 이 은혜는 절대 잊지 않을 기요.' 이렇게 사정하면 내 청을 들어줄까? 남편 생각에 마음이 급해졌다. 어제부터 아무 것도 못 얻어먹고 취조만 받는 건 아닌지 초조하고 불안하다. 서둘러 길을 떠났다.

한 시간을 걸어 신의주 보위부 시장관리과를 찾아갔다.

— 어제 잡혀온 조윤철을 만나러 왔소.

— 안 그래도 연락할 참이었소. 조윤철 동무가 무단으로 장사를 했고, 한번 주의를 주었는데도 같은 죄를 또 졌으니 벌금을 내든가 단련대에 가든가 해야 하오.

—그럼 벌금은 얼마나 내야 하오?

—십 만원 내고, 다시는 그러지 않는다는 서약을 해야 하오.

—우선 세대주(남편)를 좀 만나보고 다시 이야기 하겠소. 우리 세대주는 어디 있소?

—결정부터 해주고 남편을 만나시오.

—나는 세대주 얼굴을 먼저 봐야겠소. 어디 있소? 우리 세대주 어디 있냐 말이오?

—저쪽 취조실에 있소. 이 동무, 이 에미나이를 조윤철에게 데려다 주시오.

―따라 오시라요. 작달막하게 생긴 청년이 옥숙을 데리고 2층으로 올라갔다.

2층에 올라가서 또 복도를 따라 한참을 걷더니 구석진 방으로 안내를 했다. 청년이 문을 열었다.

―자 이곳이니, 잠깐만 있다가 바로 나오시오.

옥숙이 문을 열고 보니 너댓 사람이 기둥에 묶여 있었다.

얼마나 맞았는지 핏자국으로 얼룩져 얼굴 윤곽도 안 보였다. 살았는지 죽었는지도 분간이 안 될 정도로 처참한 모습이었다. 남편을 찾았으나 얼른 눈에 들어오지 않았다. 머리가 온 얼굴을 덮고 있고 모두 고개를 떨구고 있으니 다 비슷해 보였다. 터져 나오려는 울음을 참고 한 명 한 명 다시 살폈다. 맨 구석 기둥에 묶여있는 윤철의 모습이 눈에 들어왔다.

쿵쾅거리는 가슴을 진정하며 남편 옆으로 가서 '이보시오, 나 좀 보시오' 하며 머리를 쓸어 올려도 별 반응이 없었다. 하루 동안 아무것도 안 먹이고 매질만 얼마나 해댔는지 모두 까무러친 것 같았다. 옥숙은 울음조차 나오지 않았다. 막 흔들어 깨웠다. '여보, 정신 좀 차려 봐요. 내가 왔어요. 당신 아기도 함께 왔어요.' 하면서 막 흔들고 꼬집고 심한 자극을 주니까 약간의 반응이 왔다. 더 흔들어 보고 꼬집어보면서 계속 말을 했다. 옥숙은 묶인 밧줄을 풀었다.

옥숙은 기우뚱하며 땅에 쓰러지는 남편을 덥석 가슴에 안았다. 그리고 계속 얼굴을 부비고 꼬집고 하면서 '여보, 나예요. 내가 왔어요. 정신 좀 차려 봐요' 하면서 애를 쓰다 보니 그제서야 통곡이 나왔다. 남편이 지금 살아있는 건지 죽었는지 가늠도 안 될 정도로 만신창이가 되어있다. 사람을 얼마나 두들겨 팼으면 하루사이에 이렇게 된단 말인가? 이렇게 사람을 죽도록 구타하는 건 어느 법에 있단 말인가? 옥숙은 미친 듯이 울부짖으며 방을 뛰어나와 1층 사무실로 가서

　—사람 살려내시오. 당신들 시장관리원이 사람 죽이는 면허 땄소? 도대체 당신들이 무슨 법에 따라서 이런 몹쓸 짓을 하시오? 당의 아주 높은 자리에 있는 내 외삼촌에게 당신들을 발고해야겠소. 사람 살려내시오. 우선 물이라도 좀 주시오.

옥숙이 난리를 쳤더니 갑자기 황급히 물을 한 컵 떠서 내민다.

　—아직 죽은 건 아니니 물을 먹여 보시오. 아니 내가 가서 물을 먹이겠소. 진작 죄를 인정하면 될 것을 자꾸 변명만 하니 답답해서 몇 대 친 것 뿐이오. 원래부터 허약했던 것 같소. 그래 외삼촌 성함은 어떻게 되오?

외삼촌이 높은 자리에 있다니까 잔뜩 겁을 먹은 모양이었다. 찬물을 한 컵 가지고 취조실로 갔다. 죽은 듯이 누워있는 남편을 억지로 일으켜 앉혀서 물을 입에 갖다 대면서 '물을 좀 마시오.'하니 남편이 눈은 여전히 감은 채로 물을 벌컥벌컥 마셨다. 옥숙은 그때서야 조금 안심이 되었다. '아직 살아있긴 있구나. 조상님들, 감사합니다.' 관리원도 약간은 안도하는 기색이었다. 옥숙은 분하고 원통함을 달랠 길 없어 관리원을 향해

　—내 외삼촌한테 이 모든 사실을 낱낱이 이야기하겠소. 당신들도 응분의 죄 값을 받을 것이오.' 하면서 쐐기를 박고 '이제 남편을 데려가도 되겠지요?' 하면서 남편을 부축해서 일으켜 세우려고

했다. 윤철이 전혀 몸을 못 가누니 옥숙 혼자 힘으로 데리고 나올 수가 없었다. 그래서 관리원 보고

—큰 길까지만 좀 도와주시오. 택시를 잡아서 집으로 데리고 가야 하니 택시 탈 때까지만 부축해 주시라요. 나 혼자서는 도저히 안 되겠네요.

젊은 관리원이 자원하였다.

—내가 도와주갔소.

앞서 말한 벌금이니 단련대니 그런 건 다시 입 밖에 내지 않았다. 오히려 옥숙의 선처를 바라는 눈치였다. 젊은 관리인이 윤철을 업어서 택시가 다니는 큰 길까지 나왔다. 택시는 금방 오지 않았다. 평양에도 택시가 그리 많지 않은데, 신의주 같은 곳에서는 금방 올 리가 만무했다. 30분쯤 기다리니 마침 택시가 왔다. 옥숙은 택시를 잡고 관리원 보고

—수고했소. 성함을 물어봐도 될까요?

—그럴 필요 없습니다. 어서 가시라요.

—예, 그럼 가겠습니다. 고맙습니다. 이 사람이 살아나야 하는 데….

기사한테 좀 도와달라고 하여 윤철을 집으로 데리고 와서 얼른 자리를 펴서 눕히고는 죽을 끓였다.

주걱으로 쌀을 으깨가며 계속 저어서 미음도 아니고 죽도 아닌 상태의 멀건 죽을 쑤어 한 숟갈씩 떠서 입으로 호호 불어 식힌 다음 윤철의 입속에 넣어주었다. 누워서도 넘기기만 하면 되므로 미음을 계속 입에

넣어 주었다. 윤철이 미음을 목으로 넘겨주니 다행이었다. 이젠 살 수 있다는 생각에 새삼 눈물이 쏟아졌다. 윤철은 아직도 눈을 감은 채 미음만 연신 목으로 넘겼다.

　　─여보 고마워요. 이렇게 살아주어서 정말 고마워요. 부지런히 잡
　　숫고 기운 차리세요, 알았죠?

　윤철은 아무 말도 못 하고, 고개도 끄덕이지 않고, 입에 들어온 미음을 넘기기만 했다. 그럭저럭 반 그릇을 먹은 셈이었다. 그리고는 다시 잠속으로 빠져 들어갔다. 옥숙은 따뜻한 물수건을 만들어 와서 얼굴이며 손이며 닦아주고 옷도 갈아입히고 양말도 벗기고 닦아주었다. 뼈만 앙상하게 남은 남편의 몰골에 또다시 눈물이 왈칵 쏟아졌다. 추우나 더우나 지난 아홉 달 동안 하루 종일 서서 호떡을 만들어 파느라 정신없이 지난 시간들이었다.

　그동안 번 돈이 꽤 많아서 방 한 칸짜리 집은 살 수 있게 되었다.

　태풍이 지나간 자리에 한 줄기 햇빛이 눈부시게 내리쬐었다. 윤철은 하룻밤이 지나서야 겨우 눈을 떴다. 사방을 두리번거리더니 옥숙을 보자 안도의 한숨을 쉬며

　　─여기가 어디요?

　힘없이 물었다.

　　─이제 정신이 드세요? 여긴 집이에요. 당신 쓰러졌던 거 기억나
　　세요? 당신 도대체 얼마나 많이 맞은 거예요? 어디까지 기억하세
　　요? 그 나쁜 놈들 지금쯤 떨고 있을 거예요. 내가 있지도 않은 외
　　삼촌이 당의 고위직에 있는데, 이 사실을 이야기할거라고 말하니

안색이 달라지더라고요. 생사람을 이토록 모질게 구타했으니 겁도 나겠지요. 그 덕에 당신이 이렇게 풀려 나온 거예요. 내가 하루만 늦게 갔어도 아마 당신은 이세상사람 아닐지도 몰라요. 내가 갔을 땐 이미 당신은 거의 죽은 것 같았으니까요. 나쁜 자식들 천벌을 받아야지요. 죄도 아닌 죄를 가지고 그토록 심하게 두들겨 팼으니 실제로 벌을 좀 받게 해야 할 텐데….

잘못했으면 법에 따라 처리하면 될 일을 왜 그렇게 심한 구타를 하는지 야속하다 못해 저주스러웠다.

─당신 어디 어디 아프세요? 내가 약 좀 사올게요.

─아니, 됐어. 좀 쉬면 나을 거요.'

─어서 나아야 집 보러 다니지요. 이제 우리도 조그만 집은 살 수 있으니 부디 힘 내자우요.'

─근데 허리가 들어지질 않네요. 꼼짝도 못 하겠어요.

─마음 느긋하게 먹고 충분히 쉬세요. 저녁부터는 이밥에 고깃국 해드릴 테니까 잡숫고 힘내세요.

─내 잠깐 나가서 약 좀 사올게요. 잠 오면 자고 계시오.

─고맙소. 당신 때문에 살았네요.

─그래도 하늘이 당신을 살렸어요. 깨어나 줘서 정말 고마워요.

옥숙은 약국에 들러 소독약, 소독솜, 타박상에 바르는 약, 근육통에 바르고 붙이는 약, 소염제 등 여러 가지를 사왔다. 남편의 몸을 살펴보니 멍투성이에다가 피가 터졌던 곳도 몇 군데 보였다. 몸을 움직이니 여기저기 사방이 모두 아프단다.

'제발 골절은 아니어야 하는데, 그냥 멍만 든 거면 좋겠는데…'

가슴이 몹시도 아팠다. 아직 어디를 얼마나 다쳤는지 알 수도 없는 노릇이다.

일단 약을 먹고 바르고 추이를 보기로 하였다. 윤철은 약을 먹고 바른 뒤 다시 잠에 골아 떨어졌다. 옥숙은 잠든 윤철을 보니 갑자기 부모님 생각이 간절하였다.

2

옥숙의 부모님은 살기 힘들어서 2001년 3월에 북한을 떠나 중국에 들어갔다. 탈북의 결정적인 계기는 옥숙의 외할아버지 말씀 때문이었다고 한다. 희망이 없는 곳에서 남은 인생 헛되게 살지 말고, 북한을 떠나서 재주껏 새로운 삶을 개척해 살아가라고 당부해서 어렵게 결심했다는 것이다.

옥숙의 외할아버지는 일본에서 전기제품을 수리해주는 전기기술자였으므로 어느 정도 잘 살았는데, 자꾸만 고향 원산이 그리웠다. 틈틈이 북한 얘기도 들었는데, 북한에서 일본의 조선학교에 돈을 많이 보내준다는 것과, 대학도 병원도 모두 무료인 지상낙원이라는 이야길 들었다. 북조선 고향에도 가보고 평양도 한번 구경하고 죽고 싶었다. 일본에서 자녀들이 아무리 우수해도 공직으로 진출하지 못하는 차별 속에 사느니 고향에 가서 살다가 죽으면 좋겠다고 여겼다.

외할아버지는 북송선을 타기로 결심하고 북한에 갈 준비를 했다. 하나밖에 없는 딸네도 함께 갔으면 좋겠다고 생각했다. 옥숙의 외조부모님은 일본의 재산을 정리하여 옥숙의 부모님과 함께 만경봉호에 올랐던 것이다. 북한에 도착 즉시 모든 돈을 빼앗기고, 갖은 수모와 부당한 통제를 받고 충격을 받았다. 그 후유증인지 결국 외할아버지와 할머니는 북조선에 오신 지 2년 만에 다 돌아가셨다.

3년 후 옥숙 아버지와 어머니는 탈북하여 중국 심양에서 살다가 다시 일본으로 돌아왔다. 말도 잘 통하지 않고 여러 가지로 불편한 중국에서 살기가 어려웠기 때문이다. 오사카에 돌아와 장사하여 그런대로 안정되게 잘 지내다 두 분이 차례로 돌아가셨다. 옥숙은 북한의 참상을 알기에는 너무 어렸다. 옥숙의 기억 속에 북한은 거의 없었다. 부모님도 북한 이야긴 일체 꺼내지 않아서 그동안 무슨 일이 있었는지 아무것도 몰랐다. 유치원부터 일본에서 다녔으므로 일본의 기억만 가득했다.

일본 사람들은 대체로 예의바르고, 공중도덕 잘 지키고, 음식도 깔끔하게 해서 먹고, 생활이 정갈했다. 남에게 폐를 끼치는 것을 싫어하여 특별히 불편한 건 없었다. 단지 또래아이들의 차별과 냉대가 너무 싫었다. 만일 또래 아이들의 놀림만 없었다면 아마 일본에서 그대로 살았을 것이다.

옥숙은 일본에서 혼자 살기가 싫고 무서웠다. 어릴 때 학교에 가면 일본아이들이 '조센진와 닌니꾸 쿠사이(조선인은 마늘 냄새난다)'라고 하며 슬슬 피했다. 아예 동급생으로 치부조차 안하던 그들의 멸시가 몸서리치게 싫었다. 어린 마음에 그때의 일들이 큰 상처로 남아 있었다.

'이젠 다 컸으니 차라리 북조선에 가자. 지상낙원이라는 그곳에 가서 차별받지 않고 마음껏 능력을 발휘하고 살자.' 부모도 조부모도 없는 일본에서 살아야 할 이유가 없었다. 고등학교만 졸업하고 결국 혼자서 북송선을 탈 준비를 하였다. 부모님이 남겨주신 유산을 정리하여 드디어 만경봉호에 올랐던 것이다.

청진에 도착하여 돈과 아끼던 물건들을 다 빼앗기고 신의주로 배치받아서 통곡을 하고 있었는데, 같은 처지인 조윤철이 다가와 이런저런 위로하는 얘기를 나누다 그만 서로에게 의지하게 되었던 것이다. 결혼식도 안 하고 그냥 같이 살게 되었다. 어차피 아는 사람도 없는 신의주에서 결혼식을 할 수도 없고, 할 필요도 없었다. 서로가 함께 살아보니 날이 갈수록 마음이 맞아 그런 대로 안정도 되고, 행복한 생각도 들었다. 나이는 옥숙이 한 살 많았지만, 전혀 문제되지 않았다. 윤철이 아직 18살밖에 되지 않았지만 의젓하고 성실해서 크게 의지가 되었다. 윤철과 옥숙은 살기 위해 호떡 장사를 한 것이다.

한 달 뒤 옥숙은 아들을 낳았다. 윤철은 자기 아들이 태어났다는 게 여간 기쁘지 않았다. 마치 이 세상에 자기만 아들이 있는 것처럼 뿌듯하고 감격적이었다. 이름을 '연수延壽'라 지었다. 오래 오래 살라는 의미로 지은 이름이었다.

윤철, 옥숙 부부는 연수로 하여 부부애가 더욱 깊어지고 큰 행복을 느꼈다. 두 달 여 뒤 윤철이 회복되고 옥숙이 회복되자 신의주 시장 안에 점포를 마련하여 윤철은 과일을 팔고, 옥숙은 여전히 호떡을 구워 팔았다. 신의주 역에서 팔 때만큼 매출이 많았다. 세금을 많이 내야 하는 게 아깝지만, 그래도 마음을 졸이지 않으니까 살 것 같았다. 연수는 윤철이 주로 보다가 젖 먹일 때만 옥숙에게 왔다. 이렇게 하여 연수는 시장 안에서 무럭무럭 자라고 있었다. 얼굴도 수려하고, 건강하고, 영특하여 윤철과 옥숙을 너무나 행복하게 해준다., 하루 종일 힘든 줄도 모르고 열심히 장사하니 계속 돈이 쌓였다.

이제 연수에게는 분유도 먹일 수 있고, 계란도 먹일 수 있고, 고기와 생선도 마음껏 먹일 수 있어 행복했다. 나라는 점점 어려워지는 걸 피부로 느낄 수 있었다. 그래서 호떡은 계속 하고 과일 대신 곡식을 팔기로 했다. 쌀, 보리, 조, 강냉이 등을 팔았다. 경제가 안 좋아 질수록 과일 장사는 잘 되지 않아 곡식으로 바꿨더니 장사가 훨씬 더 잘 되었다. 돈 버는 재미가 여간 쏠쏠하지 않았다. 집도 방 3개나 있는 새집을 사서 이사했다. 연수도 날이 갈수록 영특하고, 신체적으로도 건강하고, 키도 컸다. 윤철과 옥숙은 세상에 부러운 것 없이 흡족했다.

1995년 봄 1kg에 50원 정도 하던 쌀값이 석 달쯤 뒤엔 230원까지 치솟았다. 120원쯤 됐을 때 사람들이 "이러다 망하는 거 아니냐?"며 술렁였다. 200원이 넘었을 때는 모두가 넋 나간 사람들이 되었다. 갖가지 범죄 소식이 퍼지며 도시 분위기는 불과 몇 달 만에 너무도 흉흉하게 변해갔다.

1995년 가을이 되자 여기저기서 아사소식이 들리기 시작했다. 이미 1년 전부터 아사자가 나왔다는데, 윤철 네는 모르고 있었다. 여름부터 소나무 껍질을 벗겨 먹는 사람들이 급증했고, 가을부터 굶어 죽는 사람들 소식이 들려왔다. 몇 달 뒤에는 평양에서도 아사자가 나오기 시작했다. 소위 고난의 행군 시기가 닥쳐왔던 것이다. 아사자 수는 300만 명이라

알려졌지만, 정말 300만 명인지는 확실치 않아도 최소 100만 명 이상임은 분명했다. 아사자 100만 명도 엄청난 재앙임은 두 말할 여지가 없다.

2017년 10월 현재 쌀1kg에 5000원까지 오른 상태다. 온통 아우성이고 공포로 가득 찼다. 윤철과 옥숙은 숨죽이며, 어마어마하게 돈을 벌었다. 돈을 간수할 데가 없을 정도였다. 돈을 너무 많이 벌게 되니 기쁨보다는 공연히 가슴이 뛰고 무서웠다. 그래서 생각해 낸 것이 그날 번 돈의 30%는 굶는 사람들에게 곡식을 나누어 주는 것이었다. '아침 9—11시까지는 장사를 안 합니다.' 라고 써서 바깥벽에 붙여놓고는 그 시간엔 길가에 늘어서 있는 사람들에게 곡식을 나누어 주었다. 연로한 사람들에게는 쌀과 좁쌀을 주고, 젊은이들에겐 보리쌀이나 강냉이를 한 되씩 주었다.

어느 날은 몇 십 명, 어느 날은 몇 백 명에게 나누어줄 무거운 곡식을 달구지에 실어 나르고, 수십, 수 백 명에게 나누어 주는 것도 쉬운 일은 아니었다. 굶어 죽어가는 사람을 살린다는 보람과 기쁨이 더 커서 즐거운 마음으로 했다. 곡식을 주면 120도로 절을 하며 눈물까지 글썽이는 사람들을 보노라면 윤철과 옥숙도 울컥해졌다. 달구지에 가득 실었던 곡식을 다 나누어줬는데도 모자랄 때는 '내일 이 시간에 다시 오시라요.' 하며 달래서 보낸다.

이런 자선사업이라도 하니 연수 보기에도 떳떳하고 당당해서 좋았다. 연수는 무럭무럭 커서 초등학생이 되고 고등학생이 되었다. 11년간의 초중고 재학 중 수석을 한 번도 놓치지 않았다. 윤철과 옥숙은 세상을 다 가진 듯 행복했다.

그러나 이런 일이 있을 줄 어찌 짐작이나 했겠는가. '재포'라는 딱지가 이토록 무서운 힘을 발휘할 줄은 상상도 못 했던 것이다. 지난 20년 가까이 장사해서 돈 버느라 자기들이 '재포'였다는 사실도 까마득하게 잊고 있었다. 더구나 그것이 아들의 장래를 꺾는다는 생각은 미처 못 했던 것이다. 연수는 '재포'라는 멍에 때문에 입당도 못 하고, 대학을 못 감은 물론, 군대조차 갈 수 없었던 것이다. 돈이 아무리 많아도 이 근원적인 문제를 해결할 수는 없었다. 돈으로도 신분을 바꿀 방법은 없었다. 연수에게 미안하고 안쓰럽기 그지없었다.

'어떻게 이토록 가혹할 수가 있는가?' '지상낙원'이라는 이름으로 사람들을 유인해 놓고는 이토록 참담한 차별을 할 수가 있는가? 연수의 실망감도 극에 달했다.

너무도 공부를 좋아하고, 잘 했으므로 김일성종합대학을 간다고 마음먹고 있었는데, 김일성대학은커녕 어느 이름 없는 대학도 갈 수 없고, 입당은커녕 군대조차 갈 수 없는 신분이라는 게 이토록 끔찍한 고통으로 다가올 줄은 꿈에도 몰랐다.

연수는 인사불성이 되도록 술도 마셔보고, 몇 시간을 달려도 보고, 소리도 힘껏 질러보고, 통곡도 해 보았다. 신분을 바꿀 수 있는 방법은 없다는 걸 알고는 몸과 마음을 가눌 수가 없었다. 그러던 어느 날 누군가 '돌격대'라는 곳에 가서 3년만 일하면 대학 갈 수 있다는 얘길 해 줬다. 귀가 번쩍 뜨였다. '아, 그런 길이라도 있다면 나 기꺼이 그곳에 가리라.' 연수는 이튿날 마음을 다잡고 '돌격대'에 입대 원서를 냈다. 그리고 3일 뒤 건설돌격대에 입대하였다. 윤철과 옥숙은 아들이 그런 곳에 가는 게 너무나 안쓰럽고 마음이 아팠지만 연수의 의지를 꺾을 수는 없었다.

연수는 결국 9년간 돌격대에서 일하고서야 겨우 풀려나왔다. 그래도 대학갈 수 있다는 희망이 있었기에 그 모진 세월을 이겨내고 돌아왔다. 윤철과 옥숙은 그사이 이미 50대가 되어 있었다. 세 식구는 오랜만에 만나 서로 엉켜 눈물바다를 이루었다. 그 지독한 험지에서 살아 돌아와 준 연수가 너무도 고맙고 대견하고 자랑스러웠다. 그 사이 윤철과 옥숙은 부자가 되어 있었다. 돌격대에 가서 고생하는 아들을 생각하며 더 악착같이 장사를 했다. 그렇게 시간과 정열을 쏟지 않고는 쓰라린 가슴을 달래며 긴긴 세월은 보낼 방법도 달리 없었기 때문이다.

연수는 제대하자 바로 대학가는 문제를 알아봤다. 성적만으로는 김일성종합대학도 갈 수 있는데, 실제로 지원할 수 있는지를 알아보니 어림도 없고, 차선책으로 원했던 금성정치대학도 못 가고, 결국 신의주농업대학에 갈 수밖에 없었다. 연수는 신의주농업대학 축산학과에 지원하여 합격하였다. 축산대학이 전국에 몇 개 안 되므로 축산분야에서 제1인자가 되겠다는 생각을 했다. 가축도 사람처럼 의학적으로 돌보아야 하므로 연구도 해야 하고, 축산 분야 종업원들에 대한 교육도 해야 한다. 공부의 양이 많을 것이므로, 공부를 좋아하는 연수가 이 분야에선 우뚝 설 수 있을 것으로 판단되었다.

이 분야는 정치적인 색채가 없고 오직 실력으로 경쟁할 수 있을 터여서 더욱 장래가 밝아 보였다. 연수는 축산학과에서 열심히 공부하니 맡아 놓고 수석을 하였다. 각종 대회에 연수가 학교를 대표해 나갔다. 연수는 대학 다니며 지난날의 아픔도 많이 잊게 되었다. 5년제 축산학과를 졸업하고, 신의주축산협동조합의 간부로 배치 되었다. 정치적인 영향을 받거나 뇌물을 받는 기관이 아니므로 모두 실력으로 경쟁하고, 어느 기관보다 순박한 사람들이 많아 직장의 분위기도 좋았다. 서로 서로 도와주고 협동하는 직장은 늘 화기애애했다.

3

윤철과 옥숙은 아들이 직장에 만족하는 것 같아 마음을 놓으면서, 이제 결혼만 하면 되겠다고 생각하고, 처녀를 물색하였다. 그러던 어느 일요일에 연수가

─저 이제 장가갈래요. 직장에서 만난 동무가 있는데, 내 마음에 꼭 들어요. 이번 일요일에 데려올 테니 맛있는 것 좀 해 놓으시고, 그 처녀 오면 다정하게 대해 주세요.

윤철과 옥숙은 아들이 부모의 허락을 받기 위해 노력하는 게 아니라 그냥 '통보'를 하는 태도가 약간 섭섭했으나, 서른한 살이나 먹은 아들의 입장을 생각하고 무조건 처녀한테 잘 해주어야겠다고 마음먹었다. 어서어서 하루라도 빨리 결혼해서 달덩이 같은 손주나 보면 좋겠다는 생각을 했다. 10시쯤 연수가 나가더니 12시쯤 한 처녀를 데리고 왔다.

─어서 와요. 반가와요.

─예, 처음 뵙겠습니다. 한지혜라고 합니다. 연수동무로부터 부모님 말씀 많이 들었습니다.

지금까지 두 분이 싸우시는 걸 한 번도 못 보았다고 연수동무가 자랑했지라요. 정말 두 분 뵈오니 저희들이 배울 게 많을 것 같습니다.

―우리도 처녀 이야기 많이 들었어요. 명석한 두뇌와 원만한 성품을 가졌다고요. 그래 부모님은 무슨 일을 하시는지?

―예, 아버지는 당 간부시고, 어머니는 약사예요. 약국을 하시지요.

―그래요? 그럼 형제는 어떻게 되나?

―예, 위로 오빠가 있습니다.

―그럼 오빠는 무슨 일을?

―오빠는 군인이에요. 직업군인요.

―그러면 계급이 높겠네.

―소좌예요. 그리 높진 않아요. 아직 나이가 어리니까요.

―처자는 몇 살?

―예, 저는 이제 스무 여섯 살이에요.

―우리 연수와 다섯 살 차이네. 딱 좋다.

―예, 감사합니다.

―언제 부모님을 뵙고 날을 받아야겠구먼.

―예, 다음 일요일이 어떠시냐고 하시는데요.

―우리야 빠를수록 좋지

―그럼 양가 상견례를 다음 일요일에 하는 것으로 알겠습니다.

―장소는 어디로 해야지?

―지혜 동무 부모님이 정해 주신답니다.

말이 없던 연수가 처음으로 입을 뗐다.

―알았어. 그럼 그렇게 알고 결혼준비를 하겠다.

―감사합니다.

―아유, 이거 음식을 앞에 놓고 얘기만 했네. 어서 들어요.

두 달 후 연수와 지혜는 결혼을 하고 연수부모님이 두 사람의 직장 가까운 곳에 방 2개짜리 집을 사주어서 신혼집을 꾸렸다. TV, 냉장고, 식탁, 옷장, 찬장 등은 지혜가 가지고 왔다. 양가가 모두 잘 사니 연수와 지혜는 경제적인 어려움 없이 결혼생활을 시작할 수 있게 되었다.

연수는 '돌격대에서 안 죽고 돌아오니 이토록 좋은 날도 있구나.'

인생은 살아볼 만 하다고 생각하게 되었다. 직장에서도 순조롭게 승진하여 10년 뒤에는 신의주 축산협동중앙회 부회장까지 올라가게 되었다. 신의주에서 축산관련 분야에서는 제2의 인물이 된 것이다. 지혜는 농업 부문에서 승승장구하여 농협협동조합 책임비서까지 올라갔다. 말하자면 신의주 농업 행정 분야의 책임자가 된 것이다.

그런데 어느 날 갑자기 연수의 자리에 까마득한 후배가 오고, 연수는 그의 감독을 받는 몇 단계 아래 계급으로 강등되었다. 무슨 영문인지 알 길이 없었다. 분명 재포와 관련이 있을 터였다. 연수는 그래도 1년간 참고 이런 상황도 이겨내 보려고 했지만, 자식들을 생각해 탈북을 결심하게 된다. 처음에는 아내 지혜도 결사반대하고 부모님도 극구 반대했지만, 연수의 고집을 꺾진 못했다. 결국 2014년에 온가족이 탈북에 성공한다. 연수의 부모님 즉 윤철과 옥숙의 돈이 위력을 발휘했다. 요소요소에 뇌물을 주니 안 되는 일이 없었다. 물론 기본적으로 고생해야하는 만큼은 고생을 했지만, 다른 탈북자들에 비해 상대적으로 수월하게 탈북했다고 할 수 있었다.

지금은 모두 한국에서 자유를 만끽하며 여유롭게 살고 있다. 뇌물 주느라 재산을 좀 없애기도 했지만, 워낙 돈이 많았으므로 중국에서 중국 돈으로 바꿔서 한국에 왔다. 한국에 와서도 집을 사고 윤철과 옥숙은 직장은 안 다니고 연수가 추진하는 '통일촌'을 물심양면으로 돕고 있다. 연수와 지혜는 각각 동물위생시험소와 식품안전정보원에 취직하여 열심히 일하며 남한의 자유와 문화를 즐기고 있다. 전기가 풍부하고, 자동차 산업과 IT산업, 전기전자 산업이 발달하여 세탁은 세탁기로, 건조기로 건조하고, 전기밥솥에서 밥을 하고, 전자레인지도 마음껏 쓸 수 있으니 편리하기 그지없다. 또한 스마트폰도 환상적이고 모든 생활을 카드로 하는 것도 경이롭다. 역시 탈북하길 백번 잘했다고 생각하며, 현실에 만족하고 있다.

단지 자동차가 너무 많으니 서울의 공기가 좋지 않은 것은 흠이다. 연수의 직장은 양주에 있으나 지혜의 직장은 서울이라 서울을 떠날 수가 없다. 더구나 주말에는 통일촌 건립 관련 일을 해야 하므로 서울에서 바쁘게 살고 있다. 외국여행도 마음껏 다닐 수 있으니 꿈만 같다. 부모인 윤철과 옥숙을 모시고 일본도 다녀오고 중국도 다녀오고 유럽도 다녀왔다. 다음엔 미국과 캐나다를 여행할 계획이다.

'이렇게 사는 세상도 있었다니…'

상상 속에만 있던 현실이 바로 남한에 있었다는 것이 잘 믿기지 않는다. 막연하게 북한보다는 잘 살고, 좀 더 자유로울 거라고 상상만 했지, 실제로 이 정도로 잘 살고 편리하고 자유로울 줄은 몰랐다. 진정한 민주주의의 진면목을 보는 것 같아 탈북을 결심했던 게 너무나 자랑스럽다.

윤철은 남한에 와서 하나원에 있을 때 혹시 최중휘와 이도연도 남한에 왔나 싶어 하나원의 기록을 살펴보니 이도연은 전혀 기록이 없고 중휘의 기록은 있었다. 몇 년 전에 탈북하여 하나원을 거쳐 나간 지 몇 년 된 것으로 기록되어 있었다. 그러나 처음 기록에 있는 전화번호로 아무리 연락해도 '없는 번호'라는 안내만 나왔다.

이제 중휘만 찾으면 더 이상의 바람은 없을 것 같다. 중휘도 탈북한 건 확실하니까 분명 찾을 길이 있을 것이다. '중휘야, 어디 있는 거네? 나 한국에 와 있어. 보고 싶다. 도대체 어디에 있는 거야? 너도 분명 탈북한 건 알겠는데, 왜 연락이 안 되는 거네? 부디 건강하게 잘 있고, 하나원에라도 연락주기 바란다.'

4

어느 날 조윤철과 A신문사 김기한 기자는 63빌딩 카페에서 만났다.

―이렇게 나와 주셔서 감사합니다. A신문사 김기한입니다.

하며 명함을 건넸다.

―아, 예 반갑습니다. 조윤철입니다.

―만나 뵙게 되어 반갑습니다. 여기 찾는 데 어려움은 없었습니까?

―없었습니다. 택시 타고 왔거든요.

―전에도 여기 와 보신 적 있습니까?

―예. 서울 와서 6개월쯤 되었을 때 한번 와 보았습니다. 건물이 매우 아름답고 수족관이 매우 인상적이었던 것으로 기억납니다.

―잘 보셨네요. 몇 년까지만 해도 한국에서 가장 높은 건물이었지요. 통일촌을 만드는 데 큰 역할을 하신다고 들었습니다.

―아, 그것 때문에 만나자고 하셨군요. 난 또 무슨 일인가 했지요.

―예, 맞습니다. 통일촌에 대한 말씀을 들으려 왔습니다. 통일촌이 무엇인지요?

―글자 그대로예요. 부부 간에 남북통일을 이루었거나, 탈북하였거나, 통일문제에 관심이 있거나, 통일을 위해 무엇인가 기여하고자 하는 사람들의 공동체를 말하는 거지요. 실제 공간도 있고, 사이버상의 공간도 있습니다.

―아, 그렇군요. 그러니까 탈북자, 남북한 부부, 통일을 위해 특별한 관심과 애정이 있는 사람들의 공동체 이런 거네요. 크게 말해서 온오프 개념을 모두 포괄하는 통일을 위한 모임 이런 건가요?

―예, 맞습니다.

―그럼 통일촌 활동은 어떤 것이 있을 까요?

―세미나, 공연, 전시회, 좌담회, 토론회, 발표회, 영상물 제작 및 상영, 책자 발간, 홍보물 발간, 통일교육, 다양한 시설물 건축 등 많이 있겠지요.

─시설물이라면?

─다양하지요. 예를 들면 도서관, 세미나실, 공연실, 영화상영관, 전시실, 학교, 병원, 놀이터, 강당 등 얼마든지 있지요. 한꺼번에 다 이룰 순 없어도 목표를 세우고 우선순위를 정해서 하나하나 이루어 가야지요.

─그러면 좋겠네요. 이런 활동들은 통일촌내에서도 필요하고 대외적으로도 필요하겠네요.

─그렇죠. 힘이 닿는 한 하나씩 건설해야겠지요. 이런 활동을 통해 통일을 미리 접해보고, 통일을 촉구하고, 실질적인 통일이 이루어졌을 때 일어날 수 있는 혼란을 미리 예측해 보고 준비하는 과정이 될 테니까요.

─아, 정말 좋은 생각이시네요. 아무쪼록 계획하시는 일들이 잘되시길 빌겠습니다.

─예, 분명히 뜻은 좋은데, 문제는 재정이에요. 이런 활동을 하기 위해서는 돈이 많이 필요한데, 그게 가장 어려운 문제예요.

─그렇겠네요. 우선 쉬운 것부터 하나씩 이루어가시면서 국내의 국민들이나 해외동포들의 성금을 모으면 되지 않을까요? '통일 성금'을 대대적으로 모으면 안 될 것도 없을 것 같은데요. 80년대에 북한에서 댐을 열어 서울을 물바다로 만든다고 위협해서 그에 대응하는 댐을 건설해야 하니 성금을 내라고 한 적이 있었어요. 그때 순식간에 몇 백 억이 모였던 걸로 봐서, 지금은 그때보다 훨씬 더 잘 사니까 언론만 협조한다면 충분히 통일 성금을 모을 수

있을 거예요. 그리고 재일, 재미동포들한테서도 성금을 거두면 상당한 성과가 있을 겁니다. 힘내세요.

―고맙습니다. 말씀만 들어도 힘이 나네요.

―그냥 말씀으로만 드리는 건 아니고, 때가 되면 저도 언론인의 한사람으로서 필요한 기사를 쓸 거예요. 그리고 '댐 건설 성금'은 실제로 있었던 일이니까요.

―아무튼 고맙습니다. 모든 국민이 기자님 같은 생각을 하면 얼마나 좋을까요?

―그건 그렇고, 일본에서 북송되실 때 친구 세 분이 함께 가셨다고 어디서 들은 것 같은데, 그 친구들과는 자주 연락하시나요?

―웬걸요. 청진항에서 뿔뿔이 흩어졌지요. 각자 배치지가 달랐으니까요. 만경봉호에 탔을 때만 해도 셋이 헤어진다는 건 상상도 못했거든요. 가진 걸 다 압수당하고, 친구들도 모두 떼어 놓으니 정말 억장이 무너지더라고요. 안 그래도 한국에 오자마지 혹시나 해서 찾았지만, 친구들의 종적을 모르겠어요. 너무도 그립지만 찾을 길이 없네요. 최중휘 친구는 마침 하나원에 기록이 있어서 찾았지만, 지금은 전혀 연락이 안 되네요. 아직 국내 어딘가에서 살고 있는지, 다른 나라로 떠났는지 알 길이 없어요. 리도연 친구는 아직 북한에 있는 것 같고요. 월남한 기록은 전혀 없더라고요.

―배치지라는 게 있군요. 그래도 다른 지역과 왕래할 수는 있잖아요?

―아유, 그러면 얼마나 좋겠어요?

─할 수 없나요?

─여행허가를 받아야 하는데, 우리 같은 재포가 금방 그런 허가를
받을 수도 없고, 아예 받으려는 엄두도 못 내요. 교통도 너무 나
쁘고요. 멀리 가려면 기차를 타야 하는데, 전기가 부족한 북조선
에서는 기차가 가다 서다를 반복하므로 시간이 무한정 걸리거든
요. 기차 안에서 며칠을 살아야 하니 그것도 보통일이 아니래요.
5,60명 타는 칸에 몇 백 명이 타니 숨이 막히고, 며칠간 밥을 못
먹으니까 이래저래 죽을 지경이래요. 그러니 어디 멀리 여행가는
건 아예 꿈도 못 꾸고 있었지요.

─세 분이 모두 흩어지셨는데, 그 뒤 연락은 없었습니까?

─연락할 길이 없지요.

─애석하네요. 만일 세 분이 한국에서 만난다면 얼마나 반가우실
까요? 또 압니까? 그런 날이 올지.

─아, 예. 그렇지요. 그래도 희망을 가져봐야지요. 인연이 있다면
다시들 만날 수 있을 테니까요. 정말 보고 싶긴 하네요.

친구들 얘기가 나오니 윤철은 고등학교 1학년 때 중휘와의 추억이 떠
올랐다. 윤철은 중휘와 몇 명의 친구들과 학교 운동장에서 농구를 하며
놀고 있었는데, 골대를 향해 점프를 하는 중에 상대편 친구와 부딪쳐 넘
어지면서 발목이 삐끗하면서 넘어졌다. 이를 본 최중휘가 윤철을 업기
도 하고, 부축하기도 하여 병원에 갔다.

병원에서는 인대가 늘어났다고 하면서 가벼운 깁스를 해주고 소염제

를 주었다. 병원에서 집까지는 10분 거리였다. 학생이라 택시 탈 돈도 없었다. 집에는 전화를 해도 아무도 안 받았다. 아버지는 회사에 나가셨고, 어머니는 시장에 나가셨기 때문이다. 아버지가 회사에 나가셔도 월급이 워낙 적으니 어머니가 장사를 하지 않고는 살아나갈 수 없어서 채소장사를 하셨고, 윤철에겐 형제도 없으니 집에는 아무도 없었다.

중휘는 윤철을 업고 몇 번이나 쉬면서 결국 집까지 데려가서 신발과 웃옷을 벗기고 자리에 눕혀 주었다. 그때 윤철은 눈물이 났다. 이후 두 달 간 중휘는 학교 갈 때면 매일 윤철 네 집에 와서 윤철을 업고 학교에 갔다. 공부가 끝나면 다시 윤철을 업고 집에 데려다 주었다. 윤철은 중휘가 친구라기보다 꼭 형 같았다. 이후 윤철은 더욱 중휘를 믿고 따르게 되었다. 중휘는 공부도 썩 잘 했으므로 시험을 앞두고는 중휘에게 수학도 배우고 영어도 배웠다.

이렇게 뜨거운 우정을 나누는 친구였으니 나중에 북송선을 탈 때도 중휘와 모든 것을 함께 하고 싶어 중휘를 따라 나섰던 것이다. 중휘를 생각하자 갑자기 눈물이 나고 그리움이 밀물처럼 밀려왔다.

'중휘야, 어디에 있는 거네? 보고 싶다. 제발 하나원으로 연락주기 바란다.'

윤철과 김 기자는 이야길 이어갔다.

—세상이 확 뒤집어질지 누가 아나요? 김정은도 갑자기 마음을 바꿔 북한을 개방할지 압니까? 핵만 버리면 하루아침에도 훨씬 나은 국가가 될 텐데 안타까워요. 그래도 희망을 가져봐야지요. 국제사회의 제재가 워낙 심하여 외화가 많이 부족하고 쌀값과 기

름 값이 천정부지로 올라 결국 못 버티고 나왔으니까요. 김정은
이 국제사회의 심한 규제를 참기 어려우니까 남북회담, 북미회담
카드를 들고 세상 밖으로 나왔잖아요?

—미국의 규제완화와 북미수교를 꿈꾸며 회담은 했지만, 정말 비
핵화를 할지는 두고 보아야지요. 저는 쉬울 거라고 생각은 안 합
니다. 몇 십년간 오로지 핵에 매달려 온 김 씨 3대가 현재의 어려
움을 타개하기 위해 비핵화 제스처를 썼지만, 어느 정도 진지하
고 정직한지는 두고 보아야지요. 사람이 하루아침에 바뀌는 게
아닌데, 고모부까지 처형하고 이복형까지 죽인 김정은이 과연 하
루아침에 순한 양이 될지 아직은 모르겠어요.

—그렇죠. 아직은 완전히 경계를 풀어서는 안 되겠지요. 한미연합
훈련 취소와 같이 한국의 정책입안자들의 발걸음이 너무 빠른 것
같아 걱정이에요. 그런 건 차차 하나의 협상카드로 활용하면 좋
을 텐데, 너무 성급한 게 아닌가 하는 생각이 들어요.

—맞아요. 대외 전략은 철저하게 국익 위주로, 속도를 맞추어야지
요. 몇 단계 카드를 가지고 협상을 해야 할 텐데 미리 알아서 다
주고 나면 다시는 찾아올 수 없지요. 지난 수 십 년 동안 우리가
경험한 북한의 전략을 철저하게 분석해서 거기에 맞는 외교 전략
을 짜야 합니다. 우리 정부가 너무 안이한 태도를 갖는 것 같아
우려가 돼요. 우리는 절대로 6.25를 잊으면 안 되잖아요? 신뢰가
동반되지 않은 평화는 평화가 아니지요. 물론 지금의 한국은
6.25때의 남한과는 비교가 안 되게 발전했고, 북한과 비교우위에
있지만 북한은 핵을 가졌다는 게 문제지요.

—그렇지요. 전쟁은 절대로 안 되고말고요. 전쟁준비를 다 마친 김일성이 전쟁을 확실하게 승리하기 위해서 인민유격대를 10여 차례 남파하여 게릴라 전쟁을 벌여 남한을 교란시킨 다음, '북한에 감금된 민족지도자 조만식 선생과 남한에 감금되어 있는 남로당 총책 김삼룡과 이주하를 교환하자'는 거짓 평화제의까지 했지요. 이승만 정부는 아무 것도 모르고, 교환날짜와 방법을 북한에 통보까지 했지만, 결국 6.25일 새벽에 북한군이 남한을 쳐들어와 사흘 만에 서울을 점령했지요. 6.25는 결과적으로 남북한이 모두 막대한 인명피해와 모든 기간 시설이 파괴되어 폐허로 변했으며, 남북 분단이 고착화되는 끔찍한 전쟁이었지요. 정말 6.25보다 더 큰 비극은 이 지구상에 없을 거예요.

—그렇지요. 정말 다시는 이 땅에 그런 비극은 일어나지 말아야지요. 우리가 어떻게 일구어온 풍요이고 안정이에요? 정말 김정은 핵을 버리고 남한은 북한을 도와 서로 잘 살고, 남북의 가족들이 서신교환, 전화통화, 자유방문 등이 이루어지면 얼마나 좋겠어요?

— 그렇게 되면 통일 된 거나 마찬가지지요. 정치가들은 제발 현명하고 예리하게 현실을 직시하고 상대국의 모든 발걸음에 맞추어 대처하는 자세를 가지면 좋겠어요.

—그렇고말고요. 완전 동감입니다.

해가 서산으로 기울어지며 눈부시게 아름다운 석양을 만들어냈다. 세상이 온통 붉은 바다로 변하고 갖가지 문양의 희한한 진풍경을 연출하고 있었다.

돌격대 그리고 탈북

1

눈부신 태양이 따뜻한 온기를 품고 세상을 환하게 비추어주고 있었다. 천지는 꽃향기로 가득하고 하늘에는 기기묘묘 아름다운 뭉게구름이 파아란 하늘을 마음껏 수놓고 있었다. 땅에서는 싱그러운 나무들이 푸르름을 한껏 발산하고 있고, 온갖 꽃들이 가지각색으로 아름다운 모습과 향기를 뿜어내고 있던 4월 어느 날 오후 서울 여의도의 한 카페에서는 두 사람이 인사를 나누고 있었다.

─처음 뵙겠습니다. 반갑습니다. 저는 전화로 인사드렸던 D신문사 정호연 기자입니다. 이렇게 나와 주셔서 감사합니다.

─반갑습니다. 조연수라고 합니다.

─이제 사람들 만나는 거 괜찮으세요? 좀 꺼려하셨잖아요?

—예, 처음에는 사람들 만나는 것이 조심스럽기도 하고 두렵기도 하고 그랬는데, 이제는 많이 익숙해졌습니다.

—다행입니다. 그럼 이곳 생활에서 이제 어려운 점은 없나요?

—특별히 어려운 것은 없습니다. 북조선에 비하면 이곳은 천당이니까요.

—그렇다면 다행이네요. 우선 탈북동기부터 여쭈어 봐도 될까요? 북한에선 축산 관련 일을 하셨다고요? 상당히 높은 직위까지 올라가셨다고 들었는데, 왜 탈북을 하셨나요?

—내 자식에게만은 끔찍한 억압과 차별을 안 받게 해주고 싶어서요. 내 자식이 나만큼 올라가기도 쉽지 않지만, 올라간다고 해도 언제 어떻게 될지 하루하루가 가시방석이니까요.

—왜 그토록 어렵다고 생각하셨어요? 아버지가 닦아 놓으신 길이 있으니까 더 쉬울 텐데요.

—그게 그렇지가 않아요. 부모님이 재일교포 출신이어서 우리 가족은 최하계층이었거든요. 북조선은 철저하게 계급 사회가 되어 있지요. 물론 조총련간부 가족은 '동요계층'으로 분류되기도 하지만요. 재일 동포들에게 북한을 지상낙원이라고 선전하여 불러다 놓고는 철저하게 차별을 하는 거예요. 위에서 그러니까 일반인들도 '재포'를 '째뽀'니, '째끼'니 하며 얕보고, 멸시해요. 우리 아버지, 어머니가 '북조선은 지상낙원'이라는 말에 속아서 니카타에서 북송선을 타셨지만, 저는 북한에서 태어났거든요. 그러니 따지고 보면 저는 재일교포도 아니잖아요? 그런데도 부모가 재

일교포면 자식도 무조건 재일교포가 되고, 한번 북한에 발을 들여 놓으면 다시는 일본에 돌아가지 못함은 물론이고, 이 도시에서 저 도시로 이동도 못 해요. 철저하게 여행을 통제하니까요. 물론 북한 주민도 이동의 자유가 없지만, 평양시민은 지방으로 갈 수가 있거든요.

—부모님은 북한에 가신 걸 많이 후회하시던가요?

—예, 물론이지요. 일단 북송선을 타면 그 시간부터 자유란 없으니까요. 배에서 바깥도 볼 수 없게 만들어 놓았으니 불안한 마음이 생기더래요.

—배를 타면 바깥을 보는 즐거움이 여간 아닌데 답답하셨겠어요.

—그렇죠. 끝없이 파아란 바다를 보면 가슴이 탁 트이기도 하고, 하얀 뭉게구름과 눈부신 백조의 날개 짓, 한국과 일본, 그리고 북한의 아름다운 해안도 보고, 파도가 하얗게 부서지며 곡예하는 모습을 낭만적으로 볼 수 있을 거라는 기대는 파도처럼 산산이 부서져 내렸대요. 할 수없이 잠을 청했는데, 시간이 얼마나 흘렀을까. 눈을 떴을 때는 청진항에 도착해 있더래요. 여기저기 '조국에 오신 여러분을 럴럴히 환영합니다.'와 같은 현수막이 걸려있고, 환영인파가 많아서 '그러면 그렇지! 하며 안도하는 것도 잠시였대요. 배가 항구에 닿고 환영 나온 사람들을 가까이서 보니 입은 옷들이 남루하기 그지없었으며, 추운 날씨인데도 양말을 신은 사람이 많지 않더래요.

—그래도 반신반의하셨는데, 막상 북한에 살면서는 실망을 넘어

절망에 빠지셨지요. 무엇보다도 감시가 심하니까 숨이 막히더래요. 그리고 매주 토요일마다 '생활총화'란 이름으로 한주일동안 자기가 김 부자를 얼마나 공경하며 살았는지 자아반성하고, 남들과 호상(상호) 비판을 해야 하거든요. 여기서 두각을 나타내어 윗사람에게 잘 보여 승진을 하거나 칭찬을 듣기 위해 남의 험담을 하거나 작은 허물을 크게 부풀린다거나, 심지어 없는 죄를 만들어 모함하는 경우까지 있으니 이 시간만 되면 너무도 괴롭고 고달팠다고 하시더라고요.

—아유, 마음고생이 심하셨겠어요.

—그렇죠. 마음고생은 이루 말할 수 없었겠지요. 저도 생활총화를 수십 년 해봤지만, 정말 잔인한 거예요. 어쩌면 2천 3백만 국민을 그토록 철저하게 옭아매고 숨통을 막는지 다시 생각해도 끔찍해요. 로동당 입당은 아예 원천 봉쇄되어있고, 대학도 못 가고, 거주나 통행의 자유가 없으니 기가 막혔죠. 지상 낙원이 아니라 지옥이 따로 없더라고요. 어떻게든 대학을 가고 싶으나 길이 없어서 절망을 하고 있는데, 누군가 '돌격대'라는 곳에 가서 3년만 일하면 대학 갈 수 있다고 해서 귀가 번쩍 뜨였어요. 대학만 갈 수 있다면 무슨 어려운 일도 해낼 수 있을 것 같았거든요. 3일 후 돌격대에 지원서를 냈더니 바로 입대시켜 주어서 몹시 기뻤지요. '정신 바짝 차리고 열심히 일해서 윗사람한테도 인정받아 3년 뒤에는 대학 가는 거다.' 혼자 중얼거리며, 희망의 끈을 놓지 않았지라요.

연수는 긴 한숨을 쉬었다. 돌격대 이야기가 나오자 지나간 일들이 주마등처럼 떠올랐다. 돌격대에 입대하고 나니 훈육관들이 돌격대에서 하는 일과 생활지침을 알려줬다.

—아침5시에 기상나팔이 불면 일제히 일어나 청소하고 세수하고, 7시에 아침을 먹고 8시부터 일한다. 12시에 점심을 먹고 1시부터 다시 6시까지 일하고, 6시 반에 저녁을 먹으면 다시 8시까지 일하지만, 10시, 12시까지 할 때도 많을 것이다. 모두 각오를 단단히 해야 할 것이다. 우리는 장군님을 위해 기꺼이 목숨 바칠 각오가 되어있어야 한다. 노동도 전투다. 모두 알아듣겠네?

훈육관들은 지금쯤 어떻게 되었을까? 아직도 훈육관으로 일하고 있을까?'

연수가 건설돌격대에 입대하여 보니 공사현장에 장비가 제대로 갖추어져있지 않아 대부분 맨손으로 어마어마한 작업을 해야 했고, 급식은 너무도 부실했다. 매일같이 껍질 채 만든 까끌까끌한 강냉이밥조차도 100g정도이고, 소금국이라는 것도 최소한의 소금만 넣고 배추잎이나 미역 두세 조각 넣은 게 고작이다. 반찬도 염장무(단무지) 두세 조각이 전부였다. 먹고 나면 더욱 배가 고팠다. 마음 같아선 탈영하고 싶은 충동이 불쑥 불쑥 일어났지만, 철통같은 경비를 뚫을 자신도 없었다. 그러다 잡히는 날엔 그나마 억울한 인생 완전히 망치는 것이어서 '3년만 참자'하고 매일 이를 악 물며 버텨냈다. 3년이면 제대한다던 돌격대는 4년, 5년이 되어도 제대시켜주지 않았다. 미쳐버릴 것만 같았다. 중간에 뛰쳐나가거나 그냥 죽고 싶은 생각이 수도 없이 들었으나 지금까지 고생한 것이 분하고 억울해서 참았다.

―돌격대라는 것도 있군요. 그래 거긴 받아주던가요?

―예, 거긴 힘든 일만 시키는 곳인데, 안 받아 줄 이유가 없지요. 아주 환영하지요. 결국 건설돌격대에 자진해서 들어갔어요. 군대는 아니지만, 군대와 비슷하게 규율생활을 하는데, 끔찍한 노동을 시키는 곳이에요. 땅 파고 철근 나르고, 철근 박고, 흙과 자갈 나르고, 돌 나르고, 시멘트 나르고, 콘크리트 만들고……중장비가 해야 할 일을 모두 사람 손으로 해야 하니까요. 급식이라도 좋으면 조금 낫겠는데, 급식이 부실하여 배고픈 상태에서 허리가 부러지게 일을 해야 하니까 픽픽 쓰러지는 사람이 하루에도 몇 명씩 나오더라고요. 작업반장 안 볼 때 개구리든 쥐든 보이기만 하면 잡아먹지요. 심지어 굼벵이도 없어서 못 먹어요. 너무 배가 고파 눈이 빙빙 도니까요. 아무거나 먹다가 배탈 나고 병에 걸리고 별별 일이 다 일어나지요.

―엄청 힘드셨겠네요.

―말씀 마세요. '돌격대'가 공연히 돌격대가 아니더라고요. 이름 그대로 무자비하게 돌격해 들어가듯이 노동하는 곳이었어요. 웬만큼 각오를 했는데도 노동의 강도나 급식 등 근무 조건이 상상을 초월하도록 참담하더라고요. 안 겪어 본 사람은 상상이 안 될 거야요. 노동이 그냥 노동이 아니고 고문이었으니까요. 매일 사람이 죽어 나가고 다쳐서 병신되고 … 전쟁터보다도 더 참혹했지요. 그냥 정신 줄을 놓으면 바로 저세상이더라고요. 저녁 9시에 일이 끝나는 날은 생활총화를 하고 10시 반에 잠자리에 들어요. 50일 전투, 70일 전투 등, 각종 전투가 있을 때면 자정까지도 일

을 하고 심지어 새벽2시까지 일하는 날도 있었지요. 여자라고 봐주는 것도 전혀 없더라고요.

심지어 일부 여성 돌격대원들은 간부들의 성적 착취에도 이용되는 것을 봤어요. 악질 간부는 여성을 성폭행하고 나서 죽이기도 해요. 후환을 없애기 위해서죠. 돌격대에선 경쟁을 통한 노동의욕을 키우기 위해 텔레비전 등의 선물을 내걸고 중대와 대대별로 경쟁을 시키곤 했지요. 작업반장들은 사람이 아니라 괴물 같았어요. 피도 눈물도 없는 괴물.

─그토록 혹독한 노동을 시키면 임금은 받나요?

─임금요? 월급을 한 푼도 받지 못하던 때가 더 많았고, 현금 120원을 월급으로 받은 적도 있지만, 워낙 액수가 적으니 받았다고 할 수도 없었어요. 2009년 당시 북한 돈 120원이면 사탕 두 알 정도밖에 살 수 없었으니까요.

─돌격대는 모두 자원인가요?

─나처럼 자원해서 돌격대에 들어온 사람은 극히 적었고, 대부분 중등학교(한국의 고등학교) 졸업생들 중 대학에 못가고, 출신성분과 신체조건이 나빠서 군대에도 못가는 아이들을 강제로 돌격대에 입대시켰어요. 해외 파견 북한 노동자의 강제노동이 현재 국제 문제가 되고 있는 이유는 북한 내 이런 강제노동 방식이 해외에서도 그대로 자행되고 있기 때문이에요. 즉 해외노동에서 번 돈을 북한당국에서 8,90% 다 압수하고, 노동자들에게는 최소한의 생필품만 제공하고 있거든요. 유엔 및 국제사회가 해외에 파견된 북한 노동자뿐 아니라 북한 내에서 자행되는 현대판 노예제

도의 피해자들에게도 관심을 기울이고 인권문제를 논의하게 된 이유가 여기에 있지요.

―노동자들의 임금을 압수해서 어떻게 하나요?

―그게 모두 39호실로 들어가요. 이렇게 거두어들인 돈이 연 4,5억불 정도 된대요. 그 돈으로 핵실험도 하고, 김정은의 사치품도 사고, 최고위직 간부들에게 줄 선물도 사죠. 3대째 내려오는 '선물정치'란 게 있지 않아요? 듬뿍 선물을 줘서 충성심을 이끌어내는…. 물론 외화벌이는 여러 각도로 하고 있지만요. 국민들에게서 강제로 거두기도 하고, 뇌물을 받기도 하고, 불법수출도 하고요. 마약이라든가 가죽이라든가, 심지어 공공연하게 위폐도 만들어 유통시키니까요. 김정은 시대에 들어와서 쌓아놓은 외화가 김정일 때 보다 반 이하로 줄었대요. 핵실험 때문에 국제사회의 규제가 심하니까 외화벌이가 줄었나 봐요.

―돌격대는 하나인가요?

―아니요. 수십, 수백 개의 돌격대가 있어요. '속도전청년돌격대', '차광수 청년돌격대', '김혁 청년돌격대', '백두산 선군 청년돌격대', '평양시 건설돌격대', '6·18 돌격대', '과학자 돌격대', '명태잡이 돌격대' 등 다양한 명칭의 돌격대가 있어요.

돌격대가 처음 만들어졌을 때는 선발하여 정말 3년 만에 제대시켜 당의 간부가 되는 대학으로 입학시켜주었다. 시간이 지나면서 점점 인원이 많아지고, 그 많은 인원을 모두 당 간부화 하는 것도 쉽지 않고, 입대자도 선발이 아니고, 대학 떨어지고, 군대도 떨어진 아이들을 강제로 입대시키다 보니 처음의 엘리트 돌격대와는 많이 달라져서 대우도 점점 나빠지고 근무 연한도 점점 불어났던 것이다.

─돌격대에 근무하는 사람의 수가 얼마나 될까요?

─40만 명쯤 된다고 해요. 이들이 북한 대부분의 건설공사를 담당한다고 보시면 됩니다.

─그렇게 많아요?

─예. 그렇다네요.

2

2015년 창립 40주년을 맞은 속도전 청년돌격대는 지난 40년간의 업적으로 평양 만경대소년궁전과 인민대학습당, 국제친선전람관 공사를 성공적으로 끝냈고, 14개의 혁명사적지 건설, 창광거리와 광복거리 등에 살림집(아파트)건설, 원산─금강산 철도공사, 북한 북부철도공사, 남포영웅고속도로를 비롯해 200여 개에 달하는 국가의 기념비적 건설 사업을 주도했다고 자랑했다.

소위 '속도전청년돌격대'는 설립 이후 북한의 도로, 공장기업소, 산업시설, 문화시설, 살림집(아파트) 등 북한의 기간시설 및 산업건설을 담당해왔다. 속도전청년돌격대는 '김일성사회주의청년동맹'의 산하조직인데, 유사시에는 정규군에 편입될 수 있도록 편성되어 있었다. 속도전청년돌격대는 처음에 김정일의 후계 세습을 위해 김정일을 위한 전위대로 만들어졌다.

1970년대 들어서면서 경제가 악화되어 인민경제 6개년 계획이 제대로 수행되지 않자 김일성의 후계자로 등장한 김정일이 '속도전' '전격전' '섬멸전' 등의 이름을 앞세워 부진한 6개년 계획 수행을 촉진하기 위한 방안으로 1974년 조선사회주의청년동맹 산하에 '속도전청년돌격대'를 창립하고. '70일 전투'를 진행할 것을 지시했다. 김정일의 밀어붙이기 식 '70일 전투'로 북한 경제에서는 반짝하는 성과가 나타나기도 했는데, 공업 생산은 평균 1.7배, 일부 지역의 석탄 생산량은 5배 증가했다고 발표했다. 물론 전투기간 동안 근로자들은 휴일도 없이 매일 밤 12시, 때로는 새벽까지 노동을 해야 했다.

속도전 청년돌격대의 시작 초기에는 아무나 갈 수 있는 조직이 아니었다. 각급 학교의 사로청위원장을 비롯하여 청년간부들이 모집되었고, 이들은 3년간의 돌격대 생활을 마치면 금성정치대학을 비롯한 당 간부 양성학교에 입학해 과정을 마친 후 청년동맹 간부나 당 간부로 선발되는 특전이 있었다. 이러한 돌격대의 활약으로 김정일은 1975년 2월 개최된 조선노동당 전원회의에서 당중앙위원회 정치위원으로 선출되어 공식적인 북한의 후계자로 확정되었고, 속도전청년돌격대를 조직한 것을 큰 업적으로 내세웠다.

—그럼 김정일이 직접 속도전청년돌격대를 지휘했나요?

—아니요. 그는 위에서 지시만 했지요. 1995년까지 속도전 청년돌격대 대장은 최룡해였어요. 그러나 국가 차원의 대규모 공사들에 더 많은 청년돌격대를 보내야 하는데, 속도전 청년돌격대 인력을 보충하기도 어렵고, 모든 속도전 청년돌격대 출신들을 계속

당 간부로 채용한다는 것도 현실적으로 어렵게 되자 전국의 고등 중학교 졸업생들을 거의 강제적으로 모집하고, 근무 기간도 3년 에서 10년으로 늘어났어요.

―조 선생님도 속도전 청년돌격대였나요?

―그렇지요. 처음의 엘리트 돌격대였다면 신분 때문에 입대도 못 했을 거예요. 당 간부를 시켜 줄 사람들인데, 나 같은 재포를 뽑 아줄 리 없지요.

―처음에 돌격대에 대해 알려준 사람은 자세한 걸 모르고 알려준 거네요.

―그렇다고 봐야죠. 뭐 나쁜 의도는 전혀 없었을 거고, 법이 바뀐 것과 나의 신분을 잘 몰랐던 거죠.

―3년 일하니까 내보내주긴 하던가요?

―그러면 얼마나 좋았겠어요? 이를 악물고 '3년만 참자' 하고 죽 을 용을 써서 버텼는데 3년 만에 내보내주는 게 아니더라고요. 자그마치 9년을 일하고서야 겨우 풀려 나왔는데, 그래도 대학에 갈 수 있다니까 희망을 가졌죠. 내가 가고자 했던 김일성종합대 학은커녕 금성정치대학도 못 가고, 결국 정치성이 없는 신의주농 협대학 축산학과를 갔어요. 열심히 공부해서 졸업하고 신의주축 산협동조합 간부로 뽑혔어요.

―이후 축산분야에서는 꽤 성공하여 나중에 신의주 축산협동조 합 중앙회 부회장까지 올라갔지요. 그런데 몇 년 후 까마득한 후 배가 내 자리를 빼앗아 가고 나는 그의 지도를 받는 부하직원이

되더라고요. 자존심도 엄청 상했지만, 우리 아이들에게 또다시 이런 고통을 안겨 주어서는 안 되겠다 싶어 탈북을 결심했지요. 참으로 위험하고 힘든 여정을 거쳐 드디어 남한에 오게 되었지라요. 정말 꿈만 같네요.

―부모님도 같이 오셨나요?

―그럼요. 부모님이 요소요소마다 브로커들한테 돈을 주고 탈북했지요. 다시 하라면 못 할 것 같아요. 죽을 고비가 한두 번이 아니었으니까요. 우린 그나마 돈이 있어서 고생 덜 하고 여기까지 올 수 있었을 거예요.

―지금 중국에 거주하는 탈북민이 20만 명이라고 들었습니다. 사실인가요?

―저도 그렇게 듣고 있습니다. 그러나 그만큼은 아니라고 하는 사람들도 있어요.

―십만 명이든 이십만 명이든 왜 그렇게 많은 사람들이 한국에 오지 못하고 중국에 머물러 있을까요?

―사람마다 사정이 다르겠지만, 제일 큰 원인은 돈과 관련 있어요. 북한을 탈출할 때 브로커들에게 돈을 주어야 하는데, 돈이 없으니까 중국에서 벌어서 갚아야 하는 처지에 놓이게 돼요. 그러나 중국에서 큰돈을 버는 것도 그리 쉬운 일이 아니니까 일단 그곳에서 은신하고 있는 거지요. 공안에 잡히면 바로 북송되므로 숨어서 살고 있으니 임금도 최하로 받고 신변도 불안하므로 살아도 사는 게 아니에요.

—여자들의 경우는 인신매매를 당한 경우가 많고요. 이들은 주인들에 의해 감금되어 있어요. 일부러 밥도 조금만 준대요. 힘이 나면 도망칠까 두려워서요. 주인이 외출을 할 때는 밖에서 잠그고 간대요. 세 번째 경우는 중국 사람과 결혼한 사람들이에요. 물론 여자가 더 많지만, 일단 살기 위해 중국인과 결혼을 하면 아이도 낳고 하니까 중국에 눌러 앉게 되는 거지요. 결혼은 탈북자들에게 방패막이가 되기도 하니까요.

탈북자 대부분은 도회지와는 아주 먼 시골오지에서 살아요. 이들은 문명의 혜택을 거의 받지 못하고 원시인처럼 살지요. 모두 무국적자이므로 비행기도 탈 수가 없고, 병원에도 갈 수가 없으며, 심지어 아이가 커도 학교에도 못 가요. 이처럼 여러 가지 형태로 중국에서 힘겨운 삶을 살고 있어요. 그들을 생각하면 마음이 매우 어둡고 무거워요.

—아, 그렇군요. 그분들을 한국에 데리고 나오는 일이 정말 시급하네요. 방법이 없을까요?

—소재 파악 자체가 어려운가 봐요. 중국 주인이 협조를 해주면 제일 좋은데, 그게 쉽지가 않아요. 그들의 신원과 소재를 알아내기가 어려운 이유는 신분을 감추고 살고 있기 때문이에요. 기적적으로 한두 명씩 우리 봉사자들에게 인계되어 나오지요.

—탈북자들은 모두 중국을 통해서만 한국에 옵니까?

—대부분 그렇지만, 그것만은 아니에요. 탈북 루트가 몇 개 있거든요. 중국루트, 몽골루트, 베트남루트, 태국루트. 탈북해서 한국

에 오기까지 겪어야 하는 고난은 이루 필설로 다 할 수 없어요. 그야말로 '목숨'을 내놓고 하는 일이지요. 일주일씩 아무 것도 못 먹고 몇 백, 몇 천 킬로미터를 걸어야 하니까요. 산도 넘고 강도 넘어야 하고요. 사람의 의지나 정신력이 극한 상황에서는 어마어마한 힘을 발휘하거든요. 평소 같으면 도저히 못 할 일도 극한상황에서는 할 수 있으니까요.

—몽골 같은 데로 가게 되면 끝없는 사막을 걸어야 하는데 방향도 모르고, 먹을 것도 없으니 그 막막함과 외로움, 고통스러움은 이루 형언할 수 없지요. 오직 정신력에 기대어 어려움을 돌파하는데, 체력이나 정신력이 조금만 달려도 목숨을 잃기가 십상이지요. 탈북과정에서 실제로 죽는 사람도 부지기수예요. 김정은이 집권하고는 국경을 더욱 엄하게 단속하기 때문에 그만큼 탈북이 어려워지고 있고, 브로커들의 요구액도 점점 높아져서 정말 탈북이 힘들어지고 있어요.

—아! 정말 살아있다는 게 얼마나 큰 축복인지, 그리고 남한에서 태어난 것이 얼마나 행운인지 알아야겠네요. 탈북민들을 안전하게 남한으로 데려오는 방법을 대대적으로 강구해야하는데, 무슨 좋은 방법이 없을까?

—있으면 얼마나 좋겠어요? 저도 그들을 생각하면 너무나 마음이 무겁고 아파요. 북한에 있어도 고통만 기다리고 있고, 탈북을 해도 고통만 기다리고 있으니 무슨 기적이라도 일어나면 좋겠어요. 중국이 협조해주면 가장 좋은데, 중국은 절대로 탈북자편에 있지 않으니까요. 결국 김정은과 그 가족들을 위해 수많은 사람들이

죽음보다 끔찍한 고통을 감내해야 하니 기막히지요.

―남한에 오시니 좋긴 좋으세요?

―그럼요. 자유를 얻었잖아요? 남한에 오니 자유가 너무 많아서
주체를 못 할 정도예요. 정말이지 여기서는 사람답게 사는 길이
무엇인지 알 것 같아요. 우리 아이들도 얼마나 좋아하는지 몰라
요. 물론 밥을 마음껏 먹을 수 있는 게 제일 좋지만, 그에 못지않
게 자유를 누리고 산다는 것이 얼마나 행복한 일인지 알겠어요.
전 더구나 온가족 3대가 함께 나오게 되어 천운이라고 생각해요.
얼마나 감사한지 몰라요. 꿈에 그리던 일본도 가서 할아버지 할
머니가 사셨던 나고야도 가보고, 아버지 어머니가 사셨던 오사카
도 가 봤어요. 북한에서라면 상상도 못 할 일이죠. 대한민국 국민
은 처음부터 자유가 주어졌기 때문에 자유의 고마움을 별로 못
느끼는 것 같아요. 북조선같이 철저하게 자유를 속박당해 보면
자유가 무엇인지, 사람답게 사는 첫 번째 조건이 자유란 걸 느끼
게 되는 것 같아요.

―예, 맞아요. 남한 국민은 자유에 대한 갈증이 없지요. 일본에 가
보셨다고 했는데, 일본과 한국은 어떤 차이가 있던가요?

―글쎄요. 자유가 있다는 점은 같고요. 일본의 거리가 조금 더 깨
끗한 것 같았어요. 공중도덕은 일본이 좀 앞서는 것 같고, 실제의
인정은 한국이 좀 앞서는 것 같아요. 일본사람들은 사람을 만나
면 절을 아주 깊이 몇 번이고 하잖아요? 근데, 그게 진심으로만
느껴지지 않고, 그냥 습관인 것 같아요. 하기야 미국에서 공부하
는 일본학생들에게 미국 교수가 다 속는다잖아요? 강의를 하면

하도 고개를 잘 끄덕이니까 교수는 그들이 다 알아듣고, 전부 동의하는 걸로 착각을 한다는 거예요. 실제로는 그렇지 않는데도 말이에요.

―재미있는 얘기네요. 그래 음식은 한국과 일본이 어떻게 같고 다르던가요?

―일본은 기본적으로 음식에 양념을 섞지 않아요. 식재료 하나하나를 되도록 그 고유의 맛을 볼 수 있게 하지요. 기본적으로 날 것을 많이 먹고요. 한국은 좋은 재료라도 모두 진한 양념이 다 되어 있어서 양념 맛이 강하지요. 대신 한국음식은 일본 음식보다 다양한 것 같아요. 같은 재료라도 날것, 볶은 것, 구운 것, 찐 것, 끓인 것 모두 다 맛볼 수 있고 재료도 매우 다양하고요. 한국음식 속에는 한국적인 것, 일본적인 것, 중국적인 것, 서양적인 것 모두 다 있지요.

―짧은 여행에서 많은 걸 보고 느끼셨네요.

―여행만은 아니고, 부모님이 일본에서 살다가 오셨기 때문에 일본 음식, 한국 음식, 모두를 잘 해주시니까요. 그리고 함께 일본 여행할 때 설명을 많이 해주셨거든요. 예를 들면 만일 일본 친구를 만난다면 '비벼먹자'거나 '국에 말아 먹자'거나 하면 안 된다고요. 일본 문화에서는 절대로 한국의 비빔밥 같은 것을 해 먹지 않고, 국에 말아먹는 것도 안 한다고요.

―아, 그렇군요. 그러고 보니 그런 것 같네요. 또 다른 차이도 있나요?

─예를 들면 남의 결혼식에 축의금을 가지고 가잖아요? 이건 한 중일 세 나라가 같지요. 그런데 거기서도 문화의 차이가 있어요.

─어떻게요?

─일본인은 축의금을 그냥 봉투에 넣고 이름만 써서 주면 매우 교양 없고 성의가 없다고 느껴요.

─그럼 어떻게 해야 하지요?

─아주 예쁜 봉투에 돈을 넣고, 그 봉투를 또 다른 봉투에 넣고, 그 봉투를 또 다른 예쁜 봉투에 넣어서 주어야만 고맙게 생각해요. 그러니까 적어도 봉투 세 개는 있어야 해요. 그것도 아주 예쁜 봉투로. 특히 겉봉투에는 리본도 달려 있어야 하고요. 중국인들은 돈 액수를 8에 맞춰야 하지요. 즉 8만 8천 8백 8십 원같이 8자가 많이 들어가는 액수를 좋아해요. 7만원이나 5만원 같이 홀수의 돈은 절대 안 돼요. 홀수는 상가에 갈 때에만 쓰지요. 한국인은 그런 것 없이 액수만 많으면 되는 것 같아요.

─정말 재미있는 얘기네요. 이런 건 상식적으로라도 알아두는 게 좋겠네요. 그리고 또 뭐가 있습니까?

─예, 일본은 아직도 미신이랄까 아무튼 토속종교 그런 걸 더 많이 믿는 것 같았어요. 어느 사찰에나 암자 같은 데서 복을 비는 부적이 너무도 많이 걸려있는 걸 볼 수 있잖아요? 한국처럼 정식 종교보다는 전통적인 기복 사상이 많이 남아 있는 것 같아요.

─역시 예리하시네요. 맞아요. 일본은 한국에 비해 기독교인도 적

고, 정통 불교신자도 적고, 가톨릭은 더 적을 거예요.

―그렇지요. 종교이야기가 나왔으니까 얘긴데, 북한은 아예 종교의 자유가 없잖아요? 종교를 가지면 교화소에 가고, 수용소에 가요. 정말 이런 나라가 이 세상에 또 있을까요? 김 씨 종교 외에는 아예 인정을 안 하죠. 단지 외국인에게 보여주는 사찰과 교회만 있어요. 아마 북한은 전 세계에서 국민들이 '크리스마스'라는 단어를 모르는 유일한 국가일걸요. 저도 탈북 후에야 '크리스마스'라는 말을 알았으니까요.

―정말, 안타까운 일이네요.

―그렇지요. 안타까운 일이지요.

―또 뭐가 다르던가요?

―기본적으로 일본사람은 말 할 때 나지막하게 해요. 한중일 중에 중국인이 제일 크게 말하고 그다음이 한국인이고 일본사람이 제일 작게 말한대요. 그래서 만일 한국인이나 중국인이 큰소리로 말하면 일본인은 깜짝 깜짝 놀란대요.

―아, 예. 그렇군요.

―다음은 어딜 가실 거예요? 제가 태워다 드릴게요.

―아네요. 저도 차 가지고 왔어요. 여기 오니 차도 가질 수 있고 좋네요. 편리할 때가 많아요. 물론 한국은 대중교통도 너무나 잘 되어 있지만요.

―그건 그래요. 한국은 차 없이도 불편 없이 살 수 있지요. 버스,

지하철만 타면 딱 딱 제시간에 갈 수 있으니까요. 오늘 감사했습니다. 다음에 또 연락드려도 되나요?

—그럼요. 다시 만나야지요. 우리가 만나는 것도 '작은 통일'이 아닐까요?

—예. 맞아요. 그렇지요. 통일이 맞지요. 작은 통일이 모이면 큰 통일이 되겠지요.

—그럼 살펴가세요. 조심하시고요.

—예, 또 뵙겠습니다. 안녕히 가세요.

정호연 기자는 탈북자들을 만나 취재하고 글 쓰는 일이 즐겁다. 물론 가슴 아픈 얘길 들을 때는 가슴이 저며 오고, 무용담을 들을 때는 함께 기뻐하고 즐거워할 수 있어서 좋다. 무엇보다도 통일에 대해 좀 더 진지하게 생각할 수 있는 계기가 되어 보람이 느껴진다. 정호연은 제2, 제3의 조연수를 만나기 위해 걸음을 재촉했다.

조연수는 정호연 기자와 만난 지 일주일 뒤 광화문의 한 카페에서 다른 기자를 만났다.

—조연수 선생님이십니까?

—예. 맞습니다.

—반갑습니다. A신문사 황수찬 기자입니다.

—반갑습니다. 조연수라고 합니다.

수인사가 끝난 뒤 황 기자가 묻는다.

―조 선생님은 이곳까지 뭘로 오셨어요?

―예, 전철로 왔습니다.

―한국 전철은 어떻던가요?

―너무나 좋지요. 깨끗하고 빠르고 정확하고. 또 냉난방도 되고요.

―아, 예. 그건 그렇지요.

―한국의 대중교통이 괜찮아요?

―그럼요. 얼마나 편리한지 몰라요. 한국은 버스, 지하철, 고속철, 고속버스 아마 세계 최고일걸요. 심지어 택시까지도 편리하지요. 언제 어디서나 잡을 수 있고 요금도 카드로 낼 수 있고.

―평양도 지하철은 좋다던데요?

―겉은 번드르르하지만 실제로는 힘들어요. 한국보다 3배는 깊이 들어가 있으니까요. 한국처럼 자주 다니는 것도 아니고요.

―그럼 버스는 어때요?

―말씀 마세요. 북조선의 버스는 드문드문 다니니까 사람이 많아서 숨이 막혀요. 더구나 여름에는 찜통더위에 냉방이 안 되니까 차라리 30분 이내의 거리는 걸어 다녀요.

―아까 카드 말씀 하셨는데, 조 선생님도 카드로 생활하세요?

―그럼요. 얼마나 편리한지 몰라요, 환상적이었어요. 돈은 은행에 넣어놓고 카드로 생활하는 게 너무 편리해서 감탄했어요. 이런 세상도 있구나 싶더라고요.

―예. 한국에 오시니 좋긴 좋으세요?

―물론이죠. 좋고말고요. 너무도 끔찍한 과정을 거쳤지만 그래도 성공했으니까 이런 호사도 누리게 됐네요.

―여기서 힘든 점은 없었습니까?

―남북의 말이 다른 게 많아서 처음엔 조금 힘들었습니다.

특히 외래어가 너무 많더라고요. 샴푸(머리비누), 티슈(입종이), 노크(손기척), 도너츠(가락지빵), 원피스(나리옷), 오페라(노래이야기), 스킨로션(살결물), 벨트(박띠), 티켓(표), 백미러(후사경), 라면(즉석국수), 키(열쇠), 키스(입맞춤)같은 일상적인 말도 못 알아들어 당황한 적이 한두 번이 아니었거든요.

―아, 네. 그러셨군요. 지금은 어떠세요? 어려움은 없습니까?

―예, 이젠 대부분 알아듣습니다.

―다행이네요. 다른 어려움은 없었습니까?

―있기야 있지요. 북한에서 핵실험을 하면 나보고 '너희 나라는 왜 그러냐?'하기도 하고요. 나는 내가 대한민국 사람이라고 생각하는데, 이곳에서는 아직도 날 북한사람으로만 생각하니까요. 하기야 그럴 만도 하지만요.

―왜 그럴 만 하다고 생각하세요?

―아무래도 아직은 북한식 어투가 많이 남아있을 테니까요.

―예를 들면요?

—'즉시'라는 말이 얼른 안 나오고 아직도 '인차'라고 할 때도 있고, '괜찮다'라는 말 대신에 '일없다'가 툭 튀어나오기도 하고, '분유'를 '가루젖'이라고 하고, '로터리'를 '도는 네거리' 라고 하고, '마네킹'을 '몸틀'이라고 하고 '부츠'를 '목달이구두'라 하고 '무지개'를 '색동다리'라 할 때가 있거든요.

—우리는 원래 쓰던 한자어나 외래어를 그대로 쓰는데, 북한은 고유어로 많이 바꾼 것 같네요. 나름대로 잘 다듬어진 것 같아요. '몸틀', '목달이구두', '도는 네거리'는 아주 재미있고 재치 있는 표현인데요. '인차'나 '일없다'는 특별히 수긍이 가지는 않지만요.

—그렇겠네요.

두 사람은 카페에서 나와 파스타 집으로 옮겨 와서 얘기를 계속했다.

—자녀는 몇 명입니까? 한국에 잘 적응하고 있습니까?

—1남 1여인데, 모두 중학교에 다니고 있어요. 북한은 거의 다 잊은 것 같고, 이곳에서 즐겁고 행복하게 잘 지내고 있지요. 꿈에 부풀어 있고요.

—축하드립니다. 조 선생님은 여기서 무얼 하고 지내세요?

—예, 축산 관련 기관에 다니고 있어요.

—하시는 일에 만족하세요? 월급도 괜찮나요? 하기야 한국의 반려동물이 1,000만 마리라고 하니 할 일이 많겠네요.

—그렇지요. 동물은 말을 못 하므로 아파도 그 증세를 정확히 모르기 때문에 사람보다 더 힘들어요. 동물이야말로 연구를 많이

해야 해요. 한 번씩 전염병이 돌면 순식간에 번지잖아요?

—지금은 동물한테도 예방주사를 맞혀야 하지요?

—그렇지요. 예방과 치료를 수의사가 다 알아서 해주어야 해요.

—그래 직장에서 하시는 일은 만족하시고요?

—아주 만족합니다.

—다행이네요. 다른 어려움은 없으시고요?

—신분이 계속 달라지는 게 좀 괴롭지요. 일본에서는 이름 때문에 '조센진'으로 불리며, 차별을 당하다가 북조선에 가니 또 "쪽발이 라고 놀림 받고, '째뽀 혹은 째끼'니, 하며 또 차별을 받았지요. 이 게 싫어서 한국에 왔더니 이번엔 '새터민', '북한이탈주민', '탈북 자'라 부르더라고요. 우리에겐 늘 꼬리표가 따라다녀요. 물론 한 국에서는 심하게 차별하는 것은 아니지만요. 모든 사람들이 우리 를 대한민국 국민으로 받아들이는 건 아닌 것 같아요. 그야말로 '탈북자'로 보지요. 제3의 신분이 참으로 고달프고 서러울 때가 많아요. 아마 전생에 죄를 많이 지은 사람들이 제3의 신분으로 살아가는 것 같아요.

—듣고 보니 참으로 안되었습니다. 저는 '조 선생님'이라 계속 불 러도 되죠?

—그럼요, 그러면 저야 좋지요.

—어릴 때도 차별을 받나요?

—그럼요. 이미 사람들이 저를 대하는 태도가 달라요. 뭐랄까, 깔

보고, 무시하고, 미워해요. 유치원에 가도 선생님들이 나를 대하는 태도가 다른 아이들 하고는 다르고, 모두 다 주는 사탕을 나는 못 받기도 하고…. 성품이 원만한 선생님은 티를 내지 않지만요. 옛날 배급제일 때는 배급량도 달랐었죠. 아버지가 당에 입당도 못 하시고 어디 취직도 못하시니 제일 마음 아프더라고요. 그래도 장사를 하서서 먹고 사는 건 괜찮았어요. 북조선에서는 직위보다도 직책이 중요하거든요. 뇌물을 받을 수 있는 위치에 있느냐가 가장 중요해요. 심지어 선생님들도 공공연히 뇌물을 받는데, 가난한 학생은 뇌물을 안 드리니까 하위계층의 학생에겐 관심을 안 두지요.

—어린아이들에게 사탕까지 안 준다니 참으로 안타깝네요.

—그러게 말이에요. 북조선에서는 이런 식으로 먹는 걸로 차별을 하고 벌을 주고 교회소나 단련대 같은 데서도 잘못 하면 '처벌밥'이라 하면서 30g짜리 밥을 주지요.

—조 선생님은 한국에 오셨으니 마음껏 뜻을 펴고 사시길 바랍니다. 혹시 앞으로의 계획을 여쭈어 봐도 될까요?

—예, 우선은 공부를 좀 더 하려고 합니다. 저는 공부체질이니까요. 아예 동물 연구로 박사학위까지 받으려고요. 그래서 교수가 되면 제일 좋지만, 안 되더라도 실망은 안 할 거예요. 내가 연구소를 차리면 되니까요. 그다음은 북한의 실상을 세상에 알리는 데 앞장서고, 통일을 위한 노력을 할 작정이에요. 여러 탈북단체들이 통일을 위해 힘쓰고 있는데, 저도 힘을 보태려고요. 북한의 불쌍한 인민들을 구출해 내야하니까요. 특히 재포들을 위해 하루

속히 차별에서 벗어나도록 도와주고 싶어요. 아무 죄도 없으면서 차별을 받고 살아가야 하는 그들에게 희망의 메시지를 보내야겠어요. 편지도 할 수 없고, 전화도 할 수 없고 영양실조로 죽어나가는 그들에게는 최소한의 인권도 없으니까요. 이미 엄마 뱃속에서부터 '재포'라는 딱지를 안고 태어나 최하계급으로 살아가야 하는 삶을 자식에게는 물려주지 말아야지요.

—어떻게 도와주실 건데요?

—우선은 북한에 전단지 뿌리는 일에 동참하고, 한명이라도 더 탈출시켜야지요. 가장 좋은 방법은 내부 봉기가 일어나는 거지만, 워낙 감시체계가 철저하므로 현재로선 가능하지 않아요. 우선은 밖에서 조금씩이라도 변화의 바람을 불어넣고, 또 곤경에 처한 사람들을 탈출시키는 방법밖엔 없지요. 그들 한 명, 한 명이 모두 통일의 첨병들이 될 거니까요. 수많은 탈북 브로커들이 주로 중국에서 활동하고 있는데, 가장 믿을만한 브로커들에게 부탁을 해야지요. 저는 재포들을 우선적으로 탈출시키고 싶어요. 가장 힘들게 살고 있으니까요.

—재포를 찾아내고 연락하고 이런 게 가능한가요?

—쉽지는 않지만, 현재 한국에 나와 있는 재포들을 통해 북한의 재포들을 찾아봐야지요. 물론 어려움이 많겠지만, 아마 길은 있을 것 같아요. 북한과 직접 전화는 어렵지만, 중국 핸드폰으로 북중국경지대에서는 통화도 가능하거든요. 뜻이 있는 곳에 길이 있다고 하지 않습니까? 제가 살아있는 한 이 일은 반드시 해야 할 일이에요. 돈을 벌어 이런 일에 쓰는 게 저의 삶의 목표지요. 무

엇보다도 재포나 제3의 신분으로 살아가는 젊은이들 장래를 위해 누군가 나서지 않으면 안 돼요. 겪어보지 않은 사람은 그 고통을 십분의 일도 짐작하기가 어려우니까요.

─힘이 닿는다면 중국에 인신매매된 여성들도 찾아서 데려와야 해요. 참으로 할 일이 많아요. 요즈음은 중국과 전화도 되고 이메일도 되니 옛날보다는 여건이 많이 좋아졌어요. 문제는 돈이지요. 경비가 많이 필요하므로 독지가들을 찾아야겠어요. 사실 저의 부모님은 돈을 많이 버셨는데, 저는 쓰는 편이에요. 공직에 있으니까 돈은 못 벌겠더라고요. 뇌물을 받는 부서가 아니니, 쌀눈만한 월급 외에 수입이 없었지요. 어쨌든 제가 할 수 있는 범위 내에서 최선을 다할 작정입니다. 제가 한국에 오게 된 것은 이런 일을 하라고 하느님이 보내주셨다고 생각하니까요.

─정말 존경스럽습니다. 요즘같이 각박한 세상에 자기 살기도 힘든데, 남을 위해 시간과 돈과 정열을 쏟는다는 게 아무나 할 수 있는 일은 아니지요. 그런데 '하느님' 하시니 혹시 교회에 다니시나요?

─예, 한국에 와서 하느님을 알게 됐어요.

─아, 네. 축하드립니다. 신앙이 있는 건 살아가는 데도 큰 힘이 되니까요. 부모님도 교회에 나가세요?

─우리 부모님은 천주교인이 되셨어요. 주일마다 성당에 다니시고, 봉사활동도 많이 하고, 북한 주민과 탈북자들을 위해 묵주기도도 많이 하세요.

─아, 예. 천주교 좋지요. 온 가족이 모두 교인이니 좋으시겠어요.

—예, 좋아요. 든든하고 행복합니다.

—뜻밖에 남북정상회담, 북미정상회담을 했어요. 어떻게 생각하세요?

—일단은 반갑지요. 하지만, 하루아침에 북한이 변할 거라고는 생각 안 해요. 국민 모두에게 자유가 주어지는 날은 요원하겠지만, 만일 북한이 미국과의 수교를 이끌어낸다면 북한은 확 달라질 수도 있지 않을까 기대는 해 봅니다.

—북한도 개방만 하면 지금보다 훨씬 잘 살 수 있을 텐데….

—그러게요. 무서워서 개방을 못 하는 거지요. 안과 밖이 너무나 다른 나라, 전 국민을 철저하게 억압하고 감시하는 나라, 철저한 계급 사회, 국민을 노예로 취급하는 나라, 끼니를 걱정시키면서 충성을 강요하는 나라, 뇌물 천국인 나라. 사실 북한에 있을 때보다 밖에 나와서 보니 더욱 끔찍한 나라란 걸 알겠어요. 오죽하면 북한군 10명 중 7명은 한번쯤 귀순을 고민한다잖아요? 군인 급식조차 자급자족하라고 하니 주민들 집에 들어가 훔쳐오고 빼앗아오고 하잖아요?

북한 전문가들은 2018년 북한이 수출로 벌어들이는 달러는 90%까지 격감한 것으로 보고 있다. 유엔제재가 거의 최고수준에 이르렀기 때문이다. 수출 부진으로 직격탄을 맞는 건 당 간부들이다. 왜냐하면 그들은 수출이 잘 돼야 뇌물을 많이 받을 수 있는데, 수출이 안 되면 뇌물이 안 들어와서 자신들의 생활이 막막해질 수 있기 때문이다. 실제로 공식적인 월급은 1달러 정도인데, 실제 생활비는 아무리 줄여도 100달러는 돼야 한다. 지금까지는 이 돈이 모두 뇌물로 충당이 되어 걱정 없이 살았던 것이다. 김정은 역시 뇌물에 의존해 왔는데, 그것이 없어지면 큰일이었다. 자기 가족들의 사치품 구매비도 필요하지만, 무엇보다도 측근들에게 선물을 못 주면 언제 배반할지 모르기 때문이다. 김정은은 여기서 평화 카드를 빼 들었다. 남북정상회담, 북미정상회담 카드가 그것이다. 이들 회담 덕에 남한으로부터는 이미 일정한 성과도 냈다.

문제는 김정은이 정말로 핵을 포기할 생각이 있느냐이다. 그는 평소에 '핵 포기는 곧 김 씨 왕조의 몰락'이라고 굳게 믿고 있었기 때문이다. 그로서는 앞으로 2년이 매우 중요하다. 2년만 잘 버티면 국제사회의 제재 동력은 자연스레 약화될 것으로 보고 있다. 미국 공격을 받지 않고 2년을 보내기 위해 '북남 정상회담' 카드와 '북미 정상 회담' 카드를 빼 들었다.

전문가들은 2년만 이대로 가면 그 사이 북핵 고도화가 완성되고, 핵탄두가 100개를 넘길 가능성이 있다고 보았다. 핵탄두 100개면 전 세계를 공포에 떨게 할 수 있다. 만일 남북정상회담에서 문대통령이 실질적으로 북한의 완전한 핵 폐기를 이끌어낸다면 노벨평화상을 받을 수도 있을 것이다. 트럼프도 마찬가지이다.

―예, 우리 모두 힘을 합해 북한의 변화를 촉구할 수 있으면 좋겠네요. 북한이 중국만큼만 개방되어도 국민의 숨통이 트이고 경제적으로도 큰 도움이 될 텐데 안타깝네요. 한국국민들은 어때요? 차별 안 하던가요?

―더러는 기분 나쁘게 말하는 사람도 있지만, 대체로 괜찮은 편이에요.

허성만이 묻는다.

—만일 탈북했다가 중국에서 잡혀서 북송되면 어떻게 되나요?

—바로 죽이기도 하지만, 주로 수용소나 교화소에 가두지요.

—수용소는 또 뭡니까?

—공식적으로 '관리소'라고 부르는데요, 가장 나쁜 형벌이라고 생각하시면 됩니다.

—어떤 사람들이 주로 가나요?

—주로 사상범들이 가지만, 실제로는 아주 작은 실수 한 가지를 침소봉대해서 사상범으로 몰고 가는 경우가 훨씬 더 많아요. 예를 들어 김 씨 부자 사진이 있는 노동신문을 훼손했다거나, '나는 김형직사범대학에 갈 수 있는 성적이었으나 나의 5촌이 남조선에 있어서 억울하게 못 갔다.', 혹은 '나는 성적이 좋은데도 재포라고 대학도 못 들어갔다. 불공평하다.'와 같은 불평 한마디만 해도 누군가 듣고 당에 고자질을 하면 바로 수용소행이지요. 평소에 가깝다고 생각하여 마음 놓고 불평 한마디만 하면 그 친구는 바로 당에다 보고하는 것이 북조선이에요. 다른 사람의 잘못을 보고하면 충성점수를 받기 때문에 이런 짓을 하는 거지요. 사실 순박한 사람도 많지만, 북한 체제가 사람들을 이렇게 바꿔놓은 거예요.

—정말 살벌하네요.

—살벌한 정도가 아니지요. 전체적으로 이토록 공포 분위기를 만

들어놓았기 때문에 그나마 체제를 유지하는 거예요. 기본적으로 네 사람 당 한명은 세포조직이거나, 감시원이라고 보시면 됩니다. 그러므로 누구한테도 속마음을 털어놓으면 안 되지요. 그저 김부자 칭송하고, 꽃이 예쁘다, 손주 아이들이 귀엽다, 오늘은 날씨가 쾌청하다 등 일상적인 얘기만 해야지 아주 조금이나마 체제를 비판하거나 불평하는 것은 용납이 안 되는 곳이 북조선이에요.

수용소는 요덕 수용소의 혁명화 구역 외에는 '죽는 것'이 전제되어있고 절대로 살아서 나오지 못하므로 마음 놓고 일시키고 가혹 행위하고, 급식도 가장 나빠요. 북한은 완전히 뇌물 공화국이지만, 유일하게 통하지 않는 곳이 수용소지요. 10만여 명 정도가 이 통제구역에서 지내고 있어요. 그야말로 인권의 사각지대에 놓여있는 거지요.

—정말 수용소에서 나온 사람은 한 명도 없나요?

—예, 없는 것으로 알고 있습니다. 딴 곳은 그래도 언젠가는 세상 밖에 나갈 수 있다는 희망이라도 있지만, 수용소는 기본적으로 다시 세상에 나올 수 없는 형벌이지요. 요덕수용소만 일부 살아서 나올 수 있고 다른 수용소는 모두 종신이니까요. 그렇다고 해서 몇 십년간 수용소에서 버틸 수 있는 것도 아니에요. 보통 2,3년차에 영양실조와 과로로 죽게 되지요. 온 가족이 조그만 집을 하나 받아서 생활하는데, 먹을 게 없고, 일은 엄청나게 많이 해야 하니까 도저히 버틸 수가 없는 거예요. 하루에도 수 십 명씩 죽어 나가니까요. 산속에 거대한 수용소 도시가 있다고 생각하시면 됩니다. 수용소 안에 학교도 있고, 병원도 있고 농장도 있고 공장도 있고,

탄광도 있고 핵시설도 있어요. 이토록 큰 도시가 모두 높은 울타리로 둘러쳐져 있어서, 그 안에서 절대 외부로 나갈 수는 없어요.

—수용소를 관리하는 사람도 있겠지요?

—그럼요. 관리원이 매우 많아요. 이 사람들이 수감자를 못 살게 하지요.

—이들 관리원의 월급은 얼마나 되나요? 한국 돈이나 달러로 계산해서요.

—1달러가 안돼요.

—예? 그게 무슨 말이에요?

—실제로 받는 월급은 그렇게 적어요. 최하층 가족의 한 달 생활비가 50~100달러 정도 되거든요. 중간층은 200~300달러, 상류층은 중간층의 두 배 이상 돈을 쓸 거예요. 그런데 당 중간 간부, 군 간부들은 장마당에 나가 장사하는 것도 아닌데 중·상류층 생활을 하고 있어요. 생활을 유지해주는 것은 전부 '뇌물' 덕분이죠. 북한은 중국과 무역하며 리베이트를 걷는데 이것이 여러 비공식 경로로 당 간부들 주머니로 들어간다고 해요. 합법적 뇌물도 연간 3억~5억 달러에 이른대요. 5만~6만 명의 북한 해외 근로자는 모두 큰 뇌물을 바치고 외국으로 나온 사람들이에요. 이들이 받는 월급 중 90%는 39호실로 가는데, 39호실로 가기 전에 일부는 당 간부들에게 흘러들어간다고 보시면 됩니다. 노동자들은 일한 대가로 최소한의 생필품만 배급받아서 살고 있고요.

—그럼 가족들에게 돈을 안 보내나요?

—아, 가족들에게 100불씩 보낸다나 봐요. 이것 때문에 뇌물을 바쳐서라도 서로 외국에 나가려고 하지요. 자기들은 고생해도 가족에게 조금의 혜택이라도 줄 수 있으니까요.

—한국도 70년대에 광부와 간호원을 독일에 파견했잖아요? 이들이 열심히 일해서 가족들에게 마르크를 보냈지요. 그러나 정부가 돈을 가로채지는 않았어요.

—더 큰 것은 장마당을 원천으로 하는 불법적 뇌물이에요. 북한에는 1,000개 가까운 크고 작은 장마당이 있고 거기에 수십만 개에 달하는 가게가 있지요. 배급 경제가 붕괴된 북한에서 장마당 경제는 이제 북한 주민 전체 수입의 90%에 이른다고 해요. 한 달에 1달러도 안 되는 월급을 받는 세대주는 벌을 받지 않기 위해 기업소에 나가고, 부인과 아이들은 장마당에 나가 생활비를 벌지요. 북에서는 기업소에 나가지 않거나 사표를 내는 것도 '철직죄'로 큰 죄 중의 하나이므로 세대주들은 싫든 좋든, 월급이 있든 없든 직장에 나가야 하지요.

장마당의 장사꾼들 중에는 100만 달러를 축적한 부자까지 있다고 해요. 북한 땅에서 장마당은 권력의 배경 없이 돌아가는 것 자체가 불가능하거든요. 장마당에서 바쳐지는 뇌물이 하급 당 간부에서 중간, 고급 당 간부로 올라가지요. 이것이 북한의 실질적 경제 구조이자 인민들과 당 간부들의 생존 구조라고 할 수 있어요.

—북한 얘기는 들어도 들어도 새롭네요.

—수용소의 관리원들은 뇌물이 없으니까, 수감자들을 닦달하여

제품생산을 많이 시켜서 돈을 벌면 반 정도는 39호실로 보내고 나머지는 관리원들이 나누어 가질 거예요. 월급만으로는 생활이 불가능하니까요. 북한의 수감자들이 급식을 적게 받는 것도 관리원들이 떼어먹기 때문이지요. 법적으로 하루 450g의 식사를 주게 되어 있지만, 이 중 3분의 1은 떼서 관리원들이 가로채지요. 그리고 상시 구타가 이루어지는 것은 관리원들의 스트레스 해소용이에요. 자기들도 답답한 생활을 하니까 죄수들을 구타하면서 스트레스를 푸는 거예요. 정말 기막혀요. 북한에서 가장 인권유린을 많이 당하는 사람들이 모두 수감자들이지요. 단련대, 집결소, 교화소, 수용소· 그다음은 앞에서 말한 돌격대에서 일하는 근로자고요. 이들은 모두 관리자들의 노리갯감이지요.

─그들이 아무리 악행을 저질러도 문책 받지 않나요?

─이들의 악행이 위에까지 올라가지도 않아요.

─왜 그렇죠?

─이들의 악행을 고발할 사람은 수감자들밖에 없는데, 수감자들이 워낙 시달리다보니 그런 뱃장이나 마음의 여유가 전혀 생기지 않으니까요. 순간순간 살아있는 것 자체가 어렵기 때문에 관리원들을 고발하거나 윗선에 고자질 한다는 생각 자체를 못 하지요. 설사 어느 용감한 수감자가 그렇게 한다고 해도 웬만해선 수감자의 말을 들어주지 않지요. '초록은 동색'이라는 말도 있잖아요? 대체로 그 사람들은 관리원 편이니까요.

─오늘 좋은 말씀 감사드립니다.

―제가 더 고맙죠. 얘기 들어 주셔서요. 이렇게 누군가에게 얘기라도 하고 나면 짐을 조금 내려놓은 기분이 들거든요.

　―그렇게 말씀해 주시니 고맙습니다. 종종 연락드려도 될까요?

　―그럼요. 우리가 만나는 것도 통일이니 자주 만나야지요. 오늘 파스타 맛있었습니다. 감사합니다.

　―그렇지요. 통일 맞아요. 다음번엔 다른 분과 함께 나오셔도 좋습니다. 제가 할 수 있는 일이 있으면 언제든 연락 주시고요. 부디 조심하십시오. 또 뵙겠습니다. 다음엔 더 좋은 곳에 모시고 가겠습니다.

　―예, 감사합니다. 그럼 안녕히 가세요.

　―안녕히 가세요.

　두 사람은 작별인사를 하고도 몇 번씩이나 뒤를 돌아다보았다. 뭔가 찡한 감정이 서로의 등 뒤에서 소용돌이쳤다.

함께 꾸는 꿈

1

　조윤철과 함께 북송선을 탔던 초등학교 친구 정인조는 평남 양덕군으로 배치를 받았다. 일본에서 올 때 가져왔던 돈과 전자제품 같은 것도 거의 다 빼앗기고 살길이 막막하여 양덕시장에서 아내 현진설과 함께 국수집을 했다. 사업이 아주 잘 되었다. 계속 국수집을 하여 웬만큼 잘 살게 되었는데, 안부 차 일본에 있는 삼촌한테 편지를 썼다. 안부 인사를 하고, 이곳에서 잘 지내고 있다고 쓴 다음, '오사카 우리 집에 있는 내 신발이 참 편했었는데, 그걸 두고 왔으니 좀 보내주세요.'라고 썼다. 이 편지가 계기가 되어 일본에서 친삼촌, 고모, 외삼촌, 이모, 사촌형제 등 잘 사는 친척들이 돈과 일제 물건들을 앞 다투어 보내 주니 인조는 부자가 되어 남들의 부러움을 사게 되었다.

　일본의 친척들은 정인조가 옛날에 신던 운동화까지 보내달라는 걸로 봐서 매우 어렵게 사나보다 지레짐작하고는 도와야겠다고 나선 것이었다. 부모님들은 모두 돌아가셨지만, 뜻하지 않게 친척들이 너무나 많은 돈과 일제물건들을 수시로 보내주다 보니 다른 사람들보다 늘 여유 있게 살았다. 큰 부자라고 할 순 없지만, 상대적으로 끼니를 굶는 사람들에 비해 여유가 있었던 것이다. 워낙 베풀기를 좋아해서 실제보다 더 잘 사는 집으로 보이게 되기도 했다. 특히 300만 명이 굶어 죽었다던 '고난의 행군시기' 조차 그는 굶는 사람들을 위해 식량은 물론, 일본에서 들여온 자가용 승용차와 전자제품, 현금 등을 평안남도 정부 기관에 기부하고 훈장까지 받았다.

정인조는 지난날 일본에서 살았던 시간이 주마등처럼 떠올랐다. 오사카에서 중학교를 다닐 때 한 반이었던 조윤철과 단짝이었다. 인조는 중학교 2학년 때 아버지를 따라 나고야로 이사를 하였다. 나고야에 온 뒤에도 윤철과 가끔 통화를 했다.

나고야에서 일본중학교를 졸업하고, 고등학교는 조총련계 고등학교에 입학하여 다니고 있었는데 아버지가 불의의 교통사고로 돌아가시고, 어머니도 얼마 후 췌장암으로 돌아가신 후 인조는 마음을 못 잡았다. 어느 날 학교 게시판에서 '조선민주주의 인민공화국 이주민 모집' 광고를 보게 되었다. 만경봉호가 몇 월, 몇 일, 몇 시에 니카타 항구를 떠나 지상낙원인 조선민주주의인민공화국 청진으로 가니 희망자는 언제까지 나고야시청 민원실에 신청하라는 내용이었다. 인조는 갑자기 호기심이 발동하였다.

학교에서 '지상낙원'이라고 강조하는 북한이 도대체 어떻게 생겼는지, 정말 대학교와 병원이 모두 무료인지 가보고 싶은 생각이 고개를 들었다. 아직 시간은 3주일이나 남아 있었다. 인조는 갑자기 윤철이 보고 싶기도 하고, 윤철은 어떻게 생각하는지 알고도 싶었다. 오랜만에 윤철네 집으로 전화를 했다. 윤철어머니가 받아서 윤철을 바꿔 주었다.

　－윤철아, 나야 인조. 그간 잘 있었어? 난 지금 조선학교에 다니고 있어. 그런데 북조선에 갈 이민자를 모집하는 광고를 봤어. 북조선이 '지상낙원'이라고 하는데, 한번 가보고 싶어. 너는 어떻게 생각해?

　－나도 조선학교에 다니고 있고, 그 배로 북조선에 갈 계획이야.

　－어머? 그래? 우리가 똑같이 조선학교에 다니고 있고, 똑같이 북조선에 갈 생각을 했다니 이건 정말 우리가 다시 만나라는 하늘이 계시인 것 같다. 정말 잘 됐다. 그럼 우리 11월 25일 만경봉호에서 만나자.

　결국 두 사람은 5년 만에 만경봉호에서 해후하여 이야기꽃을 피웠다. 윤철의 소개로 인조는 윤철의 친구 최중휘와 이도연과도 인사를 나누었다. 네 사람은 모두 친구가 되어 여행을 하며 장밋빛 미래를 꿈꾸었다. 그러나 청진에 도착한 이후는 어기찬 시간이 기다리고 있었다. 우선 네 명이 뿔뿔이 흩어짐은 물론, 아무것도 보장된 것이 없었다.

　인조는 청진에서 돈과 일제 물건들을 거의 다 빼앗기고 양덕군에 배치 받아 실망과, 좌절, 허탈, 분노를 안고 양덕으로 가는 버스에 몸을 실었다. 막막하였다. 처음 경험해 보는 굶주림은 참으로 정신을 차릴 수 없었다. 할 수 없이 양덕군청에 가서 자기의 처지를 얘기하고 도와달라고 하였다. 마침 대민후생과 과장 이호진은 인조의 딱한 사정을 듣고는 자기 집에 데리고 가서 먹이고 씻겼다. 이튿날은 양덕고급학교 2학년에 입학시켜 주었다. 당분간 자기 집에서 학교를 다니라고 하였다. 고맙기 그지없었다. 그들이 먹는 강냉이밥, 보리밥, 쌀밥, 감자를 먹여주었다.

　—우리 진호가 초등학교 4학년인데, 공부를 도와줄 수 있겠나?

　—예, 할 수 있습니다.

　결국 1년 반을 그 집에서 먹고 자면서 진호에게 주로 수학과 과학을 가르쳐 주고, 진호가 중학교에 입학 뒤에는 영어도 가르쳤다. 사모님이 가끔 용돈을 주어서 모았다. 인조가 고등학교를 졸업하자 이 집에서 나가 독립을 해야겠다고 생각하고 저녁에 이호진 부부에게 말했다.

　—저는 이제 독립해 나가겠습니다. 이젠 제힘으로 살겠습니다. 그
　　동안 정말 감사했습니다.

　—인조가 수고 많았지. 너 덕에 우리 진호가 공부를 잘 할 수 있게
　　되어 고맙다. 조금 더 있어주면 안 되겠나?

　—죄송합니다. 이왕 마음먹은 대로 독립하겠습니다.

　—언제든 다시 오고 싶으면 오라.

　이호진 부부는 인조에게 봉투와 여러 가지를 챙겨주었다. 막상 나와 보니 재일동포 출신은 입당도, 입대도, 대학입학도 안 된다 하여 포기하고, 양덕시장에서 밑천이 가장 적게 드는 국수집을 차렸다. 한진설은 국수집의 첫 번째 손님이었다. 진설이 국수를 먹는 모습이 너무도 아름다워 넋을 놓고 보고 있는데, 진설도 자기 나이 또래의 남자가 국수집을

하는 게 신기하여 이것저것 묻고 이야기를 하게 되었다. 한진설은 그날로 인조를 도와 국수를 팔다가 서로 사랑하게 되고, 결국 결혼까지 약속하게 되었다.

한진설은 부부교사의 막내딸로서 큰 어려움 없이 자란 규수였다. 그러나 공부를 싫어하여 대학에 안 가고, 무엇을 할까 고심하며 양덕시장을 돌아보다가 마침 점심때가 되어 우연히 국수집에 들렀다. 처음에는 근본 없는 집 아들이라고 부모님이 결혼을 결사반대했지만, 결국 자식 이기는 부모가 없는 이치를 터득하였다. 인조가 착실하고 자기 딸을 워낙 사랑하므로 마지못해 허락을 해 주었다. 신혼부부가 살 집이 없으니 급한 대로 방 한 칸짜리 집도 사주고, 냉장고, 찬장, 부엌 살림살이도 사주었다.

─고맙습니다. 이 은혜는 살면서 꼭 갚겠습니다.

─그저 잘 살기만 하라우. 그것만이 우리에게 효도하는 것이니까.

─예, 심려 끼치지 않게 잘 살겠습니다.

인조는 진정 고마웠다. 자릿세는 그간 과외하면서 조금씩 모아두었던 돈으로 우선 한 달 치만 내고 국수를 팔기 시작했는데, 제법 장사가 잘 되어 돈을 웬만큼 벌었다. 인조는 지난날을 더듬어보며, 그래도 북조선에 온 이후 계속 운이 좋았고, 일본의 친척들 덕에 부자로 살았음을 감사하게 생각했다.

당시 평안남도 양덕군에서는 그를 모르는 사람이 없을 정도로 존경과 부러움의 대상이 되었다. 정인조와 한진설 사이에는 쌍둥이 남매가 있었는데, 모두 인물과 체격이 출중했다. 특히 이들은 고등중학교 졸업반이 되면서 누가 보아도 탐이 날 정도의 멋진 처녀 총각으로 성장하였다. 이런 젊은이들은 대체로 중앙당 5과 대상이 되는 게 보통이다. 중앙당 5과는 김정은의 측근조직이어서 누구나 선망하는 직업이었다. 남매는 5과에 뽑힐 만큼 모든 신체 조건과 예술적인 재능을 충분히 갖추었으므로 5과 지원 대상이 되어 평남지역 당 관련부서와 자주 회동하였다. '정인조씨 아들 정기현과 딸 정기숙이 5과 대상이 되어 호위사령부에 입대한다.'는 소문이 사실처럼 빠르게 퍼져나갔다. 인조는 아내에게 공을 돌렸다.

　　—당신과 결혼하고 나니 모든 게 잘 되네요. 당신을 만난 것은 내
　　인생에 최대의 행운이오. 기적과 같은 행운 말이오.

　　—나도 마찬가지지요. 당신 만나 결혼하지 않았으면 어찌 오늘과
　　같은 날을 맞이했겠어요?

　정인조와 한진설은 서로를 칭송하며 그저 즐겁고 행복하였다. 이제 아들딸이 정식으로 5과에 뽑혀 평양으로 떠나는 날만을 기다리게 되었다. 그러던 어느 날 참담한 소식을 듣게 되었다. 당에서 '(조총련)재일교포들을 믿는 건 사실이지만, 5과는 워낙 출신성분을 엄격히 따지는 곳이라 어려우니 다른 곳을 알아보라'는 것이었다.

　이튿날부터 정인조는 평소 마시지 않던 술을 취하도록 마시기 시작했다. 어느 날 평소에 매우 가깝게 지내던 도당 간부와 저녁을 함께 하며 반주를 하게 되니 취기가 올라 자기도 모르는 사이에 푸념이 나왔다.

　　—나는 조국이 어려움에 처했을 때 가족이 먹을 식량까지 퍼 주면
　　서 아픔을 같이 했는데, 재일교포 출신이라고 5과 대상에서 밀리
　　다니, 지금까지 속고 살아온 거야. 재일교포들을 혁명의 동반자

로 믿고 끝까지 함께 하겠다고 해 놓고선, 뒤에선 재일교포들을 절대로 믿고 보호해 주지 않는 게 노동당의 정책이란 걸 나는 정말 모르고 살아온 거야.'

이 무렵 정인조는 친구 조윤철이 월남한 사실을 중국에 다녀온 김수철 친구를 통해 알게 되었다. 수철이 중국에서 인터넷을 보다가 SNS에서 한국의 통일촌 관련 기사를 보게 되고, 거기서 조윤철이 물심양면으로 지원한다는 내용을 보게 되었다. 북한에 돌아와 정인조에게 이 소식을 전했다. 평소에 정인조로부터 조윤철에 대한 이야기를 많이 들었던 터라 조윤철의 기사를 보고 반가웠던 것이다. 정인조는 조윤철의 소식을 접하고 만감이 교차했다. 함께 북송선을 탔으나 다시는 만날 수도 없고 소식도 알 수 없었던 조윤철이 월남한 소식과 통일촌을 만든다는 소식에 가슴 밑바닥으로부터 반갑고 부러운 마음이 샘솟았다. 정인조와 한진설은 지금까지 한 번도 생각해 보지 않았지만, 이때부터 탈북에 대해 고민하게 되었다. 통일촌에 대해서도 알게 되어 통일문제에도 관심을 가지기 시작했다.

　—여보, 우리도 탈북할까?

인조는 처음으로 탈북을 입 밖에 꺼냈다.

　—좋아요. 길이 있다면 당신 하자는 대로 할게요.

인조와 진설은 자기들도 이번 기회에 탈북해야겠다고 결심하게 되었다. 만일 탈북에 성공한다면 조윤철과 함께 통일촌 건설에도 일조를 하겠다고 마음먹었다. 새로운 희망으로 가슴이 뜨거워졌다.

그러나 인조는 일주일 뒤 보위부로 끌려갔고, 사흘 후 공개 처형되었다. 죄목은 '당에서 재일교포들을 그토록 아끼고 사랑하였음에도 불구하고, 당을 비판하고 헐뜯었다'는 것이 첫 번째이고, '지금까지 정인조가 국가에 낸 모든 자금은 일본반동분자들과 남조선 안기부놈들이 보낸 공작금이었다'는 두 번째 죄목이었다. 기막힌 중상모략임을 뻔히 다 아는 동네사람들이지만 모두 숨죽이고 있었다.

그날 많은 사람들이 모인 공개처형장에서 인조는 9발의 총탄을 맞고 쓰러지고, 가족들은 즉시 수용소에 수감되었다. 까마귀가 꺅꺅 웃음인지 울음인지 알 수 없는 소리를 내며 그의 시체를 몇 번 쪼아 먹다가 날아갔다. 갑자기 검은 구름떼가 몰려오더니 후두둑 후두둑 빗방울을 떨어뜨리고 곧 이어 세찬 비로 바뀌었다. 정인조의 시신에서 나온 핏물이 물에 씻겨 벌겋게 흘러 내려가고 있었다.

2

행인지 불행인지 조윤철은 남한에 와 있었기 때문에 인조의 처형 소식을 전혀 모르고 있었다. 2년 쯤 지나서 뜻밖에 평남 양덕에서 정인조와 한 마을에 살았다는 탈북자한테서 이 이야길 듣고 큰 충격을 받았다. 며칠 동안은 가슴이 아파 거의 잠도 못 잤다.

'주님, 당신이 계심을 보여주소서. 부디 성령의 힘으로 악을 물리쳐 주소서.'

윤철은 한국에 와서 알게 된 하느님을 믿었다. 북에서는 상상도 못 했던 천주교인이 되니 아는 사람도 많이 생기고, 교인들이 모두 형제자매 같이 따뜻하게 대해 주었다. 하느님을 알게 된 것이 무엇보다도 큰 기쁨이고 행복이었다. 윤철은 친한 친구들을 다 잃고 가슴앓이를 하고 있었지만 성당에 다니면서 많이 안정되었다.

아들 연수는 한국에 와서도 친구들을 사귀었다. 연수가 한국에 와서 가깝게 지내는 친구 중 한 명이 홍한철이다. 그는 동료 탈북민들을 만나다가 한철을 알게 되었다. 한철은 나이도 비슷하지만, 특별히 탈북자들에 대한 이해가 깊었다. 나중에 알고 보니 탈북자와 결혼한 사람이었다. 그래서 더욱 친하게 되었다.

홍한철은 뜻하지 않게 2006년 어느 지인으로부터

—중국 도문에서 탈북민들을 한국으로 입국시키는 일이 있는데,
　도와주지 않겠느냐?

는 부탁을 받게 됐다. 순전히 호기심으로 이 부탁을 받아들였는데, 이 일이 한철의 인생을 완전히 바꿔 놓게 될 줄은 이때는 미처 알지 못 했다.

한철은 도문에서 탈북민들의 처절한 현실을 알게 됐다. 강에는 여기저기 시신이 버려져 있고 곳곳에서 만난 탈북 어린이들은 발에 족쇄가 채워져 있었다. 여성들은 인신매매로 팔려갔다. 한철은 결국 2007년부터 북한 주민들을 구호하는 인권단체에서 일하게 됐다.

평안남도 안주시가 고향인 한철의 아내 장은심은 1남2녀의 첫째 딸로 태어나 약사로 일하며 착실하게 살아가던 중 2006년 갑자기 가세가 기울어 돈을 벌기 위해 중국에 가지 않으면 안 되었다. 가족 중 중국어를 할 수 있는 사람은 자기뿐이었기 때문이다. 중국으로 건너간 은심은 이곳에서 돈을 벌기는커녕 중국 남자에게 성폭행을 당해 아이까지 낳게 됐다. 강제 북송의 두려움 속에서 갖은 고생과 우여곡절을 겪은 은심은

핏덩이를 안고 한국영사관으로 뛰어 들었다. 결국 한국대사관에서 1년을 보내고 2009년 한국으로 들어올 수 있었다.

한철은 인권단체에서 일하다 탈북민들의 취업을 돕기 위한 프로그램의 담당자로 발탁되어 일하게 되었다. 2010년 6월 수원의 한 탈북민 정착지원 센터에서 장은심을 만났다. 한철은 은심을 보자마자 수려한 외모와 아름다운 음성에 반해버렸다. 처음으로 결혼하고 싶다는 생각도 들었다.

그러나 두 사람 앞에 놓인 현실은 녹록치 않았다. 한철 어머니는 멀쩡한 총각인 자기 아들이 자식까지 있는 북한 여자와 결혼하겠다고 데려오니 충격을 받아 쓰러졌다. 주변에선 '사고쳤다', '정착금을 탐냈다' 등등 의혹과 오해도 받았다.

은심의 아들 준서도 넘어야 할 또 하나의 산이었다. 당시 네 살이었던 준서는 한철이 은심과 함께 이야기하는 것도 싫어했다. 한철은 인내심을 가지고 준서와 축구도 하고 야구도 하며 놀아줬다. 그러던 어느 날 준서가 아이스크림이 먹고 싶다고 했다. 한철은 반색을 하며 준서에게 기쁜 마음으로 아이스크림을 사줬다. 그 날 준서가 먼저 말했다.

—아저씨, 우리랑 같이 살면 안돼요?

한철은 준서의 이 한 마디에 감동받아 결혼을 서둘렀다. 결국 부모님까지 설득하여 만난 지 10개월 만에 은심과 결혼식을 올리고 행복하게 살고 있다. 한철은 서울에서 탈북민 지원 활동을 계속하고 있다.

그는 아직까지 한국 사회에서 남북한 남녀가 결혼을 하는 것이 쉬운 일은 아니라고 생각하여, 남북의 남녀가 결혼하겠다고 하면 아낌없는 조언을 해준다.

　—북한 여성에 대한 막연한 호기심이나 동정심으로 접근해서는
안 됩니다. 서로 죽도록 사랑해서 결혼해야만 성공할 수 있어요.

누누이 얘기해 준다. 한철이 아직도 가끔 북중 국경 지역에서 탈북민
을 구출해오는 일을 하고 있기 때문에 목숨을 위협 받을 때도 있다. 아는
분들이 사망하거나 실종된 경우도 종종 있다. 이런 일을 겪으면 잠이 잘
안 온다. 이날도 도저히 잠이 안 와서 밖으로 나와 거실 소파에 앉아 있는
데 이유를 알 수 없는 눈물이 주르륵 흘러내려 잠옷바지를 적셨다. 어느
새 은심도 거실로 나와 말없이 맥주 캔을 건네며 옆자리에 앉았다.

　—여보, 힘내요.

　—알았어요. 고마워요.

한철은 믿고 의지할 수 있는 사람은 아내 은심 뿐이라는 생각을 새삼
하게 되었다. 한철 부부는 '통일촌'을 만들기 위해 동분서주하면서 지금
누구보다 행복하고 보람된 시간을 보내고 있다. 조연수 부부도 이일에
적극적으로 동참하고 있다. 연수의 부모님인 조윤철과 한옥숙도 통일촌
건설에 물심양면으로 힘을 보태고 있다. 한철부부는 언젠가는 남북통일
이 될 거라고 굳게 믿고 있고, 통일된 그곳은 한민족이 다 같이 살아갈
땅으로 평화와 사랑이 넘치는 행복의 땅이 되어야 한다고 생각한다.

　—여보, '통일가족'이 많아질수록 통일로 가는 길이 가까워지겠지요?

하니 한철은 은심에게 고개를 끄덕이면서도 논리적으로 말한다.

　—물론이지. 그러나 그건 숫적으로 얼마 안 되니, 통일촌을 만드

는 게 급선무야. 통일촌에서 많은 사람들을 규합하고, 모금도 해
야 해. 정말 할 일이 많아.

한철 부부는 아내 은심처럼 제3의 신분인 조연수 네 가족과도 이젠 피
붙이처럼 가깝게 지내게 됐다. 전혀 알지 못했던 사람들도 자주 만나 얘
기하고 서로의 생각을 나누다 보면 정도 들고 어느새 진한 우정도 생긴
다는 것을 실감하게 됐다.

조연수 부부와 홍한철 부부는 주말이면 가끔 함께 여행도 하면서 형
제 같은 정을 나누고 서로 고마워하며 살고 있다. '통일촌'을 만든다는
같은 꿈을 향해 힘과 지혜도 모으고 있다. 조윤철 부부도 통일촌 건설에
물심양면으로 지원을 아끼지 않는다. 중휘도 이 사실을 알게 되면 분명 뜻
을 같이 할 것이다. 통일촌은 북한을 탈출한 사람들과 통일에 관심 있는
사람들이 함께 모여 살아가는 공동체로서, '통일'에 앞장서겠다는 사람들
의 삶터이다. 탈북자뿐 아니라 통일에 관심 있는 사람이면 누구나 현실공
간으로서의 통일촌과 사이버공간으로서의 통일촌에 입촌할 수 있다.

현실공간으로서의 통일촌은 탈북 가족 외에도 탈북자를 돕는 자원봉
사자, 언론인, 문인, 음악가, 화가, 운동선수, 영화인 등 통일에 관심과
애정을 가진 사람들이 모여 살기도 하고, 통일을 주제로 한 심포지엄,
세미나, 축제 등 다양한 활동을 하는 사람들의 보금자리이다. 아파트,
학교, 병원, 공연장, 전시관, 세미나실, 영상실, 쉼터, 운동장 건설을 단
계별로 추진할 계획이다. 이들 시설들은 통일가족이 거주하면서 다양
한 활동을 하기 위해 필요한 시설들로서 통일을 위해, 그리고 통일된 후
에도 다양한 활동을 펼칠 수 있는 현실 공간이다.

사이버공간으로서의 통일촌은 전 세계에 흩어져있는 탈북자들이 네트워크를 형성하여 소통하고, 협동하며, 정보를 공유하는 한편, 남북한의 특산물 판매나 예술품 판매, 아이디어 공유 등 다양한 방법으로 참여할 수 있는 인터넷공간이다. 현재 어디에서 살건 탈북자뿐만 아니라 통일에 관심 있는 사람이라면 누구나 함께 참여할 수 있는 열린 공간이다.

—통일촌에서 해야 할 일을 다 구상해 두었어요?

갑자기 은심이 묻는다.

—물론이지. 두 가지의 통일촌에서는 전 세계의 탈북자, 통일 후 원자, 통일 관련 연구자, 통일 교육자, 통일 후의 치안 담당자, 정치가, 경제인, 법률 전문가, 한국어학자, 문화분야 전문가, 사회 분야 전문가, 건설 전문가, 의료인들이 모두 필요해. 이들은 현실적인 통일촌과 사이버 통일촌에서 머리를 맞대고 남북의 이질적인 요소들을 통합하는 절차와 방법을 강구하는 거야. 또한 통일 후 남한의 자본과 기술, 북한의 지하자원과 인력 이용 방안 등도 깊이 있게 논의해야지. 이러한 통일촌의 건설은 결국 남북한의 진정한 통일을 앞당길 뿐만 아니라, 통일 후의 혼란을 최소화하고, 명실상부한 통일국가의 체제를 구축하는 데에도 크게 기여할거야.

—만일 이런 게 없이 통일된다면 어떨 것 같아요?

—각 분야에서 미리 연구하고, 준비하지 않으면 통일 후의 평화와 번영을 담보하기 어려워 질 수 있지. 특히 현재 북한에서 가장 어려움을 겪고 있는 전기 문제, 철도와 도로 포장 등 교통문제, 산림녹화 문제 등 최우선적인 과제들을 어떻게 해결해야 할지 그

방안을 모색하는 것도 매우 시급해. 남한의 자본과 기술, 그리고 북한의 인력과 지하자원을 합하면 무엇이든지 해결할 수 있다는 데에도 공감하고 추진해야지.

―당신 이제 통일 전문가가 다 됐네요.

―뭐, 전문가는 아니라도, 통일역군은 되고 싶어. 열심히 공부하고 노력하면 뭔가 길이 보이거든. 민족의 갈 길이 통일밖에는 없잖아요?

―와, 이제 보니 당신은 선구자네요, 통일선구자.

―고마워요. 그렇게 불러주니 나쁘지 않네요.

이들은 개인의 꿈들이 모이면 현실이 된다고 믿고 있다. 특히 제3의 신분으로 살아가는 사람들이 함께 뜻있는 일을 하자는 데 마음을 모으니 '통일'이라는 하얀 꿈의 날개가 햇빛에 반짝반짝 빛나고 있었다. 이러한 통일촌 건립 계획에 대한 내용이 SNS를 통해 전 세계에 퍼져나가니 결국 최중휘도 이 내용을 보게 되었다. 중휘는 놀람과 기쁨으로 가슴이 터질 듯 벅차올랐다. 흥분된 목소리로 연실을 불렀다.

―여보, 이리 좀 와 봐요. 내가 수없이 얘기하던 윤철이 소식이 SNS에 떴어요.

―그래요? 당신 상당히 들뜬 걸 보니 좋은 소식인가 보죠?

―맞아요. 내 친구 윤철이가 지금 한국에 와 있대요. 통일촌도 건립한대요. 와, 세상에 이런 일도 다 있네! 역시 내 친구, 윤철이야!

―그래요? 어디 봐요.

중휘는 얼마 전에 미국 영주권을 얻어 아직은 힘겹게 살고 있지만, 통일촌의 기사를 접하자 만감이 교차했다. 자신이 미국에서 '세계한민족네트워크'를 조직하기로 막 결심한 후여서 어떤 방법으로든 '통일촌' 건립사업단과 뜻을 함께 하고 싶다. 당장 뾰족한 수가 있는 건 아니지만 먼저 미국과 캐나다에 살고 있는 탈북자들을 하나로 묶는 일을 하고, 통일촌에 사는 청소년들에게 미국 어학연수 프로그램을 만들어 3~6개월 동안 미국과 캐나다에 머물 수 있는 시스템을 만들어 보기로 하였다. 홈스테이를 통해 이들 어린이들에게 영어 학습의 기회를 제공하고, 장차는 아예 어학연수 기관과 기숙사 등 시설을 만든다는 계획도 세웠다.

무료하고 무의미한 미국 생활을 좀 더 생산적으로, 좀 더 뜻있게 할 수 있는 기회가 되는 것 같아 뿌듯하다. 혼자 꾸는 꿈보다 여럿이 함께 꾸는 꿈은 훨씬 더 현실화될 수 있다고 믿는다. 더욱 감격스러운 것은 이 통일촌의 네트워크를 통해 조윤철의 근황을 알게 되었다는 것이다. 중휘는 윤철의 연락처를 알게 되자 하느님께 감사 기도를 했다. 일생일대의 숙제를 하나 풀게 된 기적이 일어난 것이다.

한 달 뒤 중휘는 윤철과 연락이 닿자마자 한국행 비행기를 타고 와서 윤철을 만났다. 무려 40년 만에 재회한 두 사람은 얼싸안고 목 놓아 울었다. 평소에 중휘는 윤철과 도연에게 미안하고 궁금한 마음 금할 길 없었다. 윤철이 이렇게 남한에서 잘 살고 있고, 뜻있는 일을 하는 것을 보니 자랑스럽기 그지없었다. 두 사람은 밤이 새도록 북한 얘기, 남한 얘기, 일본 얘기, 미국 얘기를 하면서 그동안 못다 한 우정을 나누었다.

윤철은 중휘를 만나 회포를 풀다 보니 고등학교 때 중휘가 두 달 동안이나 자기를 업어서 등교시켜주고 하교시켜주던 일이 문득 떠올랐다.

—너 나 업고 학교 다녔던 기억나나? 동급생인데, 너는 마치 나의
  형님 같았어. 아직 그 빚도 못 갚았네. 정말 너는 나의 친구이자
  은인이야.

—무슨 은인까지야. 내가 다쳤으면 너도 그렇게 했을 거야.

—글쎄? 내가 너를 업을 수 있었을까? 어쨌든 고맙다.

—내가 너를 북조선에 가자고 꼬득인 죄가 백배 더 크다. 미안하다.

—아니야, 덕분에 자유가 소중한 걸 알게 됐고, 자유대한민국에서
  살게 됐잖아? 다 네 덕이다. 지난 40년간 너를 못 만나는 것이 가
  장 괴롭고 안타까웠는데, 이렇게 다시 만나니 이젠 죽어도 여한이
  없다. 달려와 줘서 정말 고맙다. 역시 너는 나의 친구고 형이야.

두 달 후 중휘는 윤철 부부와 아들 연수부부 그리고 연수의 아들딸을 미국에 초청하여 뉴욕과 뉴저지, 워싱턴 D.C. 등 인근 도시를 관광시켜주었다. 지난날의 미안함을 조금은 달래게 되었다. 미국에서 자기가 계획한 '세계한민족네트워크'와 한국에서 계획하는 '통일촌' 건설 계획이 서로 다르지 않음을 확인하고 힘을 합하기로 약속했다. 또한 리도연의 행방을 찾기 위해 함께 노력하자고 다짐하였다.

비온 뒤의 하늘에서 청명한 빛이 내려와 두 사람의 머리 위로 눈부시

게 빛나고, 중휘와 윤철은 통일에 대한 기대와 희망으로 가슴이 뜨거워

졌다. 함께 꾸는 꿈이 봄의 햇살에 뭉게구름처럼 부풀어 올랐다. (끝)

| **박영순 소설가**

　숙명여대 국문과 졸업. 미국 일리노이대 석 박사. 미국 UC 버클리대 객원교수 역임. 하버드대 객원교수 역임. 국제펜한국본부 이사. 통일문학 포럼 부회장. 고려대 교수로 정년퇴임. 국어학 관련 논저 다수. 현 고려대 명예교수. 장편소설「예천에서 꿈꾸다」,「그 남자」,「서울 20평양 60」손소희문학상 수상. 시집「서일의 축복」, 수필집「하나의 위대함 여럿의 아름다움」, 소설집「평양의 눈빛」, 세종문화상 수상.

제3의 신분

| 초판 1쇄 인쇄일 | | 2019년 3월 15일 |
| 초판 1쇄 발행일 | | 2019년 3월 20일 |

지은이		박영순
펴낸이		정진이
편집장		김효은
편집/디자인		정구형 우정민 박재원
마케팅		정찬용 이성국
영업관리		한선희 우민지
책임편집		정구형
인쇄처		국학인쇄사
펴낸곳		국학자료원 새미(주)

등록일 2005 03 15 제25100-2005-000008호
경기도 파주시 소라지로 228-2 (송촌동 579-4)
Tel 442-4623 Fax 6499-3082
www.kookhak.co.kr
kookhak2001@hanmail.net

| ISBN | | 979-11-89817-12-1 *03810 |
| 가격 | | 13,500원 |